JN104255

烈風ただなか

あさのあつこ

角川文庫
22991

目次

鳥羽《とば》 新吾《しんご》

組頭を務めた鳥羽家の後嗣。元服を済ませたばかりの十六歳。藩学ではなく、郷校の薫風館に通っている。父より薫風館の陰謀を探るよう命じられた過去がある。

間宮《まみや》 弘太郎《こうたろう》

薫風館に通う、新吾の親友。家は代々、普請方を務める。大兵《だいひょう》で明るい性格。十六歳。

栄太《えいた》

薫風館随一の俊才で新吾たちの弟のような存在。学頭の推挙で町見術を極めるため、江戸へ遊学する。島崖村の貧しい名主の息子。十五歳。

鳥羽《とば》 兵馬之介《ひょうまのすけ》

新吾の父で、鳥羽家当主。現在は、家を出て剣友の姉である巴とともに、別の屋で暮らしている。自ら致仕しており謎が多い人物。

鳥羽《とば》 依子《よりこ》

兵馬之介の妻で、新吾の母。美しく矜持が高い。夫や息子にも常に厳しいが、弱者に対しては優しい。

巴《ともえ》

家を出た兵馬之介と一緒に暮らす、翳《かげ》のある女性。兵馬之介の子どもを身ごもる。

菊沙《きくさ》

弘太郎の妹。

八千代《やちよ》

弘太郎の許嫁《いいなずけ》。

序

男は死にかけていた。
一目でわかった。
血塗《ちまみ》れなのだ。
血塗れで倒れている。仰向《あおむ》けに転がっている。指先だけがひくひくと動いている。
叫びたいのに声が出ない。
口を開けると、風が流れ込んできた。
腥《なまぐさ》い。血の臭いが染み付いている。
吐きそうになった。足がよろめいて、そのまましりもちをつく。
死にかけた男と目が合った。
魚の目だと思った。瞬《まばた》きしない。

いや、魚じゃない、死霊だ。

逃げなくてはいけない。逃げないと死霊にとり殺される。

がさっ。

草が微《かす》かな音を立てる。

男が動いた。

うつ伏せになった。

這《は》ってくる。這ってくる。

男の背中が割れていた。血がこびりついて、紅色の芋虫が張り付いているようだ。顔の半分も赤黒く汚れていた。なのに、残り半分は信じられないほど白い。

紅と白。二つに色分けされた顔の中に瞬きしない目が埋め込まれている。

ずるり、ずるり。

近づいてくる。這ってくる。血の筋をつけながら、迫ってくる。

逃げなくては。早く、逃げなくては。

必死でもがく。けれど、腰が立たない。どうしても、立ち上がれない。雑木にしがみつき、歯を食いしばる。

助けて。助けて。

怖い。

眼を閉じ、念仏を唱える。

気配が途絶えた。音が止んだ。
念仏が効いたのか？　死霊は退散したのか？
そっと目を開ける。
男が立っていた。
血に塗れたまま立っていた。
笑ったようだ。
にやりと笑った。
ゆっくりと手を差し出してくる。
ぽたっ。指先から血が滴った。
ぽたっ。血の滴が頬に落ちてくる。

一年月

薫風館《くんぷうかん》は、山の中腹にある。

門の前に立てば、青磁色に霞《かす》む稜線《りょうせん》と蛇行しながら流れる川面《かわも》のきらめきを一望できた。からりと晴れ上がれば、遠く、海も望める。

空と海が溶け合って境目が消える。そこから雲が湧く。

夏のただなか、雲は天に挑むように盛り上がり、地も海も圧するように広がっていく。

地上の虫も負けてはいない。

梅雨が明けたらしく、ここ数日、猛々《たけだけ》しいほどの陽光が降り注いでいる。とたん、蟬が鳴き始めた。

薫風館が背負っている山々から、その声は雪崩のように押し寄せてくる。凄《すさ》まじい喧騒《けんそう》で、重ささえ感じてしまう。

『資治通鑑』は周の威烈《いれつ》王から五代後周《こうしゅう》の世宗《せいそう》の顕徳《けんとく》六年まで、百三十主、千三百六十二年間の史実を編年体で記述している。『史記』『漢書』のように断代史、すなわち時代を限った史書と違い、王朝を超えた歴史を見るのには実に便利である。朱子学ではこれに手を加えた『資治通鑑綱目』を読むことによって……」

経書の課業。講じる教授の声が蝉時雨《しぐれ》に呑《の》み込まれていく。

講室の戸は開け放してあるので、風が吹き込み暑気を払ってくれる。吹き込んでくる風は、微《かす》かに潮の香りがした。

雨が降るのかもしれない。

潮の香が濃くなるのは、雨の予兆。

誰かに教えてもらった覚えがある。

鳥羽新吾《とばしんご》は束《つか》の間眼を閉じ、誰かを思い出そうとした。が、無駄だった。誰の顔も浮かんでこない。代わりのように、顎《あご》の尖《とが》った細面と奥深く光をたたえた双眸《そうぼう》が眼裏《まなうら》を過《よぎ》った。

声も。

鳥羽さん、行ってまいります。

江戸《えど》で能《あた》う限りのものを学んできます。

昂《たか》ぶりを抑え込んで、普段より低く聞こえる声だった。しかし、紅潮した頰から、眼の底の光から高揚が滲《にじ》み、零《こぼ》れていた。

栄太《えいた》。

ここ、薫風館で得た友の名前だ。半年前に学問を修めるために、江戸へと発《た》っていった。

春とは名ばかりの凍えるような朝だった。

石久《いしく》十万石の城下には珍しく雪が積もり、雪雲の間から時折覗《のぞ》く薄日がさらに寒さを掻《か》き立てていた。

城下の外れまで同行した。

風に舞う雪片の向こうに、合羽姿の背中が消えてしまうのを見送ったのだ。

今は暑い。

あの雪景色は幻だったとしか思えない酷暑だ。それでも、朝夕は凌《しの》ぎやすかった。風も光もほどよく優しいのだ。

江戸はどうだろう。

涼やかな風など吹くのだろうか。

いやと、思い直す。

栄太のことだから凍えも暑気ものともせず、励んでいるだろう。必死に学んでいるはずだ。薫風館始まって以来の俊才と称《たた》えられ、齢《よわい》十五にして全ての教科を修め、農民でありながら国中の少壮有為の士が集う江戸で学ぶ機会を手に入れた。

薫風館は藩学ではない。郷校になる。石久十万石の藩学は別にあり、新吾もかつては通っていた。武士の子弟のために設けた学問所なので、士分の者しか学べない。比べ、郷校は半官半民であり庶民を広く教育する役目を担っていた。

薫風館の門戸は広い。

学ぶ志さえあれば、身分を問わず受け入れてくれる。ただし、勉学に費やす時と財力を持つ者に限ってだが。

栄太は国領の北外れにある村の出身だった。村は島崖《とうがい》という名の通り、切り岸を背に広がる荒蕪地《こうぶち》の中にある。地味は痩《や》せて、米の取れ高は少ない。村人たちは稗《ひえ》や粟《あわ》、芋を作り、炭を焼き、山菜を摘みかろうじて暮らしていた。栄太の父は村の名主であったが貧しいことにかわりはなく、息子を薫風館に通わせるために、かなりの無理をしなければならなかった。

「わたしのために、家の者は月に一度は口にできた白飯を諦《あきら》めねばならなくなりました」

知り合って間もなく、栄太が言った。新吾にというより自分に言い聞かせているような物言いだった。

「弟や妹に稗を食べさせてでも……わたしは学びたいのです。学んで、学んで、いつかきっと島崖の地を豊かに変えられる者になりたい。それが、ひもじさに耐えてくれる家族への、わたしができるたった一つの恩返しなのです」

栄太にとって薫風館での学びは、そのまま使命や明日《あした》、さらに未来に繋《つな》がっている。その証《あかし》の一つとして、半年前、栄太は旅立っていった。江戸で町見術《ちょうけんじゅつ》を極めるためだ。薫風館の新たな学頭となった山沖彰蚧《やまおきあきらお》の推挙により、栄太は身分も年齢も超えて国費での遊学を許された。山沖の尽力もさることながら、本人の知力と志が故の快挙だった。

ため息が出る。

何のために学ぶか。こんなにも真っ直ぐな、明らかな、そして強靭《きょうじん》な答えを持つ友が眩《まぶ》しい。誇らしくもある。ほんの僅《わず》かだが、羨《うらや》ましくも妬《ねた》ましくも感じた。

何のために学ぶか。何のために剣を握るか。何のために心身を鍛えるか。何のために生きるか……。

新吾には答えの返せない問いばかりだ。

潮の香を含んだ風がまた、吹き過ぎていく。首筋や額の汗が拭《ぬぐ》い去られて、心地よい。手のひらで首筋を撫《な》でたとき、講釈が止まっていることに気が付いた。教授の声が止んでいる。

しまった。

心が講義に向いていなかった。あらぬ方を彷徨《さまよ》い、取り留めない思案に耽《ふけ》ってしまった。

薫風館の教授陣は、総じて誰もが厳しい。真摯《しんし》に学問に、あるいは武術に向かい合わない者を許さない。怒鳴られる、室《へや》から追い出されるぐらいならまだしも、足蹴《あしげ》にされることも、鞭《むち》で打たれることも珍しくはなかった。それでも、学生自らが退館を申し出ない限り、志学の道を閉ざされることはめったにない。

学ぼうとする志を決して疎《おろそ》かにしない。支え、育《はぐく》み、伸ばしていく。それが薫風館の気風であり、是であった。

新吾は身を縮め、そろりと顔を上げた。

経書方教授の佐江《さえ》祐介《ゆうすけ》は学頭に就任した山沖に代わり、新たに赴任してきた。まだ二十歳ながら江戸は昌平坂《しょうへいざか》学問所で経学を修め、俊英の誉れは高い。

小柄で色白、優男と称しても差し支《つか》えない姿形であり、気質も見場に準じて温厚かつ、淳良《じゅんりょう》であった。ただし、他の教授同様に講義の場においては厳格で折り合うということがない。

これは、かなりやられるな。

相当の叱咤《しった》を覚悟してさらに顔を上げる。

佐江は新吾を見ていなかった。

新吾の隣の列、一席前に立っている。竹鞭を手に見下ろしている視線の先では、一人の学生が膝《ひざ》に手を載せたままうなだれていた。格子縞《こうしじま》の単《ひとえ》を身に着けている。一際目立つほどの偉軀《いく》だった。

講室には三十人ばかりの学生がいる。すでに初等の教育を終え、和学、漢学、筆道と武道に明け暮れる日々を送っていた。

佐江が深く息を吐く。

学生がうなだれているのは意気消沈しているからではなかった。

寝息が……聞こえる。

実に心地よさそうに響いてくる。いや、よさそうにではなく、本当に心地よく寝入っているのだ。

弘太郎《こうたろう》、おい、弘太郎。

胸の内で必死に呼びかけるが、むろん、聞こえるはずもなく寝息は続いていた。

間宮《まみや》弘太郎もまた、薫風館で出逢《であ》った友だった。

代々普請方を務める間宮家は、三十石足らずの軽輩だ。栄太の家ほどではないにしても、楽な暮らしはしていない。息子を薫風館に通わせるのも苦労だろうとは容易に推し量れる。ただ、弘太郎には、栄太ほど悲壮な決意はない。家族の苦労を慮《おもんぱか》りはするし、恩も十分に感じてはいるが、だからといって、そこに応《こた》えようと自分を追い込んだりしないのだ。磊落《らいらく》で屈託がなく、たいていのことは小事と笑い飛ばしてしまう。それが、間宮弘太郎という男だ。

栄太の深い思慮と弘太郎の明朗な性質に、どれほど助けられ、励まされ、支えられてきたか。藩学を退き、学び舎《や》を薫風館に替える。

あの決断が正《ひ》しかったと心底から思えるのは、栄太と弘太郎のおかげだった。

誰とどこで巡り合うか。

神のみぞ知る定めだと感じる。藩学で陰湿に苛《さいな》まれた傷は、薫風館で存分に癒《いや》された。ありがたいと何度も頭を下げる。胸の内でだけだが。面と向かってそんなことをしたら、栄太は気恥ずかしげに俯《うつむ》き居たたまれないような眼つきになるだろうし、弘太郎は露骨に顔を顰《しか》めるだろう。肌身に染みてわかっているから、黙っている。ほんとうは、栄太が石久を発つ前に告げたかった。

栄太、がんばれ。そして、恩に着るぞ。おまえと弘太郎に出逢って、おれはどれだけ救われたか。ろくに礼も言わぬままだったが感謝している。

言葉で伝えようか、文を書こうかと前夜まで悩んだけれど、結局止めにした。ただ「がんばれ」としか言わなかった。胸内の想いをさらけ出してしまえば、今生の別れになるようで躊躇《ためら》われたのだ。

ふうっ。

佐江がもう一度、息を吐いた。鞭を握った右手を持ち上げる。しなる鞭の一打は応える。首筋を打たれたら、一瞬、息が詰まるほどだ。新吾はとっさに身を乗り出し、呼んでいた。

「おい、弘太郎」

それと同時に、弘太郎が叫んだ。

「暫《しば》し、待て」

え？　起きているのか。それとも寝惚《ねぼ》けているのか、先生に「待て」と命じるなんて正気の沙汰《さた》か。鞭打ち一回ではすまなくなるぞ。

新吾は我慢できず、弘太郎の袖《そで》を引いた。佐江も鞭を振り上げたまま、手を止めている。

「そこはやはり、止めておいた方がいい」

はっきりと弘太郎が言い切る。

「……何を止めておくのだ、間宮」

佐江が腕を下ろしながら、問うた。

「無茶をすれば、後々、つけが回ってくる。よく考えろ、新吾」

え、おれか？

「おれがいつ、どんな無茶をしたって？　おまえ、いったい何の話をしているんだ」

答えはない。代わりのように寝息の音が大きくなった。すひーっすひーっと間延びした、長閑《のどか》と言えば長閑な息音が響く。

まさか、寝言？

くふっ。佐江が噴き出した。必死に堪《こら》えようとしたのだが、耐えきれなかったらしい。身体を折って笑い出す。学生たちもどっと笑い声を上げた。さっきまで私語は一つもなく、佐江の講釈と蟬の声、風の微かな音を除けば静まり返っていた室内が、若い笑いでさざめき揺れる。ややあって、佐江が軽く咳払《せきばら》いをした。それだけで、潮が引くように、ざわめきが落ち着いていく。

「まったく……どうしようもないな。ここまで、堂々とやられると叱る気力もなくなる。暫《しばら》く寝させておくか。なあ、鳥羽」

「は？　あ……はあ、はい。先生がよろしければ、わたしに異存はございませんが」

「そうか、では、間宮の代わりに答えてもらおうか」

「え？」

「本来なら罰として間宮に答えさせるところだが、あの調子では起こしてもろくに答えられんだろう。おまえが代人となれ。口頭試問だ。まずは、『資治通鑑綱目』について知っているところを全て述べよ」

「ええっ」

「馬鹿者、ここで驚いていて何とするか」

「し、しかし、先生。弘太郎……間宮の代わりにわたしが答える謂《いわ》れはないように思いますが」

「大いにあるとも。おまえは、夢の中に出てくるほど間宮とは親しいのだからな」

「それはこじつけに近いのではありませんか」

「鳥羽」

「はい」

「往生際が悪い。武士ならば潔さを尊べ」

「はあ……」

立ち上がる。こうなったら、じたばたしてもしかたない。

すひーっ。すひーっ。

弘太郎の間延びした長閑な寝息は、乱れることも小さくなることもなく続いていた。


「そうか、そりゃあ大変な目に遭ったな。すまん、すまん」

弘太郎が片手を立てて拝む真似をした。

「大変な目どころではない。いきなりの口頭試問だぞ。冷や汗が出て、気分が悪くなった」

「だから悪かったと謝っているのだ。そうむくれるなって。いつまでも不貞腐《ふてくさ》れているなんて新吾らしくないぞ」

「ふざけるな。誰のせいで冷や汗をかいたと思ってるんだ。一年不貞腐れても足らんくらいだ」

「またまた、心にもないことを言う。そんなしかめっ面、半刻だって続かないくせに。無理をするな、無理を。眉間《みけん》の皺《しわ》が消えなくなったら大事だぞ」

弘太郎は新吾の背中を叩《たた》き、からからと笑った。

この軽やかな笑いに、いつも誤魔化される。伸びやかで、天に広がるような響きに釣り込まれてこちらもふっと笑んでしまうのだ。そうなると渋面はくたくたと崩れ、腹立ちも忌々《いまいま》しさも不平もどこかに飛び去っていく。そして、何となく愉快で晴れやかな気分に満たされたりするのだ。

弘太郎本人は笑って誤魔化そうとか、適当に言いくるめてその場を凌ごうとか、そんな姑息《こそく》さとは無縁の男だった。よくわかっているから、余計に釣り込まれて笑ってしまう。まったく、手に合わないやつだ。

毒づきたいけれど心地よさの方が勝って、新吾も笑い声をたてていた。その声に驚いたのか、燕《つばめ》が頭上でひょいと向きを変える。

気持ちが空《す》く。

弘太郎といると、心の真ん中を一陣の風が吹き通っていく。

清々《すがすが》しい。

市中にある藩学に通っていたころ、心は鬱々《うつうつ》として晴れなかった。いつも暗雲が垂れ込めていた。藩学は薫風館のような郷校とは違い、武士の子弟のみに門戸を開いている。常時百名ほどが学んでいたが、そこには家の格式、身分によってはっきりとした位階ができあがっていた。表立って認められていたわけではないが、重臣の子は軽輩の家の者を見下すことも、支配することも、軽んじることも、無理強いも無体も許された。逆は法度だ。建前では、学ぶ者はおしなべて等しいと謳《うた》うけれど内実は大人と同じ、家柄、身分によってわけられ、その分からはみ出すことは固く禁じられていた。

新吾はその禁に触れた。禁に触れた者に対し、少年たちは容赦がない。世間という他者の眼差しを知らぬが故に、どこまでも残忍になれる。卑怯《ひきょう》にも卑屈にもなれる。

身をもって掻い潜《くぐ》ってきた。

紆《う》余曲折と一言で表すには些《いささ》か苦くも痛くもある事柄を経て、藩学を去り薫風館に入学したのだ。そして、栄太や弘太郎と出逢えた。身分も立場も家柄も超えて、人は結びつくことができると知った。人同士、傷つけ合うだけでなく、癒しも励ましも支えることもできるのだと知った。知ることで蘇生《そせい》できた。

新吾にとって薫風館はただの学び場ではなく、新たな生き方を手に入れた場所だったのだ。

「栄太、どうしているかな」

天に向かって伸びをし、弘太郎が呟《つぶや》いた。伸ばしたこぶしの少し上を、燕が二羽、縺《もつ》れながら過っていく。

「この前の文には学問所に住み込んで雑用をこなしながら、学んでいると書いてあったな」

栄太の、手跡の美しい文を思い出す。新吾と弘太郎二人の宛名《あてな》が記されていた。江戸では、紙も墨も驚くほど高くて、なかなか購《あがな》えないと遠慮がちに綴《つづ》られてもいた。

「そうだ、そうだ。あいつのことだから寝る間も惜しんで勉学をしているんだろう。あまり無理をしなきゃいいがな。病にでもなったら、取り返しがつかんだろうに」

「弘太郎」

「なんだ」

「妙に爺臭《じじくさ》い物言いになってるぞ」

「おれが？　そうか？」

「孫を案じる祖父《じい》さまそのものだ。老けるには些か早かろう」

「おれは元服を済ませたばかりだ。孫どころか子もいない。その前に嫁もいない。些か早いどころじゃない」

青々とした月代《さかやき》を軽く撫でて、弘太郎は肩を竦《すく》めた。

新吾もこの春、前髪を落とした。

十六の春だ。

「あなたは鳥羽家の後嗣。いずれ当主となる身です。もっと早く元服の儀を執り行ってもよかったのですが」

全ての儀式が滞りなく終わった後、母の依子《よりこ》は祝い膳《ぜん》を前にして言った。嘆きのこもった口調だった。

「母上、しかし、わたしはまだ薫風館で学びたいことがございます。いわば若輩の身。一人前の男子たるにはまだまだ道程は遠いと感じております」

依子の黒眸がちらりと動いた。

娘のころ、大輪の百合《ゆり》にも爛漫《らんまん》と咲く桜にも喩《たと》えられた美貌《びぼう》は衰えず、黒眸を動かすだけで艶《つや》が零れた。これほどの佳人を妻としながら、父鳥羽兵馬之介《ひょうまのすけ》は、他の場所で他の女と暮らしている。鳥羽の屋敷に戻ってくるのは、年に数える程だった。

「新吾どの、母には、そのお言葉が謙遜《けんそん》というより弱気にも聞こえますが」

依子が心持ち、顎を上げる。眼差しが引き締まる。人形のように整った顔立ちは、こういうときかえって仇《あだ》になる。と、新吾は思う。こちらの口をつぐませるほど、冷ややかに見えるのだ。

「いえ、そうではありません。わたしとしては、これからの精進が大切だと肝に銘じている次第で……この先も、努めて参りたいと存じます」

「どのように努めていかれます」

「は？」

「これからどのように精進すべきと、考えておられるのです」

「あ……はあ、それは……」

「己が何を為《な》すべきか、何を志とするか。語れぬようでは元服した甲斐《かい》がありませぬよ」

「はい。仰せの通りかと……」

もごもごと口ごもる自分が情けない。が、為すべきことも志も、そう易々と語れるものではないと思うのだ。語れるような薄っぺらさであってはならないとも思う。考え、考え、思案を深め辿《たど》り着く、この手で摑《つか》む、志とはそういうものだろう。

わたしは町見家になりたいのです。

わたしの故郷の地を豊かなものにしたいのです。それは決してあやふやな幻ではない。現《うつつ》に叶《かな》う夢だと信じています。

栄太ははっきりと語った。そこに至るまでに、新吾など及びもしない刻苦勉励と思案があったはずだ。真似はできないが、手本とはしたい。

「新吾どの、いかがされました」

依子が見据えてくる。尖ってはいないが、張り詰めた眼だ。

こういう眼をしたときの母は苦手だ。正面から正論をぶつけてくる。言うこと、ことごとくが道理にかない誤《あやま》たない。だから、言い返せない。情けなく、もごもごと口ごもるしかないのだ。

この世に正論は入用だ。しかし、正論だけで成り立っているわけもない。正義だけがまかり通るわけでもない。迷いも過ちも躊躇いも、人はする。それを責めるだけでは、何の助けにもならない。十六の新吾がわかっていることを依子は解さない。いや、解しているのだ。わかり過ぎるほどわかっているのだ。けれど、これまで培ってきた信条や染みついた存念をそう容易《たやす》く振り払えない。依子でなくとも、たいていの者はそうだろう。

もう二年も前になる。栄太が暴漢に襲われ、瀕死《ひんし》の姿で鳥羽の屋敷に運び込まれた。そのとき、依子が口にした台詞《せりふ》を新吾は、今もはっきりと覚えている。

「誰の命であろうと、助けられるものなら助けようと努めます。人として当たり前のこと。わたしは鬼でなく人なのですからね」

栄太は農民の出だ。身分や格式に強く拘《こだわ》る依子が栄太を厭《いと》い、屋敷から追い出すのではと一瞬だが危惧《きぐ》した。息子の胸に過った一瞬の危惧を、依子はしたたかに打ったのだ。そして、想いを吐露した。

「あなたが農民や下士の者と対等に付き合い、あまつさえ、それを楽しんでいる。そんな有様を目にし、耳にしなければならないことは苦痛でした。今でも嫌で嫌でたまりません。けれど、目の前に必死に生きようとしている者がいるのに、何もできないのは……、ただ手を拱《こまね》いているのは、もっと嫌なのです。耐えられぬほど嫌なのです」

意固地で矜大《きょうだい》な人。そう決めつけていた母の内に、何よりも命を尊び、生きようとする者を懸命に支える温情があった。優しさを素直に表せぬまま頑《かたく》なに秘してしまう。それが依子の弱さであり、悲しさであると、新吾は察した。

母上は母上なりに己と闘いもし、苦しみもしておられるのだ。

そう思えるようになった。母を哀れむつもりはさらさらないが、以前のように腹立たしさや鬱陶しさをやたら感じることはなくなった。逆らいの気持ちはまだ、時折頭をもたげるけれど。

「依子、今日は新吾のためのめでたい席ではないか。あまり、責めてやるな」

兵馬之介がやんわりと妻を窘《たしな》める。

「責めてなどおりませぬ。元服したからには、一人前の男としての心構えがいると申しておるだけです」

「なるほど、正論だの」

盃《さかずき》を口に運び、兵馬之介はゆるりと笑んだ。その盃を差し出す。新吾にではなく依子に、だった。

「え？　わたくしでございますか」

依子の黒眸がまた揺れた。今度は艶ではなく戸惑いが零れる。

「そうだ。息子をここまでに育てた。母親の手柄であろう。今日は、そなたの祝い日でもある」

依子の白い頬に血の気が差す。盛りの花に日が当たったようだ。照り映えて美しい。

「頂戴《ちょうだい》いたします」

依子に渡した盃に、兵馬之介が酒を注《つ》いだ。それを二口で飲み干して、依子は僅かに笑んだ。

「美味《おい》しゅうございます」

夫に返した盃に、今度は依子が銚子《ちょうし》を傾ける。

「よい飲みっぷりだの。そなたは若いころから、なかなかの酒豪であった。いや、まだ十分に若いか」

「お戯れを。でも、久々にお酒を美味しいと感じました」

酔いのせいではないだろうが、依子の頰がさらに紅潮していく。

「旦那《だんな》さま」

「何だ」

「伺いたいことがございます」

銚子を膳に戻し、依子は背筋を伸ばした。

「烏帽子《えぼし》親を木崎《きざき》さまにお頼みしなかったのは、わたくしへのご配慮でございましょうか」

新吾は箸《はし》に伸ばそうとした手を止めた。

木崎家の当主、六佐衛門《ろくざえもん》と兵馬之介は同門の剣友だった。十になるかならずかからの知り合いだったと聞いている。

今、父と共にいる女、巴《ともえ》は六佐衛門の姉になる。

三年前、父と巴はそれぞれの家を出た。そして、城下落合町《おちあいちょう》の古い屋敷に共に住み始めた。薫風館に入学してから三月《みつき》に一度、新吾はその屋敷をおとなっていた。

勤学の進み具合を報告せよ。

と、兵馬之介から命じられたからだ。

父が母ではない女人と暮らす屋敷に足を向けるのは、正直、億劫《おっくう》だった。気持ちが萎《な》える。それでも律儀におとなうのは、父の命に背くわけにはいかないと思っていたからだ。

ただ、それがただの建前に過ぎなかったのではと、新吾は己を疑うようになっていた。

子として父の命に従う。それが建前だとしたら、本心はどうだったのか……。本当に億劫だったのか、気持ちが萎えていたのか。

さて、どうなのだろう。

もしかしたらと、考える。

もしかしたら、おれは父上の正体をあばきたいと望んでいるのではないか。

実父ながら、兵馬之介は得体の知れぬ相手だった。何を考えているのか、どう生きているのか、底が見通せないのだ。三百石の禄高《ろくだか》はそのままながら、兵馬之介は無役だった。

表向きは、巴との件が重臣たちの不興をかって、役を取り上げられたことになっている。

しかし、真実はどうなのだろうか。

新吾は唇を嚙《か》む。

父の後ろには誰がいるのか。

石久十万石城主沖永山城守久勝《おきながやましろのかみひさかつ》、その人ではないのか。城主は、政《まつりごと》を壟断《ろうだん》する重臣たちを厭い、危ぶみ、これを一掃するために、父を手先としているのではないか。そのために役を解き、好きに動けるようにした。

考えてしまう。そして、寒気を覚える。

だとしたら、巴もまた道具ではないか。父は我が身の真《まこと》の役目を覆うために、いわば隠れ蓑《みの》として巴を使ったのではないか。

女のために出世を棒に振った愚か者が。

重臣の一人が、そう罵《のの》しりも嘲笑《あざわら》いもしたと耳にした。その重臣一人にとどまらず、鳥羽兵馬之介を見る世間の眼差しはおおかた嘲《あざけ》りと慢易に染められていた。軽んじる相手に人は用心を抱《いだ》かない。

そこまで思案して、新吾はいつも息を吐き出す。

政《まつりごと》は闇だ。一寸先が見えない。

少なくとも、新吾には何も見通せなかった。大人たちの思惑、策謀、欲、利害……様々なものが混ざり合い、溶け合って、底知れない闇を作る。

二年前、藩学の学生四人が惨殺された。鳥羽家に近い橋の下で、無残に斬り殺されていたのだ。そして、一人の学生が自裁した。

瀬島孝之進《せじまこうのしん》。ときの中老瀬島主税之介《ちからのすけ》の嫡男だった。

孝之進も四人の学生も栄太も、新吾や弘太郎も政の闇に引きずり込まれた。新吾、弘太郎、栄太の三人はかろうじて生還したけれど、孝之進たちは引きずり込まれたまま、ついに浮かび上がってこられなかったのだ。

あれほどの命が散り、栄太は瀕死の傷を負った。それで、政の何が変わったのだろう。

二年が経った今、何が変わったのだろう。

瀬島中老は致仕した。息子の死に打撃を受けてのことなのか、他に仔細《しさい》があってのことなのか新吾には計れない。庭田《にわた》家老は財政の窮乏を招いた責めを問われ、罷職を余儀なくされた。政争の主役であった二人の重臣はそれぞれの事由を抱え、表舞台から去って行ったのだ。

今、石久の政は変わろうとしている……らしい。久勝の唱える政の改新は遅々として進まず、領内のあちこちで不平、不満の声が上がり始めている。

財政を引き締め、身分に関わりなく過度の贅沢《ぜいたく》を禁じ、税と年貢の徴収を徹底する。反面、豪商たちを核として商売の種ごとに〝造《ぞう》〟という集まりを作り、さまざまな優遇を与えていた。

久勝は、政の基となるのは農ではなく商だと考えているようだった。商売により国庫を潤すのが得策だと。

それは間違っていないだろう。しかし、商を支えるのは農であり工だ。農民たちの作物があって、職人たちが生み出す品々があって、初めて商いは回る。農工を疎かにして、商も政も成り立たない。

まだ若い城主はあまりに事を急ぐあまり、本質を見落としているのではないか。

そんな囁《ささや》きが聞こえ始めていた。城主への不満の一端は、かつての執政への懐古の情に繋がろうとする。

「前の方が、よほどマシだったんじゃないか」

「そうだ。確かにマシだったな。今のままでは、金のある者はさらに肥えて、我ら下々の者は痩せ細っていくばかりではないか」

「あまりに理不尽だ。我慢ならん」

「しっ、声が大きい」


「働いても働いても、銭にならんて、どうしたもんか」

「それに比べて、大貫屋《おおぬきや》さんや尾張屋《おわりや》さんの繁盛ったらどうだい。蔵が幾つ建つんだ」

「わしらにも、少しは回してもらわんと。生きてゆかれん」

「まったくだ。殿さまは何をお考えなんかのう」

「庭田さまがご家老のままであったなら、もうちょっとは……」

「言うな、言うな。言うても詮無《せんな》い」


庭田甚左衛門《じんざえもん》は確かに、政を壟断してきた。が、だからといって悪政に人々が虐げられ、呻《うめ》いていたわけではなかった。為政者としての庭田家老の手腕は相当なもので、新田開発や商工の振興による財政の立て直しを図ってきたのだ。それは数年来、天候に恵まれず目立つほどの成果はあげられなかったが、今になってやっと花開こうとしている。紛れもなく、庭田家老の勲《いさおし》だった。なにより、薫風館を無用と断じた瀬島中老と違い、これは城主の心意にも繋がるが、人材育成のための学問所の価値を重んじ奨励しようとした。藩学にも薫風館にもほぼ同等の後援が、庭田家老によって約束されていたのだ。

善政と称しても差し支えない。

庭田家老が、善政の裏で豪商と結託し私腹を肥やしていたのか、久勝の嫡男、既に後嗣と決まっている千寿丸《せんじゅまる》を廃し、久勝の側室——庭田家老の養女、芳子《よしこ》の方——の生んだ伊予丸《いよまる》を次期城主に祭り上げようと画策していたのか、真実はわからない。

何が善なのか悪なのか。正義なのか罪業なのか。光なのか闇なのか。判然としない。境目は曖昧《あいまい》で悪が善に、正義が罪業に変わってしまう。あるいは表と裏に張り付いて、どちらが正体なのか、どちらも正体なのかわからなくなる。

大人の世界は謎で、見通しが立たず、魑魅魍魎《ちみもうりょう》が跋扈《ばっこ》している。魔界と大差ないのではないか。

前髪を落とした額に風が染みるようだ。

「木崎さまのご嫡男が元服の折には、旦那さまが烏帽子親をお務めになりました。そういうお約束ができておられたのですね」

依子が淡々と言葉を継いでいる。頰の赤みはもう薄れかけていた。

「そうだ。六佐衛門に伜《せがれ》ができたときから、約定を交わしていた」

「ならば、新吾の烏帽子親、木崎さまにお頼みすればよかったのではありませぬか。何も、わたくしの実家などに頼まずとも」

依子の眉《まゆ》が顰《ひそ》められた。

新吾の烏帽子親を務めた坂井十月《さかいとつき》は、依子の一つ上の実兄になる。坂井家は代々奏者番頭を務める家格で、十月も正式に坂井家当主となった六年ほど前から役に就いていた。

「十月どので不足はなかろう。無理に、六佐衛門を引きずり出さずともよいと思うたのだが」

「そうでしょうか」

依子が顎を上げる。明らかな不満が表れていた。

「兄は仮にも烏帽子親です。祝い膳も拒んで辞去するとは、無礼ではありませぬか」

十月は一連の儀を終えると、そそくさと帰ってしまったのだ。兵馬之介の評判を気にしたのか、妹夫婦の微妙な気配を厭うたのか、言い訳のとおり「よんどころない事情」とやらがあったのか、ともかく、長居は無用とばかり鳥羽家を後にした。兄の、その振る舞いが不快だと依子は言っている。

「よいではないか。おかげで、わしも裃《かみしも》を脱いで、こうしてくつろいだ形《なり》ができる」

着流しの胸を軽く叩き、兵馬之介は笑んだ。妻の不満顔とはうらはらな機嫌のよい笑顔だった。

「お召し物など、どうでもよろしゅうございます。わたしには兄の所業が、まるで我らとの付き合いを重荷に感じているかのように感じられました。それが些か気に障っております」

「ようにではなく、まさにそうかもしれん。今、鳥羽家と親交を重ねても十月どのに得となることは、あまりなかろうからな」

「そのような……」

あまりにもあっさりと言い渡され、一瞬だが依子が絶句した。

「世間とはそういうものよ。立場が逆なら、わしだとて同じように振る舞うたかもしれん。とにもかくにも、烏帽子親を引き受けてくれた。それをありがたいと思わねばな」

「ですから昔交わした約束通り、木崎さまにお頼みすればよかったのです。その方が、いっそすっきりといたしますよ」

依子が銚子を持ち上げる。兵馬之介が黙って盃を差しだす。諸白《もろはく》の芳醇《ほうじゅん》な香りが漂った。

父も母も、新吾に酒を勧めようとはしない。

どうにも飲めないのだ。生来の質《たち》なのか、盃一杯で酔い潰《つぶ》れてしまう。気分が悪くなるわけではないが、寝てしまうのだ。兵馬之介はもとより、依子も酒には強い。めったに飲まないが、飲めば二合や三合は軽く飲み干して、酔うことがない。おかしいことに、弘太郎も下戸に近く、比べて栄太はなかなかの酒豪だった。栄太が江戸に発つ数日前の夜、依子が栄太と弘太郎を鳥羽の屋敷に呼んだ。

「遊学となると数年は帰ってこられないでしょう。一晩ぐらい、お酒を酌み交わして別れを惜しんでもいいのではなくて」

母なりの気遣いだった。ありがたく、従った。

依子は弘太郎と栄太、特に栄太を殊の外気に入っている。その聡明《そうめい》さも、実直な人柄も、向学の志も気に入っている。いつぞやは、栄太から『唐詩選』について習っていた。

「依子さまは学問がお好きなのです。学ぶことを楽しんでおられる。男子であったら学問を存分に修められたのにと、仰せでした」

栄太に言われ、母の意外な一面に触れた気がしたものだ。

依子は栄太のために、膳を用意してくれた。むろん、酒も。そこで新吾と弘太郎は酔い潰れ、結句、栄太と依子が一晩酒を酌み交わし、語り合うことになったのだ。

「たったあれだけの酒で寝入ってしまうとは。せっかくの別れの宴《うたげ》を……、ううっ、あの夜のことは思い出したくもない。我が身の情けなさに舌を嚙み切りたくなる」

今でも、弘太郎が時折嘆く失態だった。しかし、栄太は、

「依子さまと一晩、お話ができましたことは、江戸に発つ、何よりの餞《はなむけ》となりました。一生、忘れません」

そう告げて、雪の中を去っていったのだ。

江戸では、酒を飲む機会も金もないだろう。何より、そんな気にならないだろう。

この国のありとあらゆるものが流れ込む町、江戸。その片隅で、栄太は学問に食らいついている。心を馳《は》せるたびに励まされる。

「わたくしに遠慮されて、木崎さまのことをお断りになったのなら、それは旦那さまのお間違いでございますよ」

「六佐衛門が巴の弟であること、気にせぬと申すか」

「割り切っております」

依子が心持ち、胸を張った。

「慣れたのかもしれません」

「慣れた？」

「はい。旦那さまが巴どのとご一緒にお暮らしあそばし、わたくしと新吾どのがこの鳥羽の屋敷で暮らす。歪《いびつ》といえば歪ではありますが、その歪にも慣れました。慣れてしまえば、歪が身に合うようにも感じます。ほんに、おかしくはございますが」

依子の口調は穏やかで、夫を責めている風はなかった。口元に笑みを浮かべたまま酒を注ぐ。

「依子」

「はい」

「巴が懐妊した」

「えっ」と叫んだのは新吾だった。手にしていた汁椀《しるわん》を落としそうになった。指に力を込め、何とか摑む。その姿勢のまま、母に目をやった。依子は笑みを消して、心持ち瞼《まぶた》を伏せていた。どことなく眠たげな顔つきに見える。そこからはどんな情も読み取れなかった。

「驚かぬのか」

酒を飲み干し、兵馬之介が瞬きをした。ほんの微かにだが、戸惑いが面を走った……ように見えた。

依子は落ち着いている。取り乱す様子はなかった。

「旦那さまと巴どのは、もう三年も共にお暮らしではありませんか。男と女が一つ屋根の下におるのです、子ができても不思議はございませんでしょう。ただ……」

銚子を置き、依子は視線を空に巡らせた。

「ご無礼ながら、巴どのは、もう四十路《よそじ》を過ぎておられますね」

「うむ」

「それで赤子を産む。しかも初産となると、それ、相当のお覚悟が入用かと存じますが」

「巴の命が危ういと？」

「何歳であっても、子を産むのは命懸けでございます」

「巴は産むつもりのようだ。どうあっても産みたいと言うておる」

「ようだ？」

依子の眉がひくりと動いた。

「まるで他人事《ひとごと》のようなおっしゃりようでございますねえ。巴どのの腹のお子は、旦那さまのお子でございましょうに。もう少し、親身になってお考えあそばされませ。巴どのがよすがとされるのは、旦那さましかおられぬのではありませんか。そうでなくとも、女は子を孕《はら》むと心が乱れます。悪阻《つわり》もあります。実家も頼れず、四十過ぎた身で初めて子を産む。巴どののご心内を察するに」

依子が口を閉じる。

兵馬之介がまじまじと見詰めていた。瞬きもしない。

「……お気に障りましたか。それでもようございます。わたくしなりに言いたいことを言わせていただきますから。どうせ、巴どのは何もおっしゃらぬままなのでしょうから」

「依子、そなた」

兵馬之介は心なし身を反らし、眼を細めた。

「巴の身を案じておるのか」

「違います。有体に申し上げて、巴どののお身などどうでもよいこと。わたくしに、何の関わりがありましょうか。わたくしは腹立たしいのです。旦那さまの薄情が、ただただ腹立たしゅうてならぬのです。胸の内が煮えておりますよ」

本音だろう。依子は本音を夫にぶつけている。そして、心底から憤っているのだ。

もともと我意の強い、癇性《かんしょう》な面のある人だったが、この怒りは尋常でない気がした。眼の中に青い炎が見えるようだ。が、不快ではなかった。以前は、母の怒りや苛立《いらだ》ちにぶつかるたびに、新吾は不快になり、母と同等の怒りや苛立ちを覚えたものだ。

この人はなぜこうもわからずやで、頑なのだ。父上が辟易《へきえき》するのもわからないじゃない。

そうまで思い、唇を強く嚙み締めたことが幾度となくある。嫌気が差したこともある。しかし、今は、頷《うなず》きそうになった。母の一言一言が納得できる。

「薄情だと？」

兵馬之介が小首を傾げた。

「わしが薄情だと言うか」

「言いますとも。言わせていただきます。冷血漢とまでは申しませんが心浅いのは確かでございます」

「おい、依子」

「巴どのに、どのようにお言葉をおかけあそばしました」

「うん？」

「ご懐妊を知ったとき、旦那さまは、どのように仰せになったのです。巴どのにどのようなお言葉をかけて差し上げたのですか」

物言いは丁寧ではあるが、ほとんど詰問だった。

兵馬之介が顔を顰める。

「言葉というても……ただ、つもりを問うただけだ」

「つもりとは、巴どのに子を産む気持ちがあるかどうかと尋ねられたのでしょうか」

「そうだ。まずは、巴の意を確かめねばなるまい。諸々の面倒事を考えるのは、気持ちが固まった後でよかろうと申した」

「まあ」

依子の眉がさらに吊《つ》り上がった。

「面倒事と申されたのですか。子ができたことを面倒事と、巴どのに申されたのですか」

「え……、あ、いや、他意はない。そなたに知らせることも含めて、骨の折れることが多々あろうという意味だ」

「わたくしを引き合いに出して、誤魔化さないでくださいませ。巴どのは命を懸けて子を産むおつもりでございましょう。なのに、あなたときたら、ご懐妊を面倒事としておしまいになった。それが、どれだけ巴どのを傷つけたか、苦しめたか、少しでもお心を馳せられましたのか」

〝旦那さま〟が〝あなた〟に替わる。

盃は空になっていたが、依子は銚子に手を伸ばそうとはしなかった。新吾は膝行《しっこう》し、父の盃を酒で満たす。兵馬之介は口元を歪《ゆが》めたまま息子の注いだ酒を一口、すする。いかにも不味《まず》そうな顔つきだった。

もう少しで噴き出しそうになる。小波《さざなみ》のような笑いを、新吾は何とか噛み殺した。

兵馬之介も、ある程度の覚悟はしてきただろう。

巴はいわば側女の立場だ。正室である依子が、その懐妊を喜ぶわけがない。依子の気性からして、罵詈《ばり》雑言を浴びせてくるとは考えられないが相当の怒りはぶつけてくる。

そう考えただろう。これまでは、ずっとそうだった。その怒りを受け流し、いなし、飄々《ひょうひょう》と立ち去ってきた。勝負はいつも、依子が敗れていたのだ。しかし、今日は明らかに形勢が違う。兵馬之介の旗色は悪い。

依子は憤り、責めてくる。いつもの通りだ。が、その怒りは巴のためだ。依子は巴を夫の側女としてではなく、子を孕んだ一人の女として見ている。その眼差しで、男の欺瞞《ぎまん》と薄情けを突いている。

兵馬之介が巴の懐妊を重荷に感じているとは思わない。けれどもそう喜んでもいないだろう。はからずも口にしたように、一瞬でも〝面倒事〟と考えてしまったのではないか。依子は敏《さと》く、その臭いを嗅《か》ぎ取った。嗅ぎ取り、怒りに身を震わせている。まっとうで美しい情だと、新吾は感じる。

これでは、父上に勝ち目はあるまい。

「お帰りになってください」

依子が立ち上がる。

「落合町にお帰りになって。そして、巴どのを労《いた》わって差し上げなさいませ。あなたのお子が生まれるのです。巴どのは、あなたのお子を産んでくれるのです。そのことをお忘れなきように」

座ったままの夫を依子が見下ろす。

「ただ、これだけは申し上げておきます。鳥羽の家を継ぐのは新吾どのお一人にございます。他の誰でもございませぬ。それも、また、心に定めおきくださいませ」

そこで、依子が不意に笑んだ。口元を柔らかく崩したのだ。

「万が一、お忘れならば、わたくしがこの命を捨ててでも、思い出させて差し上げますけれど」

柔らかな口元から出た言葉には、気魄《きはく》がこもっていた。なぜか、背筋が寒くなる。それは兵馬之介も同じだったらしく、軽く肩を竦め妻の視線から目を逸《そ》らした。

「鳥羽の後嗣は新吾だ。巴の子は、鳥羽の家とは関わりない。むろん、粗略には扱わぬ。武家に相応《ふさわ》しい育て方をするつもりだ」

「よろしゅうございます。安堵《あんど》いたしました。では、わたくしはこれでさがらせていただきます。新吾どの、お父上のお相手を頼みましたぞ」

「承りました」

衣擦《きぬず》れの音を残して、依子は部屋から出ていった。兵馬之介が長い息を吐き出す。

「お忘れなきように、か。また、女の分を超えた言い様だの。生意気なのも高飛車なのも、少しも直らぬ」

「そうでしょうか」

銚子を取り上げる。軽い。もう半分も残っていないようだ。新吾は耳を澄ました。誰かが酒を運んでくる気配はない。依子はこれ以上、酒を飲ませる気はないらしい。

「そなたはそう思わぬのか」

「思いません。今日のところは、母上のおっしゃることに理《ことわり》があると感じましてございます」

「理か……」

「はい。お見事な態度だと感服いたしました。母上は本気で、巴どののために意見しておいでだったではありませんか」

「まあ、そうだが」

盃を手にしたまま、兵馬之介はまた息を吐いた。

「父上、お淋《さび》しいのですか」

息子の問いに兵馬之介は、虚を突かれたかのように瞬きした。

「母上は落合町にお帰りになるように申されました。怒りからではなく、巴どのがおられるあちらが、もはや父上の居場所と心を決められたからです」

「新吾、何が言いたい」

尋ね返されて、僅かに狼狽《うろた》える。

そうだ、おれは何を言おうとしているのだろう。ついさっきまで、思いもしなかったことを口にしようとしている。いや、思いはしただろう。あえて目を向けなかっただけだ。深く考えようとしなかっただけだ。

母上は強くなられた。我意を通すための、意地を張り通すための強さではなく、他者に寄り添って怒り、悲しむ強さを持ちえた。だから、もう一人で大丈夫なのだ。

父上を入用とはされないのだ。

兵馬之介が盃を軽く振った。

「そなたも飲むか」

「いえ。わたしはご遠慮申し上げます」

「元服を終えて、酒も飲めぬではすむまい」

「徐々に精進いたします。恥ずかしながら、酒が入るとどうしても眼を開けておれなくなり、十と数えぬうちに寝込んでしまいます。母上から父上のお相手を仰せつかりました。それに、父上には久しぶりにお目にかかりましたゆえ、ここで寝入ってしまうわけにはまいらぬのです」

新吾は落合町へのおとないを止めていた。兵馬之介は何も言わない。

「そうか。では、無理強いはすまい。酒を飲まずとも、人は生きていけるからのう」

からん。膳の上に置かれた盃が音をたてた。酒の香りがふっと鼻先を過る。

「では、わしもわしの居場所とやらに退散するとしようか」

「父上」

腰を浮かしかけた父を呼び止める。

「お尋ねしたいことがございます」

「まだ何かあるのか」

微かに兵馬之介の眉が顰められた。本当に微かだ。あるいは、新吾の眼の迷いであったかもしれない。

「父上は今も薫風館を探っておられるのですか」

今度ははっきりと兵馬之介は眉を顰めた。同時に眼光が鋭くなる。抜き放った刹那《せつな》の刃《やいば》に似た蒼白《あおじろ》い光だ。

新吾は膝の上で指を握り込んだ。

さらに問う。

「未《いま》だ、薫風館に陰謀有りと疑っておられるのでしょうか」

二　雷雲

城主殺害の企てが薫風館の中にある。それを探れ。

父から命じられたときの衝撃はまだ生々しい。不意に胸を刺し貫かれたように感じた。あの一瞬は、新吾の内で鮮明なままなのだ。

ときの学頭であった佐久間平州《さくまへいしゅう》は庭田家老と緊密な縁があり、薫風館を非とする瀬島中老を追い落とすための画策を認めた。

平州は一連の騒ぎがとりあえずは落ち着いた昨年の暮れ、後任に山沖彰吟の名を挙げて職を辞した。

亡くなったのは年が明けて間もなくの正月六日、早朝。家人が居室で倒れている平州を見つけた。すぐに医者が呼ばれたが、既にこと切れていたという。

庭田一派に与《くみ》した事実を家人が慮《おもんぱか》った故か、平州の遺志に拠《よ》ったか葬儀はごく内輪の、ほとんど密葬に近い形で執り行われた。新吾たちが前学頭の死を知ったのは、桜の蕾《つぼみ》が膨らみ雲が丸みを帯び風が和らいでくるころだった。突然の死から一月以上が経っていた。

唖然《あぜん》とした。

栄太など、暫《しばら》く声を出せなかったほどだ。

病死であったのか、自裁であったのか、それとも何者かによる暗殺だったのか、死の真相を語れる者も伝えてくれる者もいない。墓に参り、手を合わせるのが精一杯だった。

「……あの学頭がなあ、信じられん」

墓前で、弘太郎が呟《つぶや》いた。新吾は「ああ」と小さく返事をした。

信じられない。

平州は幼いころから神童と謳《うた》われ、江戸は昌平黌《しょうへいこう》で学び、藩学の教授頭を経て、薫風館の学頭となった。政争の渦に巻き込まれたか、あるいは自ら飛び込んだかは明らかでないが、領内随一の、いや、日の本屈指の学者であったことだけは確かだ。その薫陶を受けた者は、石久一国に留《とど》まらず全国に散在している。

それほどの人物が死に様も明らかにされぬまま、ほとんど秘密裏に埋葬されてしまった。山沖が墓の前に額《ぬか》ずき号泣していたとの噂は耳にしたが、平州の功績を称《たた》え、これを後世に遺《のこ》そうとする動きは杳《よう》として見えてこない。

ともあれ、平州は薫風館からも人の世からも退《ひ》いてしまった。今、薫風館は政《まつりごと》に関わる陰謀とは、一切、無縁だ。領主暗殺の企ても、お家転覆の謀《はかりごと》もあずかり知らぬ。

言い切れるはずだ。

新吾は言い切れる。が、自分の断言に何ほどの力もないことも、よくわかっている。己の非力は嫌になるほど解していた。けれど、非力は無力でないことも学んだ。非力でも集まれば、守りたいものを守れるのだと知った。

ふっ。兵馬之介が苦笑する。

「それほどに薫風館が大切か」

「はい」

居住まいを正し、答える。

「なぜだ」

「それは……多くを学べるからです」

「学ぶだけなら、薫風館に限ることはあるまい。教授陣はむしろ、藩学の方が揃っているのではないか。そなたが藩学から薫風館に移った経緯《いきさつ》、知らぬわけではない。ただ、藩学も昔のままではない。執政たちが様変わりしたことによって、教授も学生もずい分と変わり、風通しがよくなったと聞く」

そうだろうか。

執政の顔ぶれがどうであろうと、そこに身分がある限り、藩学の息苦しさは不変の気がする。武士による武士のためだけの学び場であることも変わらないだろう。郷校として町民の子弟も受け入れる薫風館とは間口の広さが違う。間口が広ければ、風も吹き込んでくる。さまざまな香りや気配や未《いま》だ知らぬ世界を連れて、吹き過ぎていくのだ。

「あと二年だの」

兵馬之介が呟いた。

「あと二年で、定められた修学年限が終わる」

「はい」

「その後はいかがする。舎生に進むつもりか」

薫風館の学生は、初等級、中等級、大等級の三段階にざっと分けられる。各二年と定められてはいるが、栄太のように図抜けた力があれば年齢、在籍年月に縛られることなく進級できた。栄太は僅《わず》か三年足らずで大等級の上、舎生としての就学を終え、国費での江戸遊学を認められたのだ。新吾は来年、大等級に進むつもりだった。進むためには、提試と呼ばれる試験を受け合格しなければならなかったが、何とかなるような気はしていた。

ただ、舎生となるかどうか、そこまではまだ思いが及んでいない。

「二年後に、そなたに家督を譲る」

抑揚のない低い声が、耳にねじ込まれてくる。

「え……」

「わしは隠居するつもりだ。そなたは、兵馬之介の名と鳥羽の家を継ぐことになる。依子も満足であろう」

兵馬之介は腰を上げ、刀架から大小を取り上げた。

「父上」

着流しの背中を呼び止める。

「わたしは、父上のようには生きられませぬ」

妻にも子にも正体を明かさぬまま、他所で生きる。そんな生き方を貫き通す自持《じじ》も決意もない。

父はおそらく、途方もないほど強い人なのだ。その強さが周りの誰を傷つけても動じないほどに強いのだ。比べれば、我が心の軟弱が浮き彫りになる。

強くはなりたい。

父とは違う強さを身に付けたい。

同じようには生きられない。

鳥羽家の当主となるとは、父の生き方を踏襲することに繋《つな》がるのだろうか。だとしたら、無理だ。嫌だ。どうしてだか、ふっと巴の横顔が浮かんだ。疲れた、でも、一途《いちず》な眼をしていた。

あの人は何を心に秘めて、子を産もうと決めたのか。父上の正体を全て知っての上なのか、何もわからぬままなのか。

「人には天の定めた生き方がある」

半身になり、兵馬之介は告げた。

「何人も抗《あらが》えぬ天命だ。人はそれに添って生きるしかない」

「天命……。では、父上の天命とはいかなるものでございますか」

追いすがる。

兵馬之介は無言だった。廊下に出、庭に視線を巡らせる。西日を受けて、白い砂利が紅に染まっている。これから蕾を綻《ほころ》ばせるサツキの上を揚羽蝶《あげはちょう》が数匹、飛び交っていた。

足音が遠ざかっていく。

やはり、何も語らぬまま父の気配は消えた。

蝶が舞うようにふわふわと部屋に入ってくる。銚子の注《つ》ぎ口に止まり、翅《はね》を震わせた。

酒の残り香を楽しんでいるかのようだった。

あの日から季節はまた、進んだ。

蝶のかわりに蜻蛉《とんぼ》が四翅《しし》をきらめかせて、行き過ぎていく。日差しは力を増し、剃《そ》ったばかりの月代《さかやき》を灼《や》いた。

「どうだ、我が家に寄っていかんか」

分かれ道の手前で、弘太郎が誘ってくれた。間宮家は正力町《しょうりきちょう》の普請方組屋敷にある。両親と妹の菊沙《きくさ》の四人暮らしだ。父の一之介《いちのすけ》も母の留子《とめこ》も物静かで寛容で、何より、裏表なく懸命に生きている人たちだった。だから、弘太郎も菊沙もおおらかにして明朗で、暗みを感じさせない。むろん、日々の暮らしに纏《まと》わりつく苦労は多いだろうが、それを掃《はら》って笑える力が間宮の家にはあった。

「ちょっと、話したいことがあってな。いや……、別に急ぎの用ではない。その……、だからまあ、暇のあるときでいいのだ」

弘太郎が額を掻《か》く。少し俯《うつむ》き加減になっていた。

新吾は足を止めた。

「弘太郎、どうした」

「どうしたとは、何がだ」

「おまえが、講義以外で、そんなに歯切れが悪いのは珍しいぞ」

「馬鹿を言え。講義ほどおれが冴《さ》えわたるときはないぞ」

「今日は、派手な寝息を立てていたけどな」

「いや、まあ、今日はな。少し気が緩んだらしい。人間、張り詰めてばかりだとどうしても無理が出てくると言うものだ」

「どの口が言うんだ。緩みっぱなしのくせに」

右に曲がる。正力町の方角だった。

「いいのか、新吾」

「うむ。それこそ、急いで帰る用はないのでな。久々に菊沙どのの漬けた茄子《なす》を馳走《ちそう》になるか」

「そうだな。菊沙のやつ、漬物の腕だけは確かだからな」

「漬物だけではあるまい。十三という年で、家内をあれほど切り回せる。たいしたものだ」

本気で告げた。

家計を支えるために、留子は鳥籠《とりかご》作りの内職をしているが、丁寧な仕事ぶりが評判で注文は引きも切らない。内職に追われる母に代わって、菊沙は家事全般を引き受けていた。

父と一緒に、組屋敷裏の畑に出て働くこともしょっちゅうだ。簪《かんざし》一本挿すでなく、着物を新調するでなく、菊沙はただ黙々と働いている。皓歯《こうし》の美しい、笑顔の愛らしい少女でもあった。

「だな。たいしたものだ、確かに」

弘太郎が珍しく素直に妹を褒めた。それから、首を左右に振る。何かを言いあぐねている者の仕草だった。さっきまでの明るさが翳《かげ》っている。これも珍しい。

「弘太郎、いったいどうしたんだ」

胸が騒ぐ。喉《のど》の奥が痞《つか》えたようで、息が上手《うま》く落ちていかない。

「新吾、おれもそろそろ覚悟しなきゃならん」

「え？」

「……薫風館、辞めるつもりだ」

再び足が止まった。

まじまじと、角ばった造作の大きな顔を見詰めてしまう。

「辞める？　年限を待たずに退館するということか」

「そうだ」

「なぜだ。来年からは大等級だぞ。ここまでやってきたのに、なぜ辞めたりする。今までの励精が無駄になってしまう」

「無駄ではない」

弘太郎が言い切る。

「無駄なんかであるものか。薫風館での年月は、おれにとって宝に等しい。かけがえのないものだ」

「……すまん」

新吾は目を伏せた。

その通りだ。無駄であるわけがない。無為であるわけがない。

「狼狽《うろた》えてしまった。それでつい、心にもないことを口走った。忘れてくれ。ただ、あまりに急で……弘太郎、おまえ、薫風館を辞めなきゃいけないほど追い込まれていたのか」

間宮の家は決して裕福ではない。栄太ほどではないが、息子を学ばせ続けるのは相当な負担になっているだろう。

薫風館は学田や椿の学林を所有し、収穫した米や椿油を学校財政の一助としていた。学生たちはみな、収穫や植え付け作業に駆り出される。農繁期には校内の寮に寝泊まりし、働き続けることもある。竹刀や筆を鎌、鍬《くわ》に持ち換えての作業は骨が軋《きし》むほど辛《つら》い。初めて参加した日の翌朝、新吾は全身の痛みで起き上がれなかったほどだ。

武家の子弟が汗まみれで働く様を快く思わぬ者も、嘲笑《あざわら》う者もいた。かつては学頭自らが評議場に呼び出され、「武士に農民の真似をさせるとは言語道断。恥を知れ」と叱責《しっせき》されたこともあったという。ときの学頭は叱責した相手をはったと睨《にら》みつけ「米作り、もの作りは国の基。それを恥と言われるは無智蒙昧《もうまい》の権化。恥を知らねばならぬのはどちらか」と一喝したとの逸話が残っている。

周りは確かに騒ぐ。しかし、学生たちの間から不平、不満が零《こぼ》れたことは一度もなかった。これからもないだろう。

自分たちの手で自分たちの学び舎《や》を支えている。

苗を植える、稲を刈る、椿の実をもぐ、油を搾る。一つ一つの耕作が労役が支えている。その誇負は清々《すがすが》しい。その清々しさもまた、薫風館で学んだものの一つだ。

学校領からの収益と城からの助成だけで薫風館の財政は成り立っていた。学生から学費を徴収することはない。それでも、やはり負担はある。毎日の弁当も入用だし、教本も、武具も揃えねばならないのだ。弘太郎はいつもこざっぱりとした形《なり》をしている。地味ではあるがみすぼらしくはない。小袖《こそで》も袴《はかま》も留子の手縫いだそうだが、内職の合間に、おそらく夜なべで縫い上げたのだろう衣に、母の息子に寄せる慈愛と苦労がしのばれた。

薫風館の学生の大半は、下士や庶民の子弟だ。間宮の家だけが特に貧しいわけではない。むしろ、新吾のように物頭格の何百石取りの家の方が珍しいのだ。

だから、油断していた。

弘太郎とは少なくともあと二年は共に学べると信じて疑わなかった。それも、自分の甘さだろうか。

「実はな……」

弘太郎が足元の小石を蹴《け》った。子どもの仕草だ。

「女が二人、関わってくる」

「女だと？」

目を剝《む》いたつもりはなかったが、よほどの顔つきになっていたのだろう、弘太郎が小さく笑った。

「何て面だ。まさに、鳩が豆鉄砲を食ったようってやつだな」

「ぬかせ。おまえから女の話が出るなんて思いもしなかったから、驚いたんだ。まるで縁がないだろうに」

「えらい言われようだな。ふふん、おまえと一緒にするな。これでも、将来を言い交わした相手はいるんだ」

「えええっ」

弘太郎の大きな手が口を塞《ふさ》ぐ。青い草の匂いがした。

「馬鹿っ。大声を出すな。ここは天下の往来だぞ」

荷を背負った商人風の男が、日よけの笠《かさ》をかぶった老女が、幼子の手を引いた女が、こちらを見ている。男は肩を竦《すく》め、女は子の手を引っ張ってそそくさと立ち去った。老女だけが、笠の陰から物珍しそうな眼差《まなざ》しを向けている。

弘太郎の手が離れ、新吾は大きく息を吐いた。誰の眼差しも気にならない。

「弘太郎、おれに見栄《みえ》を張ってもしかたないぞ」

「あたりまえだ。それこそ無駄ってもんだ。だいたい、どうしておれがおまえに見栄を張らねばならん。今更、そんなことをしても一文の得にもならんだろうが」

「確かに。じゃあ、おれをからかっているのか。だとしたら、あまり上等な冗談じゃないぞ。それとも、何となく騙《かた》りを……」

「新吾、いいかげんにしろよ。おれは本気の話をしているんだ。それをどうして見栄や冗談や騙りに落とす？」

新吾は顎《あご》を引いた。

言う通りだ。弘太郎はいたって真面目な表情をしていた。口を結び、少し不機嫌にも見える。

「じゃあ……、本当なんだな」

「どっちの話だ。薫風館の方か、女の方か」

「女だ。将来を言い交わしたという……」

「おまえ、学問より女の方が気になるわけか」

「なるさ。正直、そんな話、一度もしなかったじゃないか」

「まあ……、だから、はっきりと互いの気持ちを確かめたのが、その……つい、このままだったからな。それまでは、おれは憎からず想っていたのだが、相手の真意がわからず……、それが、まあひょんなことがきっかけで、八千代《やちよ》の……あ、その女、八千代という名前でな」

「ふむ。八千代どの、か」

「そうそう。同じ組屋敷に住む。おれより一つ下で、菊沙と仲がいい。つまり、まあ、幼《おさな》馴染《なじみ》というか、襁褓《むつき》のころから知っていた仲というか。身内みたいなものだ」

「それが、本当の身内になるわけか」

「いやあ、まあ、思わぬ成り行きでなあ。ひょんなきっかけになったのが、菊沙なのだ」

「菊沙どのが、どうかしたのか」

「嫁に行くと言い出した」

「えぇっ」

「だから、大声、出すなって。一々、よくそれだけ驚けるな」

「驚くようなことを、おまえが言うからだ。まことか、まことに菊沙どのは嫁に行かれるのか」

「お、やけに慌てているじゃないか。もしや、菊沙にその気があった？　わけはないな」

「いや、うむ……。まあ。正直、妹のようには感じていた」

十三歳の菊沙はまだどこかあどけなくて、そのくせ、一人前の働きをしている。その姿は健気《けなげ》で微笑ましかった。好意はあふれるほどある。しかし、女として眺めたことはなかった。最も親しい友の妹、人として好ましい娘としか思えない。恋慕の情は些《いささ》かも持っていなかった。

夫婦となる人とは情で繋がっていたい。真っ直ぐに、緩みなく生涯結びついていたいと望む。武家の格式の中で、ただ並んでいるだけの雛《ひな》のような男女ではいたくないのだ。

菊沙は生き生きとした、人形とは程遠い娘だが、やはり友の妹だった。こんな妹がいたら、楽しいだろうと考える。さらに、こんな娘がいたら、母上の気もずい分と晴れただろうにとも考える。そんな相手だ。

「菊沙は少し、おまえに惹《ひ》かれていたのではないかな。おまえが来ると、やけに嬉《うれ》しそうだったからな」

「まさか」

「わからん。女心はいつも闇の中だ。男には窺《うかが》い知れん。と、孔子《こうし》は言ってなかったか」

「たぶん、言ってないな。友を選べとはあるが」

正力町へと歩きながら、夢を見ているのではと疑う。これは夢で、弘太郎が薫風館を退くという話も夢の中でのことなのでは、と。

空を見上げる。

西に傾いた日差しの熱が肌に、明るさが眼に突き刺さる。

夢ではない現《うつつ》だ。弘太郎は、現の言葉で辞めると告げた。

「菊沙どのはどこに嫁がれるのだ」

「まだ決まったわけじゃない。嫁入り話が持ち込まれただけだ。それがな、武家ではなく町人なのだ」

「町人？」

「ああ、浮谷町《うきやちょう》の蠟燭《ろうそく》問屋の主人なのだ。『鎌野屋《かまのや》』という」

「『鎌野屋』。大店じゃないか」

「大店とまではいかんだろうが、中堅どころの上だろうな。花菱小路《はなびしこうじ》の店のほとんどは、『鎌野屋』の蠟燭を使っているらしい」

花菱小路は浮谷町から落合町に跨《また》がる一画で、遊女宿や出合茶屋が軒を連ねる色里。狭斜の地だった。

「しかし、あの店の主人となると……」

「うん、年齢は、菊沙と一回り以上離れている。おれとでも十歳の上、違うぐらいだ。ただ、後添えという話ではないらしい。鎌野屋はちょいと気難しい男で、所帯を一度ももったことがない。それが、ひょんなことで、菊沙を見初めたわけだ」

「また、そこでひょんなことが出てくるのか」

「『鎌野屋』の二軒先が籠屋なのだ。母上に鳥籠の内職を回している店だ。こちらは、いたって小体《こてい》の店だが、繁盛はしている」

「あ、なるほどな」

見えてきた。

「母上のかわりに、菊沙どのがその店に出入りしていたんだな」

街並みが途切れる。ここからは暫く雑木林が続き、抜けると正力町に入っていく。

「そうだ。出来上がった鳥籠を運んだり、材料を受け取るために頻繁におとなっていた」

「そこを鎌野屋に見初められた、か」

「全て正解だ。菊沙のどこが気に入ったのかはしらんが、嫁にするならあの娘しかいないと騒いだそうだぞ。父親である先代は数年前に病没したが、母親はまだいたって達者で、今まで女に見向きもしなかった息子が嫁を貰《もら》う気になったと大喜びして……どうなったと思う？」

「その籠屋を通して、間宮家に申し出があった」

「よくわかるな。今日の口頭試問より調子がいいんじゃないのか」

「誰のせいで、口頭試問を受けるはめになった？　胸に手を当てて、よく考えろ。それで、どうするのだ。その話、受けるのか」

うむと、弘太郎は唸《うな》った。

「おれも父上も、母上も即座に断ろうとした。武家だ町人だの身分の話をしているんじゃない。商家に嫁に行った武家の女は、たんといる。『鎌野屋』に嫁ぐのが菊沙の幸せに繋がるなら、誰も反対はせんさ。しかし、言っても菊沙はまだ十三歳だ。三十前の男の、しかも、商家というまるで違う世界に生きてきた男の許《もと》に嫁がせて大丈夫なのかと、危ぶんだのだ」

「さもありなん。わかる気がする」

間宮家の人々ならそうするだろう。

まず第一に、娘の幸せを考える。

「が、当の菊沙が乗り気でな」

「ええっ」

「だから、大声を出すな。天下の往来で……じゃないか」

周りは既に雑木林になっている。そのおかげで、涼しい。道辺に咲く黄色い花の上で虻《あぶ》が遊んでいた。その羽音さえも、涼やかに聞こえる。首筋を撫《な》でる風は、冷たいほどだ。

道は広く、荷車と人ならすれ違えるほどの幅があった。

人気《ひとけ》はない。

「一旦《いったん》は断るつもりだったのに、数日前、菊沙がこの話を纏めてくれと急に言い出してな。嫁に行くと」

「菊沙どのは、鎌野屋の主人と顔見知りなのか」

「いや、まったく知らんだろう。顔どころか、姿恰好《すがたかっこう》も為人《ひととなり》も何一つ知らんはずだ。だから、鎌野屋に惹かれて嫁に行きたいわけじゃない。おれは……、おれのせいではないかと思っている」

弘太郎の口調が重くなった。

遠くで山鳩が鳴いた。

「つまり、おれを薫風館で学ばせ続け、かつ、母上の負担を軽くするには金が要る。『鎌野屋』の内儀になれば、父上にも母上にも楽をしてもらえる。この兄を心置きなく薫風館で学ばせてやれる。菊沙はそう考えたのではないかと思ってな」

新吾も唸ってしまった。

金が要る。

生々しい言葉だ。

金だけで幸せにはなれないけれど、あれば不幸にならずに済むことはある。けっこう多くある。

「おれは、妹を踏み台にしてまでのうのうと生きていけるほど図太くはない。今まで四年間、薫風館に通わせてもらった。それで十分だと思っている。だから、きっぱりここで辞めて、出仕したいのだ。菊沙ではなく、おれが間宮家を支えていかんとな」

新吾は目を細め、弘太郎を見やった。

見慣れた横顔が眩《まぶ》しいような気がした。

「そんなことをあれこれ考えていたら、眠れなくてな。まあ、それで講義中に居眠りしていては、本末転倒、これ甚だしだが」

はは と、弘太郎が笑い声を上げる。それに合わせるかのように、藪《やぶ》が動いた。丈の高い草が揺れる。

「え、熊か」

とっさに柄《つか》に手を掛けた。

「まさか、こんな人里で熊は出んだろう」

と言いながら、弘太郎も刀を握る。

「誰だ。出てこい」

威嚇のつもりで、誰何《すいか》する。

藪の中から黒い影が飛び出してきた。

「弘太郎さま」

「おお、八千代ではないか」

髷《まげ》に草の葉をつけた娘だった。大柄で、くっきりとした目鼻立ちをしている。髷だけでなく、肩にも裾《すそ》にも草の葉や実がくっついていた。

八千代？　では、この娘が弘太郎の？

黒眸《こくぼう》勝ちの双眸が美しいと、感じた。

「弘太郎さま。お待ちしておりました。お話ししたいことが」

八千代はそこで息を吸い込んだ。新吾に気が付いたのだ。美しい黒眸が落ち着きなく動いた。

「あ、お連れがおられましたのですね。ご無礼をいたしました」

「いや、お気にされずともけっこうです。弘太郎、今日のところはここで引き揚げる」

「待て。新吾、へんな気を遣うな」

弘太郎が腕を摑《つか》んで引き留めてきた。

「ちょうどよかった。早いうちに引き合わせたかったのだ。八千代、これは鳥羽新吾という男で、おれの大切な学友だ」

改めて挨拶《あいさつ》しようとして、新吾は息を詰めてしまった。

八千代が震えていたからだ。

「鳥羽……、鳥羽さまとおっしゃいましたか……」

「あ、はあ。鳥羽新吾と申す」

八千代が悲鳴を上げた。

そのまま身をひるがえし、道を駆け去って行く。

え？　どうしたと言うのだ。

あっけにとられる。

弘太郎と顔を見合わせたが、やはり、呆然《ぼうぜん》としていた。

山鳩が、今度は頭上で鳴いた。

「弘太郎」

「何だ」

「おれ、八千代どのの気に障るようなこと、言っただろうか」

「いや、ただ、名乗っただけだと思うが」

腕を組み、弘太郎が首を傾げる。

「いきなり悲鳴を上げて走り去る。そんな無礼な振る舞いをする娘ではない。ないのだが」

実際には、八千代はろくに挨拶も交わさぬうちにいなくなってしまった。弘太郎の面に戸惑いが滲《にじ》む。

「名前かな」

呟いていた。弘太郎がさらに首を傾《かたむ》ける。

「名前とは？」

「八千代どのは、おれの名前を聞いて驚いたように見受けたが」

「しかし、おれはおまえのことをまだ八千代には話してないぞ。よしんば、どこかで耳にしていたとしても悲鳴を上げることはあるまい。悲鳴というのは驚いたというより恐ろしさを感じた折に上げるものだ。八千代がおまえを恐れるどんな謂《いわ》れもなかろう」

「だな」

今度は新吾が首を捻《ひね》った。大きく見開かれた眸《ひとみ》に、怯《おび》えの影が窺えた。強張《こわば》った口元にも、握り込んだ指にも窺えた。

八千代は新吾に怯えたのだ。

なぜ？

わからない。思い当たる節はまったくなかった。

「まあいい。後でゆっくり尋ねてみる。人違いをしているってことも考えられるしな。いや、おまえの面があまりに怖くて逃げだしたのかも、うん、それが当たりの気がする」

「ぬかせ。おまえにだけは面のことは言われたくない。屋根の鬼瓦《おにがわら》にも引けを取らん顔つきをしてるくせに」

「新吾、それはいくら何でも言い過ぎだろうが」

弘太郎が眉《まゆ》を八の字に寄せる。その顔つきが愉快で、新吾は笑ってしまった。弘太郎も乾いた笑い声をたてる。

弘太郎が薫風館を去ったら……。

新吾は短く息を吐いた。笑いは消えて、胸の底が重くなる。

こんな風に笑い合うこともできなくなる。

栄太に続いて弘太郎までいなくなる。

信じられない。

けれど、これは現だ。紛れもなく、新吾の現だった。

そういうときが来ているのだ。

一緒に歩いてきた道は終わり、それぞれの道が三方に延びる。別々の方角に、交わることなく延びていく。

一人で己の道を歩み出す。

「薫風館では、多くを学んだ」

新吾の想いを汲《く》み取ったかのように、弘太郎が言った。言いながら、空を見上げる。

「よくぞ、今まで通わせてくれたものだ。ありがたいと思っている。だからこそ、これ以上、無理は言えん」

弘太郎と並び、足を前に出す。

風が背中を押した。

「……本当に辞めるつもりなんだな」

「ああ、辞める。学び舎を去るのは淋《さび》しくもあるが、このあたりが踏ん切りどきだ。妹を踏み台にしてまで薫風館に通うことはできん。それに本当に、たくさんのことを学ばせてもらったからな。十分すぎるぐらい十分にな」

「講義中に居眠りしているやつの台詞《せりふ》じゃないな」

わざと茶化してみる。そうしないと、胸の重みに耐えられない気がしたのだ。

「だから、あれは居眠りではなく瞑想《めいそう》しているのだ。瞑想。いつの世も賢人の行いは凡人には解《げ》せないものか。ああ、嘆かわしい。ああ、やんぬるかな、だ」

「どこに賢人がいる。よくそれだけ、好きにほざけるな」

あはははは。

弘太郎の笑い声が空に上っていく。

「まあ、講義もさることながら、おれは薫風館でおまえと栄太に出逢《であ》えた。それが何よりの学びだった気がする」

「学び？」

「うむ。人の生き方を学んだ。おれの知らなかった人生だ」

新吾は顎を引き、大柄な友を見上げた。

「栄太はともかく、おれはまだ人生といえるほど大層な生き方をしていない」

本音だった。

栄太も弘太郎も闘っていると感じる。

貧しさと闘い、定めと闘い、一歩も引かない。真っ向からぶつかって、踏み止《とど》まり、じりじりと前に進もうとしている。

しかし、おれは……。

どうだろうかと自問する。

何一つ憂いがないとは言わない。胸にわだかまるものは諸々《もろもろ》、ある。しかし、それは曖《あい》昧模糊《まいもこ》として確《しか》とは見通せないままだ。栄太のように弘太郎のように己の今と向かい合っている手応《てごた》えはなかった。依子は、新吾を鳥羽家の後嗣とすることに強く拘《こだわ》るけれど、新吾は微《かす》かな違和を覚えるのだ。鳥羽家の当主となった自分を上手く思い描けない。それは、鳥羽の家が無役だからではない。当主として鳥羽家を支えることがどこに繋がるのか摑めないからだと、感じている。感じてしまう。

栄太の想いも、弘太郎の決意も人と繋がっている。故郷の地とそこに生きる人々に、家族に繋がっている。なのに、我が足元から続く道、その先はどこに通じているのか、見当がつかない。

「鳥羽さんは、ご自分から逃げない」

ぼそっ。弘太郎が呟いた。それまでとは打って変わった、低く重い呟きだった。

「は？　何だ、それは？」

「栄太が言ったのだ。『鳥羽さんは、ご自分から逃げない』とな」

「栄太が？」

「そうだ」

「どういう意味だ」

「わからん」

実にあっさりと、弘太郎はかぶりを振った。

「栄太はそれ以上は言わなかったし、おれも尋ねなかった。尋ねなくてもいい、尋ねるものではないと思ったのだ」

弘太郎はそこで、短い息を吐いた。

「おまえは自分から逃げない」

「だから、それはどういう意味なんだ」

「だから、わからんのだ。まあ。ゆっくり己で考えてみろ」

「何だ、いいかげんだな」

笑ってみる。しかし、胸の内はざわめいていた。

自分から逃げない。

どういう意味だ？

栄太や弘太郎の眼には、おれはどう見えている？

ざわめきは不安や不穏に変じなかった。むしろ、高揚と仄《ほの》かな誇らしさに転じていく。

「江戸へ発《た》つちょっと前だったかな。栄太と二人でいたときに言ったのだ。たった一言、な。おれは頷《うなず》いていた。すとんと納得してしまったんだ。あ、栄太といたのは、実はな」

弘太郎が口調を軽くした。

「有体に言っちまえば翌日に詩文についての試問があって、上手く切り抜けるこつを伝授してもらっていたんだが」

「切り抜けるこつか。賢人の言うこととじゃないな」

「おれは詩文が大の苦手なんだ。詩文より蝮《まむし》と戦った方がまだ楽だと思っちまうんだな」

「詩文と蝮を一緒にするか。ますます賢人から遠のくな」

弘太郎はおどけた仕草でひょいと肩を竦めた。

「まあ、苦手は苦手でどうにもならん。しかし、何とか切り抜けた」

「栄太のおかげだろう」

「そう、おかげだ。で、何か礼をとおれなりに考えた」

「当然だな」

「しかし、栄太がいらんと言うのだ。教えることで自分も学んでいるからとな。遠慮とか謙遜《けんそん》ではなく、本気でそう言う。教えることは学ぶことに等しいのだそうだ。栄太らしいだろう」

「らしいな」

「でな、結句、おれの弁当の握り飯一つと菊沙の漬けた梅干しで十分だと言われて、栄太と二人で握り飯を食った。ずい分と安上がりな教授代だった」

「いや、菊沙どのの梅干しなら、安上がりではないかもしれんぞ。なにしろ、うちの母上をして、今までの生涯で食した一番美味《うま》い梅干しだと言わしめたほどだからな。おれが言うのも何だが、母上が手放しで褒めるなんてことはめったにない。塩の塩梅《あんばい》も紫蘇《しそ》の香りも絶品だった」

弘太郎の足取りが緩やかになる。

「依子さまが褒めてくださった？　そうか。それはこの上ない誉れだ」

「誉れとは、また大仰だな」

「いやいや、依子さまのような佳人に褒められるのは、まさに誉れだ。詩文で上位に入るより誇らしい」

「ここでも詩文が出てくるのか。それに佳人といっても、母上はすでに四十に近いぞ」

「美しさに年齢は関わりない。美しい方は、どれほど年を経ても美しいものだ。依子さまなど、佇《たたず》んでおられるだけで光が差すようではないか。それに、あのお声。凛《りん》として涼やかで、実に良い。おれは、心底から憧《あこが》れてしまうなあ」

弘太郎は自分の言葉に自分で頷いている。顔つきからして、冗談や空言を口にしているとは思えなかった。

本気か？

瀕死《ひんし》の目に遭った栄太を鳥羽の屋敷で養生させている間、弘太郎は足繁く通って来ていた。栄太が回復し薫風館の寄宿舎に戻ってからもたまにひょっこり顔を覗《のぞ》かせたり、新吾の誘いのままに訪れたりする回数が増えた。そして、その度に依子に説教されていたのだ。

「弘太郎どの、もう少し姿勢をよくなさい」

「男子たるもの、誰が見ていなくとも我が身を律する心構えが入用なのですよ。わかっておりますか」

「あなたは何事においても少し、大雑把すぎます。豪胆といい加減はまるで異なるものなのですよ。心しなさい」

と。依子の口調は口煩《くちうるさ》い母親そのものだった。弘太郎は畏《かしこ》まり、神妙な顔つきで小言の雨を受けている。この前などは、茶室に呼ばれ依子の御点前《おてまえ》に付き合わされていた。

新吾とすれば、申し訳ないようにも気の毒なようにも、おかしいようにも感じていたが、弘太郎はさほど苦になっていなかったようだ。あの小言を凜として涼やかと受け止め、あまつさえ、依子への憧憬《しょうけい》を口にする弘太郎は度量が広いのか、どこか頓珍漢《とんちんかん》なのか。

どうでもいいようにも、存外大切なようにも感じる。

それにしても、栄太にしろ、弘太郎にしろ一筋縄ではいかない。多様な面を持ち、それを惜しげもなくさらしてくれる。

おもしろい。稀有《けう》なほどおもしろい。

しかし、稀有な友とも間もなく別れがくる。

もしかしたらと、新吾は思う。

弘太郎が薫風館を去ると知れば、依子は落胆するのではないか。落胆の気振りを僅かも見せないまま、落胆するのではないか。

新吾の母に向ける思案は、中途で切れた。

普請方組屋敷の一軒から、少女が出てきたのだ。

菊沙だった。

菊沙はすぐに兄と兄の学友に気が付いた。ぱたぱたと軽快な足音が聞こえるような動きで、駆け寄ってくる。

「鳥羽さま、おいでなさいまし。それに兄上も」

「菊沙、どうして、兄上もの後を省略する。どうでもいいように聞こえるぞ」

「どうでもよくはありません。兄上をお待ち申しておりましたもの。でも、鳥羽さまがご一緒なのは嬉しゅうございます。嬉しくて、兄上のことなど忘れてしまいました」

くすくすと菊沙が笑う。

口元を押さえて目を細める所作に、仄かな艶《つや》が零れた。嫁入りの話を聞いたからかもしれないが、久しぶりに見た菊沙は、少女の域を出て艶《あで》やかな女人へと変わろうとしている。

眩しい。

おそらく母親から譲られたのだろう地味な小袖に古物の帯と、いかにも質素な身なりの娘が、爛漫《らんまん》の桜を思わせて眩しい。

ふっと、眩しい少女の面《おもて》が翳った。ほんの束《つか》の間だが、言い淀《よど》む。

「兄上……あの噂はまだ、お耳に入っておりませんよね」

「噂？　何の噂だ？」

一息の間をおいて、菊沙は答えた。

「この先の林で人が殺されたのです。しかも、その死体が消えてしまったとか」

新吾と弘太郎はほぼ同時に、振り返っていた。通り抜けてきた雑木林が風に微かな音を立てている。この季節独特の、土と木々の香りが混じり合って鼻孔に届いてきた。

三　風紋

間宮家の裏には川が流れている。幅五尺足らずの小川だが小魚が多く、ときに鰻《うなぎ》が上ってきたりもするらしい。二度ばかり、弘太郎手作りの仕掛けにかかった鰻を馳走《ちそう》になった。小ぶりだが、ほどよく脂がのって美味《うま》かった。

居間に吹き込んでくる川風は涼やかで、滲《にじ》んだ汗を拭《ぬぐ》い去ってくれる。部屋の真ん中には囲炉裏が切ってあるが、むろん、火は入っていない。

「森原《もりはら》のご隠居さまに伺ったのです」

兄と新吾の前に茶を置き、菊沙はなぜか顎《あご》を上げた。挑むような仕草だった。弘太郎が肩を竦《すく》める。

「森原のご隠居か。じゃあ、どこまでが本当なのかわかったもんじゃないな」

「また、そんなことをおっしゃって」

弘太郎はもう一度肩を竦め、新吾に顔を向けた。それから自分の頭を指差す。

「森原のご隠居ってのは向かいの組屋敷に住んでいる、齢《よわい》八十に近い爺《じい》さまだ。こう言っちゃあなんだが、年相応にこっちの方が耄碌《もうろく》しているようでな」

「兄上！　そんな無礼なことおっしゃって。小さいころ、ご隠居さまにどれほど可愛がっていただいたかお忘れなのですか」

　菊沙が咎《とが》める。妹というより、軽はずみな息子を叱る母親の口調だ。新吾はこみ上げる笑いを何とか堪《こら》えた。

「ご隠居さまは耄碌などしておられませんよ。少し物忘れが多くなって、お話の辻褄《つじつま》が合わないことが、たまにあるだけです」

「それを耄碌っていうんだ。まあ、しかし、ご隠居に可愛がってもらったのは事実だな。で？　そのご隠居がどうしたって？」

「死体を見つけられたのです」

　弘太郎は顎を引き、新吾は湯呑《ゆのみ》を持った手を止めた。徳利《とっくり》に入れて井戸水で冷やしているという茶は、心地よく冷たい。身体にこもった暑気を払ってくれる。

「林の中に血塗《ちまみ》れの死体が転がっていたそうです」

　菊沙は少し忙《せわ》しい物言いで付け加えた。

「それは、いつのことだ」

「今朝早くのようです。ご隠居さま、暑くなる前に林をお散歩なさるのが日課でしょ。そのとき、死体を……」

「見つけて、家人に知らせたのだな」

「それが森原のみなさまが聞いたのは、一刻ばかり後になってなのです。ちょうど、兄上が薫風館にお着きになったころではないでしょうか。今日は水練の課業があると張り切ってお出かけでしたものね」

「そうなんだ。水練で張り切りすぎて、つい下午の講義で」

弘太郎が口を閉じる。菊沙の眉《まゆ》が吊《つ》り上がったのだ。若い額に皺《しわ》が寄るほどの強さだった。

「兄上、よもや講義で居眠りをなさったのではありますまいね」

「え？　あ、いや……、あ、当たり前だ。貴重な講義のときを無駄にしたりできるものか。確かに眠くはあったが、気持ちで乗り切った。心頭を滅却すれば火もまた涼し、だ。なあ、新吾」

「使い方が些《いささ》か間違っている気がするが、な。それに、おまえ、心頭を滅却し過ぎて……」

「馬鹿、いらぬことを言うな。それより、どうしてご隠居は一刻もの間、死体のことを黙っていたのだ。本当に見たのなら、すぐにでも知らせるのが当然ではないか」

「お口がきけなかったのです」

眉を下げ、菊沙は続けた。

「組屋敷の手前で足を滑らせて、お頭《つむ》をしたたかに打たれたとか。それで、しばらくの間、気を失われてしまったのですって。気が付かれてから、死体のことを告げられたのですが」

「家人は本気で相手にしなかったのだな」

「はい……。それでも、あまりにご隠居さまが言い張るので、森原のおじさまが林に様子を見に行かれたのです。でも」

　菊沙はそこで目を伏せた。目元に翳《かげ》りができて、﨟《ろう》たけた女の表情になる。新吾は慌てて、視線を逸《そ》らした。

「死体はなかったわけだ」

「ええ、影も形もなかったそうです。ご隠居さまは絶対に見たと言い張られたのですが、どなたも信じなくて」

　さもありなんと、弘太郎が頷《うなず》いた。

「それでなくても普段から、やや辻褄の合わぬ話が目立つご隠居だ、頭を打った拍子に一時、あらぬことを口走ったと周りが考えてもおかしくはない。いや、実際、そうなのだろう。ご隠居は滑って転んで幻を見た。おい、菊沙」

「なんです」

「どうして新吾にだけ茶を注《つ》ぐ。おれの湯吞も空だぞ」

「あらそうですか。気が付きませんでした」

　菊沙は冷えた徳利から兄の差し出した湯吞に茶を注いだ。滴が散るほど乱雑な注ぎ方だった。

「なんだ、何をそんなに臍《へそ》を曲げてるんだ」

「お臍なんか曲げていません。腹を立てているのです」

「だから、どうして、何に怒っている？」

「兄上に決まっているでしょ。ご隠居さまがあらぬことを口走ったと決めてかかられて、本気で考えようともしない。そういうお心に腹が立ちます」

「しかしな、菊沙」

「ご隠居さまは本当のことをおっしゃっています。幻を見たわけでも、惚《ほう》けておられるわけでもありません」

兄を睨《にら》みながら、言い切る。

「本当のことをおっしゃっているんです。それなのに、お家《うち》の人も含めてどなたも信じて差し上げなくて……」

「ご隠居が真実を語っていると、どうして、おまえに断言できる？」

菊沙はまた、顎を上げた。さっきよりも幾分、高い。

「ご隠居さまのお顔を見ればわかります。ご隠居さま、うちに来られて、さめざめとお泣きになったのですよ。誰にも信じてもらえないのが辛《つら》いと、これほど辛いとは思わなかった。情けないし悔しくてたまらないと。お気の毒で見ていられませんでした。兄上、今までご隠居さまが涙を流されたところをご覧になったこと、ありますか。ないでしょ。いつも楽し気に笑っておられて……わたしたちを幼いときから可愛がってくださって……」

菊沙の双眸《そうぼう》が潤み、涙が一粒、ほろりと零《こぼ》れる。

「何でここで泣く？　おまえが泣くこと、ないだろうに」

弘太郎は苦笑いを浮かべたが、新吾は束《つか》の間、菊沙に見惚《みほ》れていた。くるくる変わる。

目を輝かせた少女、薹たけた女、兄を諫《いさ》める勝ち気な妹、一途《いちず》で少し独り善がりではあるが、他人のために本気で泣くことのできる心根の娘。

菊沙の表情は目まぐるしく変わる。見ていて飽きない。この小柄な若い女人の中には、いったいどれくらいの〝顔〟が隠れているのかと考え、いや、隠してなどいないないと思い至る。

菊沙は何も隠していない。むしろ、惜しげもなくさらけ出している。どれも菊沙自身だ。

「やたら元気で明朗なのはいいが、もう少し慎み深くあってほしいものだ。菊沙の場合、思ったことをみんな顔に出してしまう。困りものだ」

いつだったか、弘太郎が悩まし気に語ったことがあるが、新吾は菊沙の屈託のなさや心の内の素直な吐露を好ましいと感じていた。決して、困りものではない。

もしかしたら……。

ふっと思う。

菊沙を嫁にと望んだ商人、浮谷町の蠟燭《ろうそく》問屋の主人とやらは、菊沙のこの多彩な表情に惹《ひ》かれたのかもしれない。

この女と共に暮らせば、一日一日、一刻一刻が美しく、おもしろく、豊かに過ぎていく。そう、感じたのではないか。だとすれば、慧眼《けいがん》だ。

菊沙どのなら、堂々たる商家のお内儀《かみ》になれる。

そうも感じた。上手《うま》く語れないけれど、武家に嫁いでその家妻に納まるより、夫とどもに商いを守《も》り立て、男と五分に働く。そんな生き方が似合う、気がする。

「それに、見た方がおられるのです」

菊沙が弘太郎に向かって胸を反らした。

「見たって、その死体をか？」

「いえ、真っ青になって林から飛び出してきたご隠居さまをです」

何かを言い返そうとした弘太郎を遮るつもりなのか、菊沙は早口で続けた。

「高池《たかいけ》のご新造さまです。ほら、林のちょっと奥まったところに、大きな無花果《いちじく》の木が三本、生えておりますの、兄上もご存じでしょう」

「ああ、もちろん知っておるが、それがどうした」

「今の時期、実が熟して食べ頃なんです。それに葉は煎《せん》じて座浴すると、痔《じ》にとてもよく効くのだそうです」

「菊沙、若い女が痔なんてこと、さらりと口にするな」

「あら、痔は病です。恥ずかしがったり、隠したりしなくてよろしいでしょう。ともかく、高池のご新造さまは小さなお嬢さまのために無花果の実を、旦那《だんな》さまのために葉っぱを採りに林に出かけたのです。あの林の無花果は殊の外実が大きくて、美味なのですわ。朝早く採れば、冷えていていっそう美味《おい》しいですし」

「高池のご主人は痔を患っているのか。そういえば、いつも仏頂面をしておるな」

「もとからああいうお顔なのです。それに、今、話に出ているのはご新造さまの方ですから。仏頂面も痔も関わりありません」

新吾はうつむいて、笑いを何とか抑え込んだ。軽妙な兄妹《きょうだい》のやりとりがおかしい。本人たちは、いたって真面目にいつも通りの会話をしているのだろう。だからこそ、おかしい。

菊沙どのが間宮の家を出てしまうと、弘太郎が一番淋《さび》しくもせつなくもなるのだろうな。

ちらりと友の顔を見やる。

「ご新造さまが林に入ろうとしたとき、森原のご隠居さまが藪《やぶ》の中から飛び出してこられたそうです。真っ青な顔色をして、ご新造さまにはまったく気づかないまま走り去ったとか。ご隠居さま、普段、杖《つえ》をついておられるでしょう。お膝《ひざ》が痛いとかで。でも、そのときは、杖をわきに挟んで一目散に走っていかれたそうです。ひきつったとても怖い形相だったとか」

「おまえ、そんな話をどこで仕入れた？　まさか、組屋敷中をあれこれ聞き込んで回ったわけじゃあるまいな」

「まさか。そんなはしたない真似、頼まれたってしません。川端にいけば、たいていの噂や世間話は耳に入ります。お洗濯したり菜を洗いながら、みなさま、いろんなお話をなさいますもの」

「なるほど井戸端でなく、川端でな。それで、高池のご新造はどうしたのだ。やはり、林の中で死体を見た……わけじゃなさそうだな。見なかったのなら、やはりもともとなかったと考えるのが筋だろうよ」

「猿が出たと思われたのです」

「は？　猿？」

「あの林には、時々、はぐれ猿が出るのです。体の大きな雄の猿が。とても凶暴で、襲われそうになった人が組屋敷にも何人かいます。猿も無花果を狙っているらしくて、木に近づいた者に襲い掛かってきたりして、ほんと怖いのですって」

「ご新造は、ご隠居がその猿に襲われたと勘違いしたわけか」

「ええ、てっきりそうだと思い込んで。ご自分も林の手前で引き返されたのです。ですから、死体を見たわけではなくて……でも、ご隠居さまがひどく慌てていらしたのは、しっかり目にされました。『あのご様子は、ただ事ではなかった』と、はっきりおっしゃいましたもの」

菊沙がどうだと言わんばかりに、兄を見つめる。見つめられた弘太郎は苦笑を広げた。

「それだけじゃ何ともなあ。結句、死体は見つからなかったわけだろう」

「だから、奇天烈《きてれつ》ではありませんか。死体が消えてしまうなんて、ほんとに不思議で……。鳥羽さま、どう思われます」

不意に話の矛先が向けられた。危うく、茶を零しそうになる。

「ね、どう思われます」

菊沙がにじり寄ってきた。化粧気のまったくない白い顔が近づいてくる。微《かす》かに髪が甘く匂った。梅の香りに似ていた。

「どうと言われても、あまりに奇妙な話にて、何と答えていいか見当がつきませぬが」

慎重に言葉を選んで物言う。菊沙は、事の真偽ではなく、あるべきものがなくなったという奇怪について問うている。

どうして死体が消えてしまったと思われますか、と。正直、新吾も、老人の世迷《よま》い言だろうと考えている。そうとしか考えられない。

死体は動かない。もはや、歩くことも這《は》うことも叶《かな》わない。何かを訴えることも、抗《あらが》うことも、求めることもできないのだ。

「やはり、狐狸《こり》妖怪《ようかい》の仕業でしょうか。ああいうものは、骸《むくろ》を好むと申しますし」

「いや、真夜中ならまだしも、狐狸妖怪とやらが早朝に跋扈《ばっこ》するとは考え難いのではありませぬか。朝まだきとはいえ、すでに明るくなっていたわけでしょう。それならむしろ、人の所業とした方が腑《ふ》に落ちるような」

新吾は口をつぐんだ。

死体が消える。

骸を運び去る。

人ならできる。

男であっても女であっても、人一人をどこかからどこかに移す。決して難しくはない。死体であったのなら、なおさら容易《たやす》かろう。石や木と大差ない要領で運べる。人の骸を石木と大差ないと感じられる者ならば、だが。

新吾は胸内で、かぶりを振った。

馬鹿な、何を考えている。

老人の気迷いに過ぎないのだ。老いた男が現《うつつ》にないものを見た。それだけのことだ。

「人の所業」

弘太郎が低く唸《うな》った。

「なるほど、そこまでは考え及ばなかったな。狐狸妖怪の仕業や老人の妄想ならどうにもならないが、人が関わっているとなると一考の余地はある。そういうことだな、新吾」

「どう一考すればいいのか見当がつかんのは、同じだろう。死体そのものが出てこない限り何もわからんままだ」

「ご隠居の気迷いとして片付けられるってわけか」

「そうだ。おまえもおれも、さっきまでそう思い込んでいたではないか」

今もそう思っている。

とまでは、口にしない。弘太郎の顔つきが、やけに生真面目に引き締まっていたからだ。

「人の所業となると、どう考えればいいのだろうな」

生真面目な顔のまま、弘太郎が呟《つぶや》く。

「何者かが何者かを林の中で殺し、死体を持ち去ったわけか」

「それは、些か早計だぞ」

弘太郎に引きずられるように、新吾の口調も張り詰めてくる。

「殺されたのか自裁したのか、わからんだろう。だいたい、その死体とやらが男だったのか女だったのか、武士なのか町人なのか、何一つ、わかってないのだ。それに、林の中で襲われたにしろ、斬り結んで殺されたにしろ、悲鳴やら物音やら相当のものになるだろう。森原のご隠居が耳が遠かったのならいざ知らず、大抵は何事かと気が付くのではないか」

「なるほど、一理ある。それに、ご隠居の耳は確かだ。隣の部屋の内緒話でも聞こえると、以前自慢していた。あながち戯言《ざれごと》でもないらしく、森原のご新造がいつぞや……、あ、まあ、そんな話はどうでもいいな。うん、新吾の言わんとすることがわかってきた。そうだな。人が何の物音も気配もなく死ぬとは思えんな。血に塗れてたのなら、ぽっくり逝《い》ったわけでもなさそうだし。それじゃ、昨夜《ゆうべ》のうちに林で殺されていたってことになるな」

「林の中でとは言い切れんさ」

「どこぞで殺されて運ばれてきたと？」

「逃れてきたのかもしれない」

弘太郎が瞬《まばた》きする。口の端がもぞりと動いた。

「別の場所で深手を負って林まで逃げてきた。そこで力尽きたってことも考えられる」

「ああ、確かに。その方がしっくりくる」

「兄上、小袖《こそで》の着心地ではあるまいし、しっくりくるなんて変です」

菊沙が口を挟んできた。兄を咎めながらも、口元は笑っている。弘太郎と新吾が真剣に語り合っていることがいたく気に入ったらしい。機嫌はすっかり直っていた。

「それと、男の方だったらしいです」

笑んだまま、声だけを潜める。

「死体、男の方だったみたいです。ただ、年端まではわからないそうですが」

「ご隠居がそう言ったのか」

「ええ、うつ伏せに倒れていたので顔は見えなかったけれど、形《なり》は男だったとおっしゃいました。若いころのように胆力があればちゃんと確かめたものを、つくづく老いぼれてしまったと意気消沈なさっていて、それもお気の毒でしたの」

弘太郎と目を合わせる。

「老いぼれていてよかったのかもな」

弘太郎が茶を飲み干し、一息を吐いた。意味を解《げ》せなかったのか、菊沙が首を傾げる。

「もし、その男が殺されたのなら、殺した相手、下手人が近くに潜んでいた見込みもあります。ご隠居が勇んで、死体の検分などされていたら危うかったかもしれません」

新吾の言葉に、菊沙の顔色が変わった。初めて事の重大さに触れた。そんな顔色だ。

「ほんとに、恐ろしいこと。この先、どうなるのかしら」

どうにもならないだろうと、新吾は思う。つい、本気で語り合ってしまったが、十中八九、現の出来事ではない。老人の妄想か狂言か、だろう。

何も変わらない。

考え語らねばならない件は別にある。現に根差した件だ。

「なあ、弘太郎」

菊沙が台所仕事に立ったのを見計らい、新吾は切り出した。

「八千代どののことを詳しく聞かせてくれ」

「え？　うっ」

弘太郎がなぜか咳《せ》き込む。

「な、なんだ、急に。なぜ、ここに八千代が出てくる」

「おまえの妻女になるかもしれん方だからだ。どういう女人かちゃんと知っておきたい。栄太にも知らせてやりたいしな」

「は？　あ、待て待て。ちょっと、待て。栄太にまで知らせることはないぞ。そんな真似、絶対にするな」

弘太郎は大きな手をはたはたと横に振った。団扇《うちわ》代わりになるほど、風が起こる。

「しかし、江戸から帰ってきて、おまえが薫風館をやめ、所帯まで持っていると知れば、栄太は驚くぞ。驚くだけでなく、怒るんじゃないか。どうして教えてくれなかったのだと。おれが栄太なら腹が立つがな」

「栄太は、おまえのような短気者ではない。そんなに、露骨に腹を立てたりするもんか」

「そうか、腹は立てないか。それなら、悲しむかもな。こんな重大な事柄を何一つ、教えてくれなかったのだと。うーん、栄太の落胆した様子が目に浮かぶ」

「おいおい」

弘太郎の眼差《まなざ》しや口元に戸惑いが滲む。

「そこまで言うか。たかだか、おれの嫁取り話だぞ」

「おまえの話だから気になるのではないか。他の者だったら、どんな嫁御を迎えようが、婿に入ろうが関わりあるまい」

それにと、新吾は付け加えたかった。

それに、おまえが薫風館を去るということは、おれにとっても、おそらく栄太にとっても、とてつもなく大きな出来事になるんだぞ。

弘太郎の抱える事情は心底から解している。弘太郎が思い悩み、考えあぐね、それでも考え続けた末の決意だとも承知している。だから、思い直せと説き伏せることも、願うこともできない。

わかっている。わかっている。まして咎めることなど的外れも甚だしいのだ。

新吾は弘太郎の行く末に微かでも触れたかった。八千代という女人を知ることが、その手立ての一つのようにも感じたのだ。それに、少しばかり気にもなっていた。

八千代のあの顔。

新吾に向けた大きな眸《ひとみ》には、何が浮かんでいたか？

驚愕《きょうがく》、恐怖、混乱……、それらが綯交《ないま》ぜになった名付けようのない情動？

あんな眼つき、あんな顔様を向けられたのは初めてだった。

気になる。

以前、八千代に会った覚えはない。八千代が芝居をしていたとも思えない。弘太郎が嫁にと望むほどの相手だ。聡明《そうめい》な性質《たち》に違いない。それなのに、あの所業はなぜだ？　気になる。どうにも、心に引っかかる。ほんの僅《わず》かではあるが、妙な胸騒ぎさえ覚えた。

菊沙のご隠居話を聞いている最中は、忘れていた不穏な情が、小さく頭をもたげたようだ。

「まあ、いずれ、おまえたちにはちゃんと引き合わせるつもりではあったんだがな、今日はどうにもひょんな出会いになってしまった。いつもは、穏やかでおっとりした女なのだ。いや、正直、八千代があんなに慌てたわけが、わからん」

「だとしたら、今日はいつもとは違ったということになるな」

「うむ、まあ、そういうわけか」

弘太郎は腕組みをし、暫《しばら》く天井を見上げていた。それから、おもむろに腰を上げた。

「行ってみるか」

「八千代どののところにか」

「そうだ。三軒先の室石《むろいし》という家になる。付き合ってくれ。改めて、八千代を紹介する」

立ち上がったときの挙措とはうらはらに、弘太郎はきびきびと足を運び、表に出た。意を決したといわんばかりの動きだ。新吾も後に続く。

普請方組屋敷は、幅五尺ばかりの道を挟んで六軒ずつが並び、向かい合っていた。屋敷といっても、住むのは三十石以下の下士。茅葺《かやぶき》の三室しかない住まいだ。ただ、敷地は百坪を超えるほどあり、裏庭はたいてい菜畑になっていた。鶏や山羊《やぎ》を飼っている家もある。一軒一軒、垣根で区切られていた。垣根はひょいとまたぎ越せるほどの丈でしかない。

間宮家の向かい側が森原家、一軒置いた先が林から走り去る隠居を見たという高池の新造の家となる。

弘太郎がそれとなく伝えてきた。

室石家は、間宮家と同じ並びにあった。隣に家はない。並びの一番奥に建っていて、二間ほど先から疎林が始まり、そのまま、例の林に繋《つな》がっていた。落葉すれば、まばらな裸木が揺れるだけの心淋《うらさび》しい風景が広がるのだろうが、今は、一本一本の木々が旺盛《おうせい》に葉を茂らせ、濃い緑の匂いと猛々《たけだけ》しい葉擦れの音をまき散らしている。

室石の家はひっそりと静まっていた。

「ごめんくだされ」

弘太郎が声をかけると、ややあって、奥の襖《ふすま》がことりと開いた。

「まあ……これは、弘太郎どのでしたか。失礼をいたしました」

鬢《びん》に白いものの交ざる瘦《や》せた女が頭を下げる。端整な顔立ちながら、黄ばんだ障子紙のような顔色をしていて、いかにも病み疲れた様に見える。袖から覗《のぞ》いた手首に白い布が巻き付けてあった。

「久子《ひさこ》どの、お身体の塩梅《あんばい》はいかがでござる」

「ええ、あまりに暑いので少し……参っております。腕の腫物《はれもの》もなかなかよくならなくて。八千代がせっせと無花果を干してくれるのだけど、なかなかねえ……」

女は無理やり笑みを作り、弘太郎の肩越しに新吾を見やる。新吾は無言で頭を下げた。

久子というこの女が八千代の母親だと察せられた。目元がそっくりだ。久子は恥じるように、袖口で手首を隠した。

干し無花果が腫物に効能があると、新吾も耳にしたことがある。八千代は母思いの、孝行娘であるらしい。心根が優しいのだろう。弘太郎が家督を継ぎ、嫁取りをして一人前の働きをと逸《はや》ったのは、むろん家の事情のためだ。これ以上、家人に負担をかけてはならないとの想いもあったろう。だが、八千代という娘が傍にいたことも大きいのではないか。

この女と一生を共にするのも悪くない。

弘太郎は心中で呟いていたのかもしれない。だから決意できた。八千代に背中を押されて、新たな一歩を踏み出そうと決めたのだ。

弘太郎の背中を見つめる。

すぐ目の前にあるのに、遥《はる》か遠くに感じてしまう。侘《わび》しいようでも心底から言祝《ことほ》ぎたいようでもある。

「八千代はあいにく、今、留守にしておりますの。品を納めに出かけてしまいましてね。申し訳ありません」

久子が詫《わ》びるように頭を下げた。品とは内職品のことだろう。室石の家も籠《かご》を作っているのだろうか。

「間もなく帰ってくるはずです。帰りましたら、すぐに伺わせますので」

「あ、いや。たいした用事ではございません。お気遣いなく」

「いえ、必ず伺わせます」

久子の口調に微かなおもねりが混じった。どうやら、久子は娘と弘太郎の縁組を喜んで受け入れているようだ。病んだ母親の眼には、おおらかで堂々たる体軀《たいく》の若者が娘を託すに値する相手と映っている。そして、その見込みは間違っていない。

弘太郎なら、一人の女を守り通せる。八千代は幸せになるだろうし、弘太郎を幸せにしてくれるだろう。

新吾は小さく、息を吐いた。

正力町から鳥羽家まで、二里ばかりある。半里は雑木林や田畑の目立つ田舎道だが商家の立ち並ぶ一画に入ると、とたん、にぎやかになった。音も色も大きく、濃くなる。木々や作物の緑に代わって、店の軒先で揺れる色取り取りの看板が目立つ。人が行きかい、物売りや客引きの声が鳥のさえずりを搔《か》き消し、荷車が派手に土埃《つちぼこり》をたてて走り過ぎていく。

あれから、一刻ばかり間宮の家にいたが八千代は来なかった。

来ないような気がしていた。どうして、そんな気がしたのか、新吾にもわからない。ただ、漠として感じただけだ。

何かがあるのだろうか。

歩きながら考える。

あの眸の美しい少女が、自分を避けねばならない何かがあるのだろうか。思案しても答えは摑《つか》めない。わかってはいるけれど、気が付けば堂々巡りの思案を繰り返していた。

八千代は弘太郎の伴侶《はんりょ》となる人だ。そういう相手に避けられているとしたら、疎まれているとしたら辛い。

足が止まった。

心臓が大きく鼓動を打つ。

八千代に関わる思案が頭から消えた。

一間ほど先の、店先に佇《たたず》む女人に眼も心も釘《くぎ》付《づ》けになる。

巴だった。

四　風を受ける

小体《こてぃ》の献残屋の店先に長台が並んでいた。その上に幾つかの小物が並んでいる。売る気をほとんど感じさせない、いかにも無造作な並べ方だった。

巴は長台の前に立ち、品物の一つに見入っていた。それが何かに気が付いたとき、新吾は目を背けたいような、背けねばならないような焦燥にとらわれた。

品物は〝ぼぅぼ〟だった。石久の地に古くから伝わる赤子の守り人形だ。綿を紅絹《もみ》で丸く包み、産着に見立てた白布に縫箔《ぬいはく》で様々な吉祥紋様を施し、着せる。目鼻口はない。ただ丸めたてっぺんから髪を模した黒糸を三本、垂らす。

紅絹は赤子を病から守り、白布は魔障を除き、吉祥紋様は栄華を約束する。そんな謂《いわ》れがあるらしい。帯祝いの日に妻の実家から腹帯と一緒に贈られる習わしが、武家にも町家にも広くいきわたっていた。

台の上の〝ぼぅぼ〟は、松竹梅の美しい縫い取りが人の目を引いた。どういう経緯《いきさつ》で献残屋の店先に辿《たど》り着いたのか見当もつかないが、もとはかなりの大家の持ち物かもしれない。

生まれてくる子を祝い、健やかな育ちを祈る人形を巴はどんな思いで眺めているのか。巴の実家、木崎家から〝ぼうぼ〟が届くことはないだろう。巴と兵馬之介は形の上では夫婦として認められていない。兵馬之介の剣友であり巴の弟である木崎家当主、六佐衛門が懐妊や帯祝いの祝儀を贈るとは考え難《にく》い。何よりも体面を重んじるのが武家というものだ。巴は木崎家の体面に泥を塗った。たわけ者と誹《そし》られはしても、祝われることはあるまい。

新吾は横を向いた。踵《きびす》を返し、さっき通り過ぎたばかりの路地を曲がろうと思った。烏羽の屋敷には遠回りになるが、このまま、いつも通りの道を進む気にはなれない。巴と顔を合わすのが嫌なのではなく、巴の、どことなく途方に暮れたような姿を目にしたことを巴本人に気づかれたくなかった。

身体を回そうとしたとき、巴が揺れた。

「あっ」

思わず声を上げた新吾の前で、巴は崩れるようにしゃがみこみ膝《ひざ》をついた。葡萄《えび》色の風呂《ふろ》敷《しき》包みが地面に転がる。巴の手が胸元を押さえたのが、新吾にもはっきりと見えた。

店の奉公人と思《おぼ》しき貧相な顔つきの男が、店先に出てくる。出てきただけで、声をかけようともしない。眉間《みけん》に皺《しわ》を寄せた、露骨な迷惑顔で巴を見下ろしていた。

「巴どの」

新吾は駆け寄り、巴の名を呼んだ。

「いかがされました」

巴の肩がひくりと動いた。ゆっくりと顔が上がる。新吾が息を呑《の》んだほど青白い。血の気がほとんどなかった。

「……新吾さま」

「お顔の色がすぐれませぬ。具合が悪いならどこぞで休まなければ」

「……いえ、何ほどのこともございません」

巴は力なくかぶりを振ったが、すぐに俯《うつむ》き、微《かす》かな呻《うめ》き声を漏らした。何ほどのこともないようにはとても見えない。

「すぐ先に、腰掛茶屋がありますがね」

濁声《だみごえ》が降ってきた。

先ほどの奉公人の男だ。前掛けを軽くはたいてから、顎《あご》をしゃくる。

「あたしも時々、寄りますが、ちょいと一休みするにはあつらえ向きじゃありますで」

男の口調は顔つきよりよほど親切だった。店先から追い立てようとする薄情より、気遣いが感じられた。

「さようか。では、そうさせてもらおう。巴どの、歩けますか」

「このご様子じゃ、どう見ても無理でしょうが」

男は眉間の皺をさらに深くして、巴の方に屈《かが》みこむ。

「ご新造さま、ちょいと失礼しますよ」

巴の腰に手を回し、立たせる。見かけによらず、力はあるらしい。

「気分は悪くありませんかね。ああ、大丈夫ならけっこう。はいはい、お礼なんぞ言わなくてかまいませんよ。まあ、ものが言えるほどの元気が出たのなら、何よりですがねえ。ゆっくり歩きゃいいんですよ。いえね、さっきご新造さまを見てたのは、仮病じゃないかと疑ってたんですよ。ときたま、いましてねえ、そういう手合いが。店先でちょいと騒ぎを起こして、そっちに店の者が気を取られている隙に、仲間が店の品をちょろまかすって、やつですよ。あ、いやいや、ご新造さまがそう見えたってわけじゃありません。怒らないでくださいよ。ただ、ずっと店先に立っておられたでしょう。何かわけありかなとは思いましてね」

男はよくしゃべった。しゃべることで、巴の悪心を紛らわせてくれているようだった。

「ここです。奥なら風も通って暑さ凌《しの》ぎになりますよ」

床几《しょうぎ》に巴を腰かけさせ、男は息を吐いた。

「お手数をおかけした。まことに、かたじけない」

頭を下げる。

助かった。正直、巴の身体を支えることに躊躇《ためら》いがあったし、この男ほど要領よく連れて運べるかどうか心許《こころもと》なくもあった。

「いえ、こちらこそ。お武家のご新造さまにご無礼をいたしました。では、あたしは商いがありますので」

男は新吾よりさらに深く頭を下げ、そそくさと店を出て行った。入れ替わりに、看板娘と呼ぶには些《いささ》か薹《とう》が立った女が茶を運んできた。愛想の一つも言わず、湯呑《ゆのみ》を置いていく。店内には他に客はいなかった。床几の上には絵筵《えむしろ》が敷かれて、どことなく華やいだ気配が漂う。

「新吾さま……」

巴が呼んだ。細い、今にも消え入りそうな声だ。

「ご迷惑をおかけして……申し訳ありません」

「いや。ご懸念は無用です。それより、ご気分はいかがです」

「おかげさまで、先刻よりは幾分かましになりました」

巴が微笑む。作りものの硬い笑顔だった。鬢の毛が乱れて、ほんの数本だが頰にかかっている。それだけのことなのに、ひどく艶《なま》めいて見えて、新吾はとっさに目を逸《そ》らしてしまった。自分が狼狽《うろた》えていると気づき、さらに慌てる。腋《わき》の下に汗が滲《にじ》んできた。

「お加減がよくないのですか」

平静を装って、尋ねる。何気なく言葉を交わすことで、狼狽《ろうばい》を誤魔化そうとした。

「さほどのことは……。少し、眩暈《めまい》がいたしまして……」

「それはよくない。暑気あたりかもしれません。あまり無理はなさらない方がよろしいのでは」

「……はい」

巴が睫毛《まつげ》を伏せ、身を縮めた。

あ……。自分を殴りつけたくなる。巴の前でなかったら、本当に殴っていたかもしれない。

巴は懐妊しているのだ。眩暈も悪心もそのせいに違いない。

どこまで間抜けなんだ、おれは。

できるならこのまま逃げ去りたい。店先の朱塗りの竈《かま》も、紅色の地に白や鬱金《うこん》色の小花の散った暖簾《のれん》も、やはり紅の枠組みの掛け行灯《あんどん》もみな、華やかで派手で、新吾をいたたまれない思いにさせる。しかし、動けなかった。

巴を残して、一人去るわけにはいかない。

強く思ってしまった。

血の気のない顔で俯く女は儚《はかな》げで、このまま淡々と消えてしまうのではないかとさえ感じる。

放っておくわけにはいかなかった。

父上もそうだったのだろうか。

この儚げな女人を放っておけなかったのだろうか。

正直、美しさだけなら母の方が数段優《まさ》っている。依子に比べれば、巴は葉陰の小さな花でしかない。けれど、兵馬之介は巴を選んだ。守ってやらねばと思い込んだのか。救っても支えてもやりたくて、手を差し伸べたのか。

新吾はかぶりを振った。

つまらぬことを考えている。どうしようもなくつまらぬことをだ。

「茶を飲みましょう。気分が落ち着くかもしれません」

巴から少し離れて座り、湯呑を取り上げる。

梅の一枝が描かれていた。些か季節がずれている。

「梅……でございますね」

巴が呟《つぶや》いた。

「ああ、そうです。夏の初めに梅の模様もないでしょうに」

「お店の名にでも因《ちな》んでいるのでしょうか」

「『梅之屋』とか『丸梅』とか」

「ええ。だから季節に拘《かか》わらず、一年中、梅なのですわ、きっと」

巴の頰に僅《わず》かだが血の色が戻ってきた。物言いも、しっかりしていた。新吾は胸の内で安堵《あんど》の吐息を漏らした。巴が回復すれば、ではこれでと別れを告げられる。

一組の客が入ってきた。五つばかりの女児と、その母親と思しき女だった。女の子はさかんに饅頭《まんじゅう》をねだっている。

「あたい、お饅頭が食べたい。食べたい」

と、母親の膝を揺すっている。母親は笑っていた。

「おまえは、本当に甘い物が好きだねえ。虫歯になっても、おっかさんは知らないよ」

「ならないよ。あたいの歯はとっても強いんだもの」

女の子が歯を打ち鳴らす。その音が新吾のところまで聞こえてきた。なるほど、いかにも丈夫そうな明澄な響きだ。

「しょうがないねえ。じゃあ、一つだけにおしよ」

「うん、一つだけにする。おっかさん、大好き」

「何言ってんだか。調子がいいんだからね、この子は」

母娘の様子を巴が見詰めている。

女の子は愛らしく、母親は幸せそうだ。巴は湯呑を手にしたまま、二人から視線を逸らさない。

「あいすまぬが、ちと物を尋ねたい」

茶屋の女に声をかけた。少し大きめの声を出す。巴の視線が母娘から離れた。

「はい、何でしょうかね」

母娘に茶を運んできた女は、いぶかし気な表情を新吾に向けた。

「いや、あの……、この店の名を尋ねたいのだ」

「はぁ、うちの店ですか？『しばや』ですけど。うちの亭主が柴造《しばぞう》って名なもんで。店の名前がどうかしましたか」

「あ、何となく気になっただけだ。そうか、夫婦で茶屋を営んでいるわけか。けっこうなことだ」

「けっこうでもないですけどね。何とか食っていけてます」

そこで女は初めて愛想笑いを浮かべた。そして、

「お侍さんも、お母上さまも、この機にご贔屓《ひいき》にお願いいたします」

軽く頭を下げると、そそくさと行ってしまった。

「まあ、どうしましょう。親子に間違われました」

巴がくすりと笑う。笑ってくれてよかった。そうでなければ、話の接穂を失って黙り込むしかなかった。

「それに店の名前も梅とは関わりないようですね」

「さようです。巴どのの推量は外れました」

「ほんとに。間違いないと思ったのですけれど……。あら」

「え？」

「新吾さまとお話ししていたら、気分がよくなりました。眩暈も消えたようです」

「それは重畳。何よりです。しかし、これからはお一人で出歩くのは控えた方がよろしいのでは」

供にする奉公人の一人ぐらいはいるだろう。いないわけがない。父と巴が暮らす落合町の暗く静かな気配が妙にはっきりとよみがえってくる。

巴が黙り込む。

「おっかさん、美味《おい》しいよ。美味しい」

女の子の声が弾んでいる。母親がそれを「静かにおし」と窘《たしな》めた。

「静かにお食べ。他にお客がいるんだよ」

「うん、わかった」

女の子がちらりとこちらを見やる。巴は俯いたままだ。その沈黙が重くて、新吾はわざと乱暴に茶をすすった。

意外なほど美味《うま》かった。

ほどよい渋みと温《ぬく》もりが喉《のど》を滑っていく。

「お蔑《さげす》みでしょう」

巴が呟く。意味が解《げ》せなかった。

「蔑む？　わたしが巴どのをですか」

「いずれ罪を贖《あがな》うと、新吾さまに申し上げました」

巴の声は低かったけれど、弱々しくはなかった。確かに耳に届いてきた。

「その約束も果たせぬまま、わたしは……子を孕《はら》みました。そして、この子を……」

巴の手が腹に当てられる。

「産みたいと、兵馬之介さまに申し上げました。産ませてくださいませと請うたのです。どれほど蔑まれてもしかたなき仕儀だと、よう心得ております」

新吾は茶を飲み干した。喉に染み入るように美味かった。思いの外、喉が渇いていたらしい。

「わたしは、あなたを蔑んだりしていない」

これも思いの外、強い物言いになった。腹の底がじわりと熱くなる。その熱は背骨を伝うようにして、じわじわと這《は》い上がってきた。

怒り？　おれは腹を立てているのか。

「どうして、わたしがそんな真似をするとお考えなのか。わたしには、あなたを蔑む事訳《ことわけ》など何一つありません」

巴が大きく目を見開いた。赤みが戻った頰が、心持ち強張《こわば》る。

「あなたを蔑んでいるのは、あなた自身ではないのですか。しかも、見当違いに、だ」

「見当違い……」

「そうです。見当違いも甚だしい。母もわたしも、あなたの懐妊を諸手《もろて》を挙げて喜んでいるわけではない。でも、あなたを貶《おとし》めるつもりも怒りを覚えることもありません。母は、むしろ父に対して憤っていました。あなたへの労《いたわ》りが足らぬと」

巴はさらに大きく目を見開いた。

「依子さまがそのように」

「そうです。女は命懸けで子を産むのに、あまりに心配りに欠けると、父上を責めておりました。母はおそらく、あなたが無事にお子を産むことを願っていると思います」

新吾、何を言うておるのです！

依子の怒声が聞こえた気がした。耳の奥がちくりと痛む。

そうだ、余計なことをつい口走ってしまった。あの元服の日のやりとりを巴に告げたと知ったら、依子は烈火のごとくいきり立つだろう。怒声ぐらいではすまない。他人を恃《たの》むことも、他人に恩を着せることも潔しとしない依子の気性は、骨の髄まで知り尽くしている。そこが母の美点であり、どうしようもない短所でもあるのだ。

「ですから、見当違いなのです」

早口で続ける。

「子が生まれることは祝儀ではありませんか。それを恥じたり、気に病んだりするなんて見当違いも甚だしい。しかも、母親となる人がそんな心持ちでいるなんて、わたしなら、わたしが生まれてくる赤子なら、とても心細いし淋《さび》しいかと存じます」

何をしゃべっているんだ、おれは。

自分に呆《あき》れる。馬鹿かと思う。

町中の茶店で、父親と暮らす女人と茶を飲んでいる。しかも、心細いだの淋しいだの、まだ生まれてもいない赤子の代弁をしているのだ。

馬鹿だ。嗤《わら》えるほどの阿呆《あほう》だ。

馬鹿だ。阿呆だ。馬鹿だ。阿呆だ。

自分を咎《とが》める言葉が頭の中でわんわん響いている。なのに、舌は止まらなかった。

「母は子を失っています」

「……はい。城之介《じょうのすけ》さまのことは存じております」

三つ違いの兄城之介は、落馬がもとで亡くなった。四年前、新吾が十二歳の春だ。大人でも手を焼く荒馬を軽々と乗りこなすほどの才覚に恵まれた兄が、乗りなれたはずの愛馬から落ちたのだ。現《うつつ》はときに信じられない形相を表す。僅か一日、僅か一時で人の世のありようは一変する。

思い知った。

「だから、あなたの子を疎みも忌みもしないでしょう。健やかに生まれて育つことを本心から願っているはずです。子は生まれて育つもの。死ぬものではないと、常々言うておられますから」

「依子さまが、そのように」

巴は膝の上に重ねた指先を見下ろしている。微かに震えていた。

「それに、わたしは、ずっと弟か妹が欲しかった」

口にしてから、慌てる。今日は、慌ててばかりいる。しゃべり過ぎているのだ。思えば、巴ときちんと言葉を交わしたのも、落合町の屋敷の外で会ったのも初めてだ。

これは、好機か。

頭の片隅で小さな光が散った。

あのことを尋ねる絶好の機会かもしれない。

「あ、いや……。妹のいる友人の宅に行くたびに楽しそうで……。しっかりした妹御で、友人はしょっちゅう言い負かされているのですが、その様子が実に楽しそうで、羨《うらや》ましくてなりませんでした。弟か妹ができるなら……嬉《うれ》しいかもしれません」

本音だった。自分にも守るべき相手がいれば、もう少し強くなれるかもしれない。手を差し伸べる誰かがいれば、迷わず立つことができるかもしれない。弘太郎と菊沙を見ていて、ふっとそう思うことがあるのだ。

弟でも妹でも、同じ父を持つ赤子がこの世に生を授かるのなら、めでたい。言祝《ことほ》ぎたい。

「新吾さま、ありがとうございます」

巴の語尾が揺れた。

「怖うございました」

白い横顔を新吾に向け、呟く。

「誰にも祝われず、望まれず子を産むかと考えれば、我が身の老いと衰えを考えればなお、怖くてたまらなくなって一人で怯《おび》えておりました。これも、わたしに科せられた罰なのかと思うてもいたのです。生まれてくる子の行く末にも思い悩みました。でも、今、新吾さまに、いいえ、依子さまに叱られた気がいたします。母となるわたしが、我が子の誕生を待ち望めなくてどうするのかと。怯えてばかりでどうするのだと。産むと決めたからには、強くならねばなりませぬね。目が覚めた思いがいたします」

実際に、巴の子が生まれ落ちたとき、依子の胸中にどんな情がわいてくるのか新吾には摑《つか》みきれない。

人の世は綺麗《きれい》ごとでは片付かない。

依子は思いもかけぬ妬心《としん》に苦しめられるかもしれないし、赤子がすくすくと幸せに育っていけるかどうかも不明だ。

綺麗ごとでは片付かない。しかし、汚濁ばかりであるわけでもないのだ。十六年を生きてみて、人の世が一筋縄ではいかない、一色でも一様でもない、美しくて汚いものであると感じている。これから、さらに知っていくだろう。知らずにはすまされないはずだ。

「巴どの」

声音が重くなる。その重さを察してか、巴の口元が引き締まる。

「はい」

「いつぞや、薫風館にお出かけになったことがありますね」

巴から返事はなかった。この無言は否の意ではない。

「何のために、行かれたのです。父上の命だったのですか」

「何のために、そのようなことを尋ねられます」

問い返された。

一瞬、新吾も黙り込む。

「薫風館に参ったのは確かです。でもそれは、わたし一己の用でございます。新吾さまには何の関わりもありませぬ」

巴は口を押さえ、軽く頭を振った。

「申し訳ございません。ご無礼な口を利いてしまいました。ご寛恕《かんじょ》くださいませ」

「わたしは父上の正体を知りたいのです」

言い切る。巴の双眸《そうぼう》が光った。本当に鈍い光を放ったのだ。少なくとも、新吾にはそう見えた。

「わたしには父上の本当の姿が皆目、わからない。何を考え、何をしているのか。役目を背負うて動いているようでも、無為に時を過ごしているようでもある。まるで、摑みどころがない。でも、あなたなら、少しは……わたしよりは、はっきりと父上の姿を捉《とら》えておいでででしょう」

「どうでしょうか」

巴がふっと笑う。唇が動いただけの、大人の笑みだった。

「兵馬之介さまについては、わたしも何をお考えなのか戸惑うことが多々、ございますの。でも、このごろ羨ましくなります」

「羨ましい？　父上が、ですか」

「ええ。あ、でも、これは内緒にしてくださいませね」

ふふ、と巴は笑い声を漏らした。

「兵馬之介さまは、お心のままに生きておいでです。ご自分の心に忠実に、好きは好き、嫌いは嫌いとして生きておられるのです。羨ましくはございませんか？　ほんとうに、あんな風に気ままに日々を過ごせたら、どれほど幸せでしょうか」

巴は、滑らかにしゃべり続けた。

嘘だ。

嘘だからこそ、滑らかなのだ。真実を語るとき、人の舌は重く、言葉はたどたどしくなる。それくらいは、わかっている。

父は心のままになど生きてはいない。役目があり、枠があり、使命がある。それは、石久十万石の家臣としてではない。職を解かれながら城主の直下で働く近習。そうなのだろうか。

「ああ、もう帰らねばなりませんね」

巴が立ち上がる。

そのときになって初めて、新吾は巴の帯に目が行った。

薄緑に竹の葉が散る紋様だ。今の季節に相応《ふさわ》しい。小袖《こそで》も煤竹《すすたけ》色の小紋だった。同色の濃淡での、さりげない夏の装いになる。さりげないだけに、粋《いき》だと感じた。でしゃばるところも、ちぐはぐさもない。梅の湯呑とは大違いだ。

存外、この人は洒落《しゃれ》者ではないか。

そして、狡《ずる》い。若者の真正面からの問いかけをいなし、誤魔化してしまう狡さをちゃんと身に付けている。そして、父の右腕として働いている……のか。

決して、儚いだけの手弱女《たおやめ》ではない。わからないことは多々あるけれど、それだけは確かだ。かといって、我が身を恥じて、いずれ罪を償うと肩を震わせた、あの言葉、あの姿まで偽りだとは思えない。真《まこと》と嘘、誠と狡さ、儚さとしたたかさが混ざり合い、縺《もつ》れ合う。なんだ、おれはこの人の正体もまるでわかっていないではないか。

背筋のあたりがうそ寒くなった。

「新吾さま、本当に本当に御礼申し上げます。依子さまには顔向けできませぬが、お心遣いいただいたこと一生忘れませぬ」

深々と頭を下げると、巴は新吾に背を向けた。

あ、茶代を払わせてしまった。

新吾が気が付いたとき、巴はすでに支払を済ませ、店を出ていた。まだ、覚束《おぼつか》ない足取りだったけれど、背中は新吾を拒んでいた。

大人は、怖いものだ。

一人、胸の中でごつ。

先刻別れたばかりの弘太郎の笑顔が、たまらなく懐かしくなった。

津田谷町《つたやちよう》の屋敷に帰りついたのは、さしもの剛力な日も傾き、地に目立たぬほど薄闇がたまり始めた刻だった。

「母上、ただいま戻りました」

障子越しに帰宅の挨拶《あいさつ》をする。

「お入りなさい」

「はい」

尻《しり》のあたりがむずりとした。わざわざ、部屋の中に呼ばれるのは、あまりいい兆しではない。

説教か、問い質《ただ》されるか、どちらかだろう。

「ご無礼いたします」

障子を開けると、依子は花を活《い》けていた。白い百合《ゆり》だ。芳香に柔らかく包まれる。

「今日は遅かったのですね」

「はい、正力町に寄ってまいりました」

あらと、依子が瞬《まばた》きをする。

「間宮どののところに？」

「はい」

弘太郎が薫風館をやめること、巴に会ったこと。それはまだ告げられない。弘太郎はともかく、巴とのやりとりはおそらく、小さな秘め事になるだろう。

「このところ、顔を見ておりませんね。また、こちらにも寄るように伝えておいてください」

「はい」

「それと新吾どの、前にも申しましたが」

花鋏《はなばさみ》を傍らに置いて、依子は息子に身体を向けた。

「あなたは、鳥羽家の次期当主となります」

「はあ……」

「元服も済ませ、一人前となりました」

「いや、一人前には、まだ及ばずで……」

「いらぬ謙遜《けんそん》はしなくてよろしいのです。元服を済ませ、一人前となり、ゆくゆくは鳥羽の家を継ぐ、それがあなたなのです」

「はあ」

今度は全身がむずむずしてしまう。自分の輪郭だけをさっと撫《な》でられたようで、あまりいい気持ちはしない。

「ですから、お帰りになったさいに、一々母への挨拶はいりませぬ。これからは、わたしの方からご挨拶に伺います」

こういうところが、よく解せないのだ。鳥羽家の今の当主は、兵馬之介だし、元服したからといって何が変わったわけでもない。どちらがどう挨拶しても構わないではないか。依子の拘《こだわ》りが、滑稽《こっけい》なようにも古臭いようにも感じてしまう。だから、つい、

「はあ、でも、今まで通りでも差し支えはないのではありませんか」

と、言い返してしまった。てきめん、依子の顔つきが険しくなる。

「今までとこれからは違うのです。いいですか、あなたは、鳥羽家の次期当主となる身なのですよ。それに」

「あい、わかりました」

依子を遮るために、大きく頷《うなず》く。

「明日《あした》からは母上の仰せの通りにいたします。では、着替えてまいりますので、これにて」

「新吾」

「はい」

「面倒くさいと思ったでしょう」

不意に依子の物言いが砕けた。顔つきも柔らかくなる。こんないたずらな童女のような物言いや表情を依子がし始めたのは、いつからだったか。新吾が薫風館に移る前には、目にしたことも耳にしたこともなかった。

栄太や弘太郎のおかげかな。

あの二人が、本来、依子の内にありながら押し込められていた童女の笑みを、軽やかな口調を引き出した。そう思える。

「ああ、また母上が七面倒くさいことを言い出したって」

「まさか、滅相もない」

「誤魔化しても駄目ですよ。あなたは、心内がみんな顔に出てしまう性質なんだから。母はお見通しです」

「勝手に見通さないでください。わたしは、母上を七面倒だなどと考えたことは……」

「一度もありませんか」

「う……一度くらいはあるかもしれません」

「まあ、正直だこと」

「正直は美徳だと、母上から教えられております」

「ふふ、あなた、ずい分と口が上手《うま》くおなりですね。それも、学業の成果でしょうか」

「巧言令色鮮《すくな》し仁と申します。口先だけの人間にはなりとうございません。そのための学問だと存じます」

　これは本気の想いだった。

　巧言令色鮮し仁。

　言葉を巧みに操って、他人を陥れることも他人にへつらうこともしたくない。しない生き方を貫きたい。

「ええ、あなたたちなら大丈夫でしょう」

　あなたたちと、依子は言った。

「他人を裏切らず、騙《だま》さず、おもねらず日々を生きていけます」

「母上」

　母からの信頼の一言が染みた。じわりと胸が温かくなる。

「では、さらに正直に白状してしまいなさい。さっき、面倒くさいと心の中で呟いたでしょ。どちらから挨拶したっていいではないか。だいたい母上はどうでもいいことに綿々と拘り過ぎる。ああ、疲れた。うんざりすると」

「いやいや、うんざりなどとそこまでは」

　依子は顎を上げ、肩を竦《すく》めた。

「武家の格式というものは、どんな些細《ささい》なことにも拘り続けていかなければ、保てないところがあるのです。ばかばかしく思えても、無駄に感じられても、守り通さねばならない面があるのですよ」

「……はい」

そうだろうかと考える。ただ頑迷に守り続け、拘り続けるだけが武士の格式なのだろうか。だとしたら、いずれ滅びる。錆《さ》びた刀のように使い物にならなくなり、誰からも顧みられなくなる。

母上はそう考えたりはしないのか。考えても詮無《せんな》いと、端《はな》から諦《あきら》めているのか。思案を巡らせる。依子と視線が絡んだ。

笑っている？

「今日はなかなかに正直だから、とびっきりのご褒美を差し上げましょうか、新吾どの」

「褒美？」

「ええ、何よりのご褒美でしょうよ」

依子は袂《たもと》から紙包みを取り出した。

書状だ。

腰が浮いた。

「母上、それは」

「はい。江戸の栄太どのからです。先ほど、届きました」

栄太からの文。

新吾は開くのももどかしく、むさぼるように栄太の文字を追った。栄太の文字は端正で癖がなく、読みやすい。しかし、墨は薄く、目を凝らさねば読み取れない箇所もあった。江戸では墨をはじめ、何もかもが高いと前の文で嘆いていたから、栄太なりに懸命に節約しているのだ。

「えっ……え……」

読みながら、知らず知らず声を上げていた。

「どうしました。何か、悪い知らせですか」

依子が首を伸ばしてくる。

「まさか、病気にでもなったのではないでしょうね」

「……違います。そうではなくて……戻ってくるそうです」

「え？　戻る？」

「石久に戻ってくると書いてありました」

「でも、二年から三年は、江戸で学ぶのではなかったのですか。まだ、江戸に上って半年あまりでしょう。帰国には早過ぎはしませんか」

「栄太にも事情がよく呑《の》み込めていないようです。学問所の師から突然、帰国を言い渡されたと書いてあります。ただ、それは一時的なもので、また、江戸に上ることになるとも書いてありました」

「主命なのですか」

「詳しくは書いてありません。しかし、それしかないでしょう」

まともに考えれば、国費遊学の者を呼び戻すとしたら主命によってしかあるまい。しかし、〝まとも〟だけで動いていないのが人の世だと、嫌になるほど思い知ったではないか。

「何のために帰ってくるのです。主命となれば、そうとうのわけがあるはずですよ」

依子が眉《まゆ》を寄せる。目元に睫毛《まつげ》の影が落ちた。

「それは栄太にもわからないようです。どうやら、町見の技が入用となる何事かが起こったらしいが、それが何なのかわからないと」

「でも、おかしくありませんか」

依子の眉がさらに寄った。

「いくら学に秀でているからといって、栄太どのは江戸に上ったばかりですよ。城が命じてまで帰国させる意味があるのでしょうか。ある程度の実績のある町見家なら、まだわかりますが」

「ええ、仰せの通りです」

それは、新吾も考えた。

まだ学生に過ぎない栄太がなぜ、呼び戻されるのか。町見の技術だけなら、栄太より熟練の者はいるだろうに。栄太自身も、そのわけがまるでわからないと記していた。

謎だ。謎は剣呑《けんのん》だ。とくに、政《まつりごと》が関わっている謎は刃《やいば》にも似て、人を危うくする。

謎だ。危ない。

栄太の帰国を素直に喜べない。胸がざわつく。

守らなければ。栄太を守らなければ。

新吾は唇を嚙《か》んだ。そんなつもりはなかったのに力を込め過ぎたのか、唇が切れて血が滲んだ。


「弘太郎」

門の手前で大きな背中を呼び止める。

「おお、新吾」

弘太郎がふっと息を吐いた。目の下に隈《くま》ができている。その微かな窶《やつ》れが新吾の動きを止めた。

学生たちが傍らを通り過ぎて、門を潜《くぐ》っていく。

弘太郎に栄太の帰国を告げるつもりだった。文はいつも一通で鳥羽の家に届けられる。ただし、表書きには新吾と弘太郎の名前が並んでいた。二通も文を出す余裕など、栄太にはないのだ。だから、翌日、文を弘太郎に渡す。そして、あれこれ話をするのが常だった。今回は特に、大きな話題になる。胸に影を差す剣呑さも含め、弘太郎と話したいことは山ほどあった。

「弘太郎、どうした。何かあったか?」

「うむ……」

弘太郎の指が顎をさする。無精ひげが目立った。目も赤い。

「新吾、ちょっと」

弘太郎は新吾の腕を掴んで、門の脇にそびえる銀杏《いちょう》の大樹まで引っ張っていった。人の多い門の前で告げることではないらしい。

「おい、どうしたんだ」

「ご隠居が、例の森原のご隠居だが」

「ああ、昨日、話に出てきたご老人か」

「うむ」

「ご隠居がどうかしたのか」

「死んだ」

「えっ」

「森原のご隠居が亡くなったんだ、新吾」

新吾は、とっさに周りを見回した。明るい朝の光が満ちていた。光が躍り、鳥が鳴き、若者たちが門に吸い込まれていく。

薫風館の一日が始まろうとしていた。

五　逆風の中を

　薫風館の課業時間割は、藩学にほぼ準じている。素読、経書の講釈の後、中食《ちゅうじき》となり、昼後は諸技稽古《けいこ》や兵法書の講義がある。藩学と違うのは学校領としての田畑があり、農作物の苗植えや穫《と》り入れに学生全員が携わることだ。そこから上がる収益は薫風館の財源の大半を占める。特に薫風館の横手にある椿林からは上質の椿油が収穫でき、その油は、かなりの利を生み出していた。

「桜も牡丹《ぼたん》も散ったら終わりだものな。その点、椿はたいしたものだ。花は花で絢爛《けんらん》であるのに、ちゃんと実を結んで油まで採れる。なかなかの優れものではないか」

　去年の春、咲き誇る赤色大輪の花々を見上げながら、弘太郎がそう褒めたたえたのを、新吾は、

「おまえは柿や無花果《いちじく》の方が好みだろう。そのまま捥《も》いで食えるからな」

と茶化し、弘太郎に頭を抱え込まれてじたばたした覚えがある。

　秋の訪れとともに、椿の実の収穫も稲の刈り入れも始まるが、今はその一歩手前の季節で、学生たちは講義と諸稽古に明け暮れていた。その中にあって、中食は貴重な息抜きの

一時となる。

藩学は家の格式、親の身分、地位により飲室を分けられていた。すなわち、重臣の子らは畳敷きの一室で用意された昼食を食べ、その他、執政に関わらぬ家の者は板敷きの広間で持参の弁当を広げる。藩学では、それが当たり前としてまかり通っていたし、今もまかり通っているはずだ。新吾も、薫風館に入るまでは不満も不平もなく受け入れていた。身分により分け隔てがあるのは、いたしかたないことと納得していたのだ。

薫風館は違った。

学生は学生として扱われ、出自は一切配慮されない。武士、町人の身分差さえほとんど無きに等しかった。

学生たちは全員、飲室で中食をとる。成績上位者には、弁当が支給された。身分ではなく学業の力により区別されるのだ。弁当箱は朱塗りの地に薫風と黒文字が施された、かなり派手な代物だったから、いやでも目を引く。その派手派手しい弁当箱を隠すように、栄太はいつも飲室の隅に座っていた。

背中を丸め、恥ずかし気に箸《はし》を動かしていた姿を飲室に来るたびに思い出す。

今日は、いつも栄太の座っていた片隅に弘太郎とともに座った。

「どういうことだ、詳しく話せ」

弁当をそっちのけで、弘太郎に迫る。

今朝は講義の始まりを知らせる太鼓に急《せ》かされ、詳細を尋ねる暇がなかった。ゆっくり話をするのも聞くのも、中食のときが一番いい。しかし、弘太郎は珍しく煮え切らなかった。

「うむ。詳しくと言われてもなあ……」

物言いも歯切れが悪い。

「今朝、ああは言ったが、よくよく考えれば騒ぎ立てるようなものじゃないかもしれなくて……」

「しかし、森原のご隠居とやらは亡くなったのだろう」

「うむ」

「病……ではないよな」

「うむ。水死、つまり溺《おぼ》れ死にだ」

「溺れ死にだと。まさか、あの川でか」

普請方組屋敷の裏手を流れる小川を思った。澄んだ水が美しく、岸辺からでも小魚の群れがはっきりと見えた。

「あの川は林の端に沿って流れて、組屋敷の裏手に続いている。林の手前に木橋が架かっているだろう」

「ああ、そう言えば……」

何の変哲もない粗末な橋だった。この前は、菊沙の嫁入りや弘太郎の退学話に心を奪われ、いつ渡ったか定かには覚えていない。

「あの橋から僅《わず》かばかり下流で、うつ伏せに倒れていたのを、捜していた家人が見つけたのだ」

「捜していたとは、ご隠居は行方知れずになっていたのか」

弘太郎の黒目が僅かに揺れた。

「まあ、そうだな。おれたちも夜っぴて捜しはしたのだ。順を追って話はするが、その前に腹ごしらえをさせてくれ」

弘太郎は竹の皮の包みを開き、握り飯にかぶりついた。菊沙が握ったという飯には梅干しの赤い果肉が混ぜ込んであった。

「ご隠居は、早朝だけでなく、日が翳《かげ》って涼しくなる夕暮れどきから宵の口あたりに散歩に出るのも日課だったのだ。足腰を鍛えるために、川の流れに沿って半刻から一刻、季節によってはそれ以上のときを歩き回っていたらしい。以前は畑を耕したりもしていたが、さすがに身体に応《こた》えるようになったんだろうな。膝《ひざ》も悪くなって無理がきかなくなった。そのかわりのように散歩は欠かしたことがなかったそうだ。多少の雨風なら蓑《みの》を着ても出かけていたというから筋金入りだな。うぐっ」

「どうした？」

「菊沙のやつ、握り飯の真ん中に梅干しの種を突っ込んでる。種までしゃぶれってことか。ああ、それとも、あいつなりに気持ちが揺れているんだろうな。ご隠居に可愛がってもらってたからな」

弘太郎は種を吐き出し、眉《まゆ》を顰《ひそ》めた。朝方の憔悴《しょうすい》はほぼ拭《ぬぐ》い去られている。新吾は重ねて問うた。

「ご隠居は昨夜《ゆうべ》、散歩に出たまま帰ってこなかったのだな」

「そうだ。いつも通り夕餉《ゆうげ》をすませて出かけたとのことだ。というか、家人が知らぬ間に出て行ったんだとよ。出て行ったのはいいが、戌《いぬ》の刻あたりになっても帰ってこない。ただ、隠居仲間の家に上がり込んで長話をすることもあったから、家の者はさほど心配はしていなかった。それでもと、心当たりの相手の家に使いを出したのだが、どこにもご隠居はいなかった。上がり込むどころか、顔さえ覗《のぞ》かせてなかったんだ。それで、ちょっとした騒ぎになった。家人だけでなく近所の者も一緒に捜したんだが……。正直、おれはどこぞで酒でも飲んで酔い潰《つぶ》れているのではと思っていた。菊沙は必死に捜し回っていたがな。それが今朝、早くに見つかって……すでに、こと切れていた」

「しかし、あの川は人が死ぬほど深くはなかろう。水は膝のあたりまでしかないし、幅だって五尺ほどのものだ。人が流されるほどの川ではないぞ」

「水溜《みずた》まりでだって、人は死ぬ」

弘太郎がもう一つ、握り飯を頬張った。それを嚥下《えんか》し、竹筒から水を流し込み、言葉を続ける。

「おれやおまえみたいな若い者ならいざしらず、年寄りや童《わらべ》、病人なんかは足首ほどの水でも命取りになるんだ。ご隠居は足を滑らせて、頭から川に落ちたんだろう。もがいて、水を飲んで、起き上がれなくて、それっきりだ」

三つ目の握り飯を摑《つか》んで、弘太郎は「飯を食え」と新吾を促した。

「おまえまで騒ぎに巻き込んだようで気が引ける」

すまんと弘太郎は頭を下げた。

「今朝は少し動転していた。やはり、よく知った者が亡くなるのは応える。まして、ご隠居はすこぶる元気だっただけにな」

「元気ではあるまい」

「え？」

「ご隠居は昨日、転んで頭を打っている。林の中で死体を見つけて、驚き慌てたと本人は言い張っていたのだろう」

弘太郎が瞬《まばた》きする。

「言われてみればそうだが。見つかったときも額に白布を巻いていた。湿布薬を塗っていたそうだ。ああ、もしかしたら、それが因《もと》かもしれんな」

「因とは？」

「だから、頭だ。ご隠居は頭を打っていた。それなのにいつも通り、ぶらぶら歩きをしていて」

弘太郎は新吾の目の前で、食指をくるりと回した。

「眩暈《めまい》でも起こしたんだ。運悪くそこが川縁《かわべり》だった。で、ご隠居は足を滑らせて川に落ちてしまった。そのまま、だ」

「なるほど」

「筋は通っているだろう」

「一応な。しかし」

新吾は腕を組み、弘太郎のいかつい顔を見やった。

「ご隠居はほんとうに散歩のために出かけたのか」

「というと?」

「転んで頭に怪我をした。おまえが言う通り、眩暈がしたかもしれない。そういうご老体がぶらぶら歩きたいなんて思うか。いくら日課とはいえ、当日ぐらいは養生しておこうと考えなかったのかな、ご隠居は」

「うーん」

弘太郎も腕組みをして、低く唸《うな》る。それから、新吾を見返した。

「何が言いたいんだ、新吾」

「確かめに行ったのかもしれん」

「確かめにとは?」

「林の死体だ。自分が幻を見たわけではないと証《あかし》を立てたかったのではないか。それで、無理をして林まで出かけた」

「で、眩暈を起こしたか歩いていて足を滑らせたかわからんが、川に落ちてしまったってわけか」

新吾は首を傾げる。

どうだろうか。どうなのだろうか。

引っ掛かる。どうにも引っ掛かって、胸の奥がざわめく。

「林の中で死体を見たと、頑として言い張っていた老人が、翌日、亡くなる。川で溺れ死んだのだ。尋常な死ではない。とすれば、尋常でない死が二つ続いたことになる。林で斬り殺されていた者とご隠居と、な。ご隠居の言っていたことが真実ならば、だが」

弘太郎の眉が吊《つ》り上がった。

「おい、待て。新吾、おまえご隠居が殺されたと思ってるのか」

「その見込みもあると言っているんだ」

「しかし、その見込み通りだとして思案すれば、ご隠居の見た死体ってのは何者なんだって話になる。ごろつきや博徒が揉《も》め事でぶすりと殺《や》られたって、そんな類《たぐい》の話ではないぞ」

「うむ」

何者なのか、新吾には答えられない。ただ、何者かわからぬ消えた死体と、役目を勤めあげ、退《ひ》き、貧しいながら余生を楽しんでいた老人の死、その二つが絡まっているとしたら……どうなのだ。

これにも答えられない。絡まり方も、そもそも絡まっているかどうかも全て藪《やぶ》の中だ。

弘太郎がまた、唸る。唸りながらまた、竹皮の包みを取り出した。

「まだ、食うのか。底なし腹だな」

「今朝の騒ぎで、朝飯を食いはぐれたんだ。正直、飢え死に一歩手前ってとこなんだ。おまえ、弁当、食わないならおれが貰《もら》ってやるぞ。依子さまお手ずから、か」

「お豊《とよ》の手作りだ。間宮家に負けず劣らずのでっかい握り飯さ」

「お豊なら蹴鞠《けまり》ぐらいの握り飯を作りそうだな」

弘太郎が新吾の弁当箱を覗き込む。

「おっ、無花果の甘露煮が付いてる。一つ、くれ」

野菜でも魚でも、味醂《みりん》と醬油《しょうゆ》でほどよく煮込んだ一品はお豊の得意料理だった。無花果の場合は本来の甘さを引き立てるための塩加減が肝なのだとか。お豊の手にかかると、水菓子である無花果がこってりと甘く食べ応えのある菜に変わるのだ。

「へへ、いただき」

箸の先で無花果を摘《つ》まみ上げ、弘太郎がにんまりと笑う。

「うん、美味《うま》い。無花果は今が旬だからな。あ？　新吾、どうかしたのか」

弘太郎は身を屈《かが》め、軽く首を捻《ひね》った。

「……無花果……」

「へ？　あっ、すまん、勝手に食っちまって。いや、けど、まだ一つ残ってるぞ」

「弘太郎、八千代どのは、どうなんだ」

「八千代？　どうしてここで八千代が出てくる」

「だから、無花果だ。八千代どのは薬用のために干し無花果を作っていると、母御が言うておられただろう」

弘太郎の黒目がうろつく。

「ああ、それは確かに。母御の腫物《はれもの》は胃の腑《ふ》の病からきているかもしれぬと医者に言われてな。干した無花果を炒《い》って湯に浸《つ》けて飲むと胃の病に効くのだそうだ。で、八千代はせっせと」

そこで弘太郎は口を閉じた。鼻の穴が膨らみ、息を吸いこむ。

「……せっせと無花果を摘みに林に出かけていた」

「昨日の朝は、どうだ？　ご隠居より先に林に入ったとは考えられんか」

「考えられんな」

弘太郎は首を横に振った。

「もし、ご隠居の話が本当であるなら、八千代が死体を見つけていたはずだ。それなら、おれのところに必ず駆け込んでくる。ご隠居があらぬことを口走っていただけだとしたら、やんわり諫《いさ》めたと思う。知らぬふりはしなかっただろう」

「実際は、八千代どのはおまえの許《もと》に駆け込んでもこなかったし、ご隠居の騒ぎに関わってもこなかった」

「そうだ。だから、あの朝、八千代は林になど行っていない。何も知らないはずだ」

「そうか……」

弘太郎に言い切られると、返す言葉はなかった。ただ、気にはなる。藪陰から不意に現れた八千代、鳥羽新吾だと名乗ったとき目を見開いた八千代、逃げるように背を向け走り去った八千代。一つ一つが気に掛かってしかたなくなる。

背後に敵がいるとわかっているのに身体が動かない。振り向きさえできない。そんな焦燥に似た心持ちになる。

焦燥？　焦っているのか、おれは？

「お茶をお持ちいたしました」

小柄な、まだあどけなさを十分に残した少年が茶を運んできた。今年入学した初等生だ。薫風館には家格や身分による差はなかったが、年少、年長の区分ははっきりしていた。飲室での茶汲《ちゃく》み、掃除、片付けは全て初等生の役割だ。

「あ、かたじけない」

「すまぬ、すまぬ」

礼を告げると、少年ははにかんだ笑みを浮かべて深々と低頭した。身に着けている物からみて、士分ではない。栄太のように能力を認められ、入校を許された学生かもしれない。

「栄太がいたらなあ」

弘太郎も少年に栄太を重ねたのか、ため息をつく。

「こんがらがった糸を解いてくれるかもしれんのだが」

「栄太は目明しでも、徒目付《かちめつけ》でもない。人が死んだだの殺されただのなんて物騒な話に首を突っ込んだりしないさ」

「おれたちが物騒な話に首を突っ込んでいるみたいに聞こえるぞ」

「いや、そういうわけではないが。あ、栄太と言えば、忘れていた。文が届いていたのだ」

「なんだと」

弘太郎が尻《しり》を浮かせる。

「何でそれを早く言わない」

「だから、忘れてたんだ。いきなりご隠居が亡くなったなんて聞いて、少なからず驚いたもので、すまん」

「ああ、わかった、わかった。ご隠居はひとまず、脇に置いておこう。それより、何て書いてあったんだ」

栄太からの文を差し出すと、弘太郎は食い入るような視線で文字を追っていた。ややあって、「おお」と声を上げる。

「おお、あいつ、帰ってくるのか」

「また、すぐ江戸に出るらしいが、久々に逢《あ》えるのは間違いない」

「そうだな。栄太のやつ、ちっとは江戸の酒など飲んでいるのかな」

「どうかな。江戸の酒は高直《こうじき》だと聞いたぞ。よほどのことがない限り口にはすまい。おれたちみたいに盃《さかずき》一杯で酔い潰れるなら、いいけどな」

「違いない」

太鼓が鳴った。下午の日課が始まる。

「よしっ、今日も水練があるぞ」

弘太郎が立ち上がり、大きく伸びをした。開け放した戸口から、椿林を抜けてきた風が吹き込んでくる。花の甘さではなく濃緑色の葉々の青い匂いが過ぎて行った。


元普請方役人、森原丹右衛門《たんえもん》の葬儀はいたって簡素に執り行われた。家人と組屋敷の仲間の他には棺《ひつぎ》を見送る者はいない。布施の多寡によるのか読経も短く、焼香も手短に行われた。

致仕してからかなりの年月が経っていたし、丹右衛門自身、さほど人好きのする性質ではなかった。森原の家は家督を継いだ長子が病弱なこともあって、間宮家よりさらに貧窮して明日《あした》の米にも事欠く有様だとも伝え聞く。だから、葬儀の粗末さは不思議でも意外でもない。が、一抹の侘《わび》しさは感じてしまう。

丹右衛門は十八で出仕し、五十の年まで勤めたと聞いた。八十年生きて、三十年以上役目に励んでこの侘しさかと、弘太郎は唇を嚙《か》みたくなる。

豪華で大勢に見送られての旅立ち。それがよいとは露も思わない。ただ、丹右衛門の葬儀は古ぼけた天井や雨漏りする屋根を見上げたときに似た、もの悲しさを掻《か》き立てるのだ。

おれも、同じなのか。

ふっと胸を過《よぎ》る思いは、黒く粘ってまとわりついてくる。

出仕が決まり、父の跡を継いで普請方を務める。そのまま何十年も働き続け……。

弘太郎は顔を上げあたりに視線を巡らした。

今しがた、丹右衛門の棺が運び出され墓地に向かった。野辺送りの列が灌木《かんぼく》の陰に消えていくところだ。

働き続け、生きた末にこの終わりがあるとすれば、侘しくないか。虚《むな》しくないか。

胸の底をすうっと冷たい風が撫《な》でていく。

今まで覚えのない、冷え冷えとした風だった。

弘太郎はこれまで生きてきた日々を暗いとも、辛《つら》いとも、陰鬱《いんうつ》とも感じたことはない。一度もない。貧しくはあるが、頑強な身体があり、家族があり、何より薫風館があり、友があった。自分の手にしている諸々《もろもろ》は、小さな珠《たま》だ。光を弾《はじ》き、きらめいている。珠の発するきらめきと温《ぬく》もりの中で、弘太郎は十分に満たされていた。心底から笑い、友を信じ、一人の女を好ましく想い、家族をいつくしみ、行く末に懸念を抱かぬまま生きてこられた。

今までは……。しかし、これからはそうもいかぬのか。

腕組みをして、野辺送りの消えた道を見詰める。心底を吹く凍《い》て風はまだやまない。指先まで凍えそうだ。

う、ぐす。ぐすっ。

傍らで洟《はな》をすすり上げる音がした。菊沙が泣いている。菊沙はずっと泣いていた。昨夜の通夜の席でも、今日の葬儀でも泣いていた。

石久では上士や大尽を除き、武家、町家を問わず近所十軒ほどで〝香組《こうぐみ》〟と呼ばれる集まりを作る。婚礼や葬儀の際、男たちは儀式の場を整え、女たちは裏方に回って台所仕事や掃除に精を出すのだ。奉公人など望むべくもない下士の家、町人ゆえの互助の形だった。

森原も間宮の家も同じ香組になる。菊沙は、母の留子とともに昨日からくるくるとよく働いていた。唇を結び、白い襷《たすき》で袖《そで》を括《くく》り、ほとんど休まず動いていたようだ。普段より、さらにきびきびとした動きだった。

「ご隠居さま……」

堪えきれなくなったのか、菊沙は前掛けに顔を埋め、嗚咽《おえつ》を漏らした。か細い声だった。

「……本当のお祖父《じい》さまのように可愛がっていただいて……、なのに、なのに……お看取《みと》りもできなくて……」

菊沙がしゃくりあげる。見送りの女たちからもすすり泣きが零《こぼ》れた。みな、手を合わせ、身体を震わせている。

おや、これは。

改めて、周りを眺めてみる。

喪の深い悲しみが色になり目から、音になり耳から流れ込んでくるようだ。丹右衛門は偏屈な面があったし、晩年は身勝手な言動も見受けられた。「森原のご隠居にも困りものでで」と疎んじる声を耳にしたこともある。しかし、今、伝わってくる哀悼は本物だ。儀礼でも世間体でもない。みな、本気で老人の死を悼んでいる。

これほどの人だったのか。

その死を心底から悲しみ、泣いてくれる者がこんなにもいる。それはつまり、そういう生き方をしてきた証《あかし》だ。

そうか、おれが見えていなかっただけなのか。

息を吐《は》いていた。

丹右衛門の老いや貧しさにだけ目を奪われていた。実は、なかなかに豊かでおもしろい一生だったのかもしれない。

丹右衛門を見直す心持ちになる。すると、つい先ほどまで胸底にわだかまっていた冷えが消えていく。我ながら身勝手なものだと苦笑しようとしたのに、唇は震えただけだった。

「ご隠居」と呼ばれて振り向いた顔や、からからと笑う声、遥《はる》か昔、頭を撫でてもらった手の重みさえよみがえってきて、目玉の後ろが熱くなる。慌てて顔を上に向け、涙を押し戻す。鼻の奥が鈍く疼《うず》いた。

うん？

鼻を押さえたとき、視線が何かに引っ掛かった。

異物？　この場から浮き上がった奇異なもの……。

「八千代」

思わず呟《つぶや》いていた。二間ほどさきに、八千代が立っていたのだ。喪衣《もぎぬ》ではないが、地味な小袖を着ている。室石家も同じ香組だ。菊沙同様に手伝いにきていたのだろう。男と女では葬儀の段取りの場所が違うので気が付かなかった。出会わなかったのだ。いや、今日だけではない。この数日、八千代とは顔を合わせていなかった。昨日の朝、庭先を掃いている姿をちらりと見たが、声をかける間もなく八千代は家中に引っ込んでしまった。

避けられている？

まさかと打ち消そうとしたが、そうとしか思えない。箒《ほうき》を使いながら、八千代は顔を上げ確かに弘太郎を認めた。これまでなら、仄《ほの》かにでも笑んで頭を下げるか、近づいてくる弘太郎を頰を染めて待つかだった。それが目を背け、身をひるがえした。まるで、逃げるかのように、だ。

今、八千代は弘太郎に気が付いていない。棺が遠ざかっていった道をぼんやりと眺めている。その眼差《まなざ》しが異物だった。八千代の眼差しに宿っているのは、喪の悲しみや悼みではなく……、悲しみや悼みではなく、何だろう。

弘太郎は目を見開き、八千代の横顔を見詰めた。

怯《おび》え、か。

八千代の眼差しは暗く、瘧《おこり》でも患ったかの如く身体は震えていた。

なぜだ。なにを恐れているんだ。

八千代は既に見えなくなった葬列に向かって手を合わせた。それから、弘太郎に背中を向けた。弘太郎も後を追おうと、身体を回した。

「兄上、どこに行かれます」

菊沙が涙のたまった目で見上げてくる。

「あ、うむ。すぐに帰る」

妹の視線を感じながら、弘太郎は足を速め八千代に追いついた。室石家の裏木戸の前だった。

「八千代」

名を呼ぶと、八千代は振り向き短く息を吸い込んだ。

「弘太郎さま……」

小川の瀬音が響く。

蝉時雨《しぐれ》が川辺の木々から降り注いでいる。川面《かわも》は光を弾いてきらめいているけれど、光そのものが瞬きに合わせ鳴いているように聞こえた。

野辺送りには眩《まぶ》しすぎる風景だ。

「八千代、いったいどうしたのだ」

真っ直ぐに尋ねる。あれこれ探りを入れるのも、前置きを連ねるのも性に合わない。まして、相手は行く末を誓い合った女だ。小細工などいらぬはずだ。

「このところ、おれを避けてはいないか」

八千代が息を詰める。頬に血の気はなかった。

「それに、様子もおかしい。妙におどおどと怯えているように見受けられる。おれの勘違いではないいな」

「弘太郎さま」

「八千代」

一歩、前に出る。八千代は動かなかった。

「どうしたんだ。何かあったのか。いったい」

わっと声を上げそうになった。八千代が飛びついてきたのだ。弘太郎の胸に顔を埋め、身体を押し付けてくる。

「弘太郎さま、弘太郎さま」

震えと熱が伝わってきた。

まるで窮鳥だ。必死でもがいている。とっさに両腕で、八千代を抱き込んでいた。そうしないと、淡々と消えてしまいそうだったのだ。抱き締め、そっと背を撫でる。

八千代の震えがしだいに収まってきた。髪の香りが仄かに漂う。薫風館の椿油の香りだった。弘太郎が買い求めた物だ。時折、組屋敷にやってくる小間物屋の品とはまるで違って、さらりと甘い芳香と手触りがした。

「話してみろ」

八千代の肩を摑《つか》み、黒い眸《ひとみ》を覗き込む。

「話さなければわからん。どんなことでも聞くから、ちゃんと話せ」

八千代の喉元《のどもと》が上下する。息を呑《の》み込んだのだ。いったん伏せた目を八千代は上げ、弘太郎を見返してきた。

「弘太郎さまは……あの方と、ずい分とお親しいのですよね」

「は？　あの方？」

「先日、一緒にいらした鳥羽さまとおっしゃった方です」

「ああ、新吾か。そうだ、親しい上にも親しい。一番の友だ」

なぜ、ここで鳥羽新吾の名前が出てくるのか解《げ》せない。が、正直に答えた。隠し立てするような事柄ではない。

「新吾がどうかしたのか」

「いえ、あの……鳥羽さまは、もしかしたら津田谷町にお住まいなのでしょうか」

そうだと答えた。津田谷町は百石以上の武家屋敷が建ち並ぶ町だ。重臣となると、さらに城近くの一画に広大な屋敷を構えていた。

こういう暮らしもあるのか。

薫風館で新吾と知り合い、鳥羽の屋敷を初めて訪れたときしみじみと思った。

少人数ながら奉公人がいて、母親の依子は裾《すそ》を引いて歩き、化粧を施し、茶や生け花をたしなんでいる。留子のように畑仕事に精を出すことも、日焼けすることも、盥《たらい》の前にしゃがみ込んで洗濯することもない。鳥羽の屋敷には、弘太郎の知らない世界があった。

そのときはまだ、新吾の抱えたややこしい事情もその葛藤《かっとう》も知らずにいた。さらに後に栄太と出会い、窮地に生きる農民たちの苦労と気概を教わった。栄太は新吾のことを決して逃げない人だ、だから信じられると言った。新吾は、おまえに救われたことが多々あると告げてくれた。

人の世はさまざまだ。さまざまな人間がいる。さまざまな想いが縺《もつ》れ合っている。人の大きさに比べたら、身分など小さい。人が決めた枠に過ぎない。人の決めたものなら、いつか人によって微塵《みじん》に砕かれるかもしれない。

新吾に会い、栄太に会い、薫風館で学び、弘太郎はそんなことを考えるようになった。薫風館に入らなければ手に入れられなかった思案だ。その思案を自分のものにできただけでも、薫風館の日々は尊いと言い切れる。しかし、まだ、新吾のことを栄太のことを薫風館のことを八千代には伝えていない。

「八千代、鳥羽の家がどうしたというのだ」

知らぬ間に険しい顔つきになっていたらしい。八千代が身を縮めた。怯えが眸の隅を過る。

なぜだ。なぜ、こんなにも怯えている？　何を恐れている？

「おれに何ができる？」

身を屈め、もう一度、八千代を覗き込む。

「おまえのためなら、何だってやってやる。だから、話を聞かせてくれ。一人で抱え込むな」

「弘太郎さま」

八千代の頰を涙が伝った。

「お助け下さい。わたしは」

ガタッガタッ。

物音がした。何かが倒れた音だ。室石家の裏口から聞こえた。

「母上さま」

悲鳴が響く。子どもの声だ。

八千代が駆け出した。そのまま、裏口に飛び込む。弘太郎も後に続いた。

外の明るさに慣れた目には、一瞬、漆黒の闇しか見えなかった。

何もかもが闇に塗りこめられている。しかし、必死に目を凝らすと、闇の隅に白い塊が浮き出てきた。

「母上さま」

八千代が叫んだ。

土間の隅に久子が倒れていた。背を丸め、あえいでいる。傍らで八千代の妹、紗枝《さえ》が涙を浮かべて立ち尽くしていた。

「姉上、母上さまが、母上さまが急に血を……」

ごほっ、ごほっ。

久子が咳《せ》き込んだ。口を手で覆い身を捩《よじ》る。血の臭いが弘太郎の鼻腔《びこう》にまで届いた。思わず唾《つば》を呑み込む。

喀血《かっけつ》だ。

「口の中の血を全部、吐き出させろ。それから、上身を高くしておくんだ。おれは医者を呼んでくる」

　薫風館では年に一、二度だが医術の講義がある。とっさの場合の傷や病の手当を学ぶのだ。蝮《まむし》に嚙まれたとき、頭を強く打ったとき、不意に倒れたとき、嘔吐《おうと》したとき、血を吐いたとき、どう動き、何を為《な》すか教えられた。

「人の命は脆《もろ》くもあり、逞《たくま》しくもある。存外容易《たやす》く奪われもするが、しぶとく死と闘い、これを打ち負かしもするのだ。医術とはその闘いを支えるものでなければならん」

　蘭医学者《らんいがくしゃ》として高名な教授の言葉を思い出す。久子は今まさに、闘いの最中にいる。

「わかりました。お願いいたします」

　八千代の顔色は蒼白《そうはく》だったが、口調はさほど乱れてはいなかった。一瞬だが視線を合わせ、頷《うなず》き合う。それから、弘太郎は駆け出した。


「そうか、そんなことがあったのか」

　新吾が息を吐き出した。

「うむ」

　と頷きながら、弘太郎はほんの僅か悔いていた。昨日の出来事を新吾に打ち明けたことに、微《かす》かな後ろめたさを覚えたのだ。

　講義が終わったばかりの室内には、どこか弛緩《しかん》した、しかし明るい空気が漂っていた。

今にも雨粒の落ちてきそうな蒸し暑い一日だが、学生たちの若い声や軽やかな足音には重苦しさは微塵もない。

帰り支度を急ぐ者たち、数人で語り合っている者たち、笑い声をたてている者たち。みな、楽し気で何の憂いも持たないように見える。むろん、見えるだけで一皮剝《む》けばそれぞれがそれぞれの辛苦も困難も抱えているはずだ。

新吾だってそうだ。

抱えているものの重さも深さも、弘太郎には測れない。何に耐え、何に苦しんできたか、苦しんでいるのか全て解しているわけではない。なのに、自分の内にわだかまる気がかり、心の重さをあっさりと吐き出してしまった。新吾に甘えているのだ。

己の甘さが恥ずかしい。

「それで、八千代どのの母御のご容態はどうなのだ」

「うむ、それが……」

「よくないのか」

「あまりよくない」

「医者はなんと？」

つい目を伏せてしまった。湿った風がまとわりついてくる。背中にも腋《わき》にも汗が滲《にじ》んできた。

「新吾、すまん」

頭を下げると、新吾は「ふん？」とやや間の抜けた返事をした。

「何を謝っているのだ」

「いや、この前からおまえには何ら関わり合いのない話をべらべらしゃべっているようで、いや、確かにしゃべっていて、しかも愚痴やら不安やらまで混ぜ込んでしまって、申し訳ないと」

「関わりはあるだろう」

新吾が言う。弘太郎の言葉を遮るためか、いつもより語調がきつい。

「八千代どのはおまえの許嫁《いいなずけ》だ。おれにだって関わりはある」

「新吾」

「それに不安や愚痴なら、おれだってたっぷり聞いてもらったではないか。おまえたちのおかげで楽になったことが多々ある」

新吾の手が伸びてきた。肩でも摑むのかと思ったら、背中を強く叩《たた》かれた。バシッと肉を打つ音がして、ほんの刹那《せつな》だが背筋が痺《しび》れた。呻《うめ》き声も零れた。

「さあ、変な遠慮は無用だ。洗いざらいしゃべれ」

「いててて、くっそう。そっちこそ遠慮なしにぶっ叩きやがって」

わざと顔を歪《ゆが》めてみる。歪めながら笑っていた。新吾の心根が嬉《うれ》しい。一言に励まされる。

愚痴ではないが不安はある。足場の悪い塔の上に立っているような、怯えに近い不安だ。

「医者を呼んできた後、おれは一旦《いったん》、家に戻った。室石の家は取り込んでいて、おれがうろうろしていても邪魔にしかならんからな」

「ああ、確かに。男ではあまり役に立たんだろうな」

「まあな。しかし、気にはなって表をうろついていたら、医者が出てきた。それで、捕まえて様子を尋ねてみたのだ」

「うん」

「久子どのは、今日、明日という切羽詰まった病状ではないが、あまり、よくもないらしい。腹が膨れていて、それはつまり胃の腑か腸に腫物ができている見込みが高いと。それに、喉のあたりも爛《ただ》れていて、そこから出血したらしいのだ」

「……重篤だな」

「そうとう、だ。何度か喀血していたらしいが、久子どのはそれを隠していた。医者にかかれば法外な薬礼をとられると思ってたんだろうが、結句、病はここまで身体を蝕《むしば》んでしまった」

「治らないのか」

「医者が言うのに、よい薬はあるらしい。完治は無理だろうが、痛みを和らげ、病人はずい分と楽になって命を長らえるとか。ただ、その薬というのが……」

「とんでもなく高直なわけか」

「とんでもなく高直なのだ。阿蘭陀《オランダ》から入ってきた薬だとかで、我が家の一、二年分、いや三年分の扶持《ふち》に相当する額だった」

新吾が瞬きする。弘太郎は、長い息を吐き出していた。

「おれには、どうにもできん」

ため息の後、擦《かす》れ声が漏れた。自分のものとは思えなかった。背筋がすうっと冷たくなる。貧しいが故に生を諦《あきら》めねばならない。死を受け入れなければならない。今回に限ったことではない。貧しい暮らしのそこここには、いつだって死がしゃがみこんでいる。

「八千代どのは、どうしておられる」

新吾が囁《ささや》きに近い声で問うてきた。

「母親にずっとつきっきりだ。妹の紗枝がずっと泣いていて、そっちは菊沙が引き受けて、うちで面倒をみることになった。我が家としてできることはそれぐらいだな」

また、吐息が漏れた。

医者から話を聞いた後、矢も楯《たて》もたまらず八千代を訪ねた。久子が倒れる前、何か言いかけたその話も気になっていたのだ。

八千代は薄暗い台所の上がり框《がまち》に腰を下ろしていた。両手を膝の上で固く握りしめ、うなだれ、空の一点を見詰めていた。声をかけるのが憚《はばか》られる。そこまで険しい横顔だった。

耳元で蚊の羽音がして、弘太郎は身じろぎした。その気配に八千代が顔を上げ、視線を向けてきた。

異様なほど張り詰めた眼差しだった。

「弘太郎さま」

「八千代、今、医者から聞いたが……」

言葉が意気地なく萎《しぼ》んでいく。久子は物静かな、温和な人柄で針仕事が得意だった。菊沙の裁縫の腕前は、久子にみっちり仕込まれたものだ。このところずい分と痩《や》せたが、本来ふっくらとした人柄通りの円《まろ》やかな身体つきをしていた。八千代はこの母をたいそう好いているし、誇りにもしていた。

その母親が病に倒れ、手の施しようがない。八千代の心内を推し量れば、胸の奥底が痛む。しかし、八千代を助けるどんな術《すべ》もない。

「八千代、おれは……」

「大丈夫です」

八千代は立ち上がり、弘太郎の前まで歩いてきた。

「弘太郎さま、どうかご心配なさらないでください。大丈夫です。母上のお薬、何とかいたしますから」

そう言って、微笑む。血の気のない笑顔だった。

「何とかするって、おいっ」

八千代の腕を摑む。

「八千代、まさか、おまえ、とんでもないことを考えているのではなかろうな。

早まってはならぬぞ」

「とんでもないこと……まっ」

八千代は肩を窄《すぼ》め、さらに笑った。

「わたしが身売りするとでも？」

「え、いや……おまえが、あまりに思いつめた顔をしているから」

「そうでした？」

自分の頬を軽く撫で、八千代はもう一度肩を動かした。

「あれこれ考えていたものですから。でも、身売りなどいたしません。そんなことをしたら、母上は自害されるでしょう。でも、お薬は何とかせねばなりません」

「何とかと言っても、あまりに高直だ」

「ええ、でも当てはありますの。親戚《しんせき》、縁者の家を回ってお金をお借りします。分限者の方もおられますから、わけを話せば貸してくださいます。明日から、あちこち回ってみるつもりです」

縁者に分限者が？

そんな話、今まで聞いたこともなかった。

「ですから、弘太郎さまはご心配くださいますな。この度は、本当にお世話になりました」

妙に他人行儀な物言いをして、八千代は目を伏せた。

「八千代、何を考えている？　本当に、金の当てはあるのか」

「では、さっきの話はどうなった？　おまえは怯えていただろう。泣くほど怖がって、おれに何かを打ち明けようとしていた」

「ああ、あれは……」

暫《しばら》くの沈黙の後、八千代は顎《あご》を上げ、弘太郎を見上げた。

「母上のことをご相談したかったのです。身体の調子の悪いのが、ずっと気になっておりましたから。でも、こうなってしまったら、今更、ご相談することも無用となりました。何とか、家の者でがんばります」

かたかたと襖《ふすま》が鳴った。

「あ、母上が目を覚ましたようです。今まで、よく眠っておりましたの」

「そうか……。しかしな、八千代。一人で何もかも抱え込むな。人が背負える荷には限りがある。背負いきれないなら、手を伸ばせ。おれはいつだって傍らにいるのだ。それを忘れてくれるな」

八千代はゆっくりと息を呑み込んだ。同じような緩慢な仕草で、首を横に振る。

「こんなことになって、祝言どころではありません。わたしとの約定は一旦、反古《ほご》といたしましょう。弘太郎さま、どうかお忘れください」

「八千代！」

「お忘れください」

「あります」

言い捨て、八千代は戸口の戸を閉めた。

「それでは、八千代どのは祝言を取りやめると？」

新吾の表情が暗くなる。

弘太郎を憐《あわ》れんでいるわけではない。本気で心を痛めているのだ。

こいつは、そういうやつだ。

心底から他人を気遣う。

目の前で戸を閉められた。あのときから、ずっと重く沈んでいた気持ちが少し軽くなる。

「お忘れください」の一言が針になり、切っ先になり耳に突き刺さった疼き。それに耐えられる気がする。

「うむ……。もともと、正式に結納を交わしたわけではない。それは、おれが出仕してから後、先行きがはっきりしてからのことだからな。ただ口約束とはいえ、おれは真剣だった。真剣に八千代とのことを考えていた」

「ああ、それはわかる。八千代どのにも十分に伝わっているはずだ。今は、母御の病で頭がいっぱいで祝言など考えられないということだろう。心が乱れて、思ってもいないことを口走ったのかもしれない。いずれにしろ落ち着いたら、また、おまえのところに戻ってくる。必ずな」

「断言するか」

「おれが八千代どのならそうする。真剣に自分に向き合おうとする相手を拒んだりしない」

新吾は言い切った。吹き込んでくる風が涼やかになる。少なくとも弘太郎にはそう感じられた。

「しかし、男と女は違うだろう。女心は男よりよほどややこしい」

「弘太郎、どうした。いやに弱気だな」

「本気で惚《ほ》れた女に目の前で戸を閉められてみろ。応えるぞ」

「本気で信じた男に裏切られるよりましだろう」

「何だぁ、その喩《たと》えは。おまえ、おれを裏切ろうとしているのか」

「おまえを裏切って、おれに何の得がある。得るものなんか何にもないではないか」

「確かに、何にもないな。お互い様だが」

新吾と顔を見合わせ、同時に噴き出した。

笑うのはいい。笑えるのはいい。心が浮き立つ。淀《よど》んでいた流れが動き出す。

そうだな、焦らず、待ってみよう。

おれは一本の大樹になりたいのだ。地に根を張って、支えるべき者たちを支える。今はまだ、ひ弱なこの根を徐々に太く逞しくしていく。こういう友がいる。だから、おれは大樹になれる。

弘太郎は息を吸い、吐き出す。胸の底まで、湿った風が流れ込む。

「それにしても、八千代どのは、なぜ、鳥羽の家を気にするのだろうな」

ぼそりと新吾が呟いた。

「初めて会ったときも、鳥羽の名を聞いたとたん顔色を変えた。今回も、おれというより鳥羽の家を気にしているみたいだ」

「言われてみれば。屋敷がどこにあるのか尋ねたりしてたな」

「何かあるのかな」

「八千代と鳥羽家の間にか？　何もないだろう。今まで一度も、鳥羽家について問われたことはないからな」

「それなら、なぜ急に気にし始めた」

もう一度、新吾と視線を絡ませる。今度は笑えなかった。

風は湿って重いままだ。

「何かがあるんだ。何かが……」

新吾の呟きも湿って重い。絡みついてくる。

束《つか》の間、目を閉じると、眼裏に八千代の白い顔が浮かんだ。

六　風雲

八千代のことは気になっていた。

初めての出会いのときから、心に引っ掛かっている。

とはいえ、僅《わず》かの間だったんだがな。

新吾は苦笑する。

八千代と顔を合わせたのは、ほんの短い間だ。ほとんど言葉を交わす間もなく、八千代は走り去った。逃げ去ったと言い換えられるかもしれない。あの眼つき、あの表情。新吾から一寸でも遠ざかろうとするように後退《あとずさ》りした姿。

八千代どのは、おれを恐れていたのか。

引っ掛かる。気になる。

あの出会いだけで済んでいれば、ここまで拘《こだわ》りはしなかったろう。けれど、二人が死んでいる。

森原のご隠居が見つけた男の死体、ご隠居自身の横死。むろん、ご隠居の言葉を真に受ければの話になる。菊沙を除いて、真に受けた者はほとんどいないようだ。弘太郎でさえ、老人の戯言《ざれごと》だと言い切ったではないか。

林の中に死体などなかった。ご隠居は誤って川に落ち、溺《おぼ》れ死んだ。哀れではあるが、珍しくも奇異でもない出来事だ。よく似た話をときたま、耳にするではないか。お豊の大《おお》叔父《おじ》もぶらぶら歩きの最中、川だか池だかに落ちて亡くなったはずだ。

「人って、自分の衰えがわかんないもんなんですよねえ。いつまでも健脚だの丈夫だのって思い込んでしまうんです。無理にでも思い込みたいもんでしょうかねえ。ほら、年を取るとできないこと増えてくるじゃないですか。坂をすたすた上れないとか、溝を跳び越えられないとか、昔は容易《たやす》くできたことがどんどん難しくなる。そういうのって、辛《つら》いんですよ。きっと。だから、無理しちゃうんですよねえ。こんな坂、平気だとか、このくらいの幅ならまたぎ越せるとかね。大叔父もそうですよ。足元が覚束ないのに、あちこち歩き回って、しかも杖《つえ》も持たずに。畳の上で最期を迎えたかったでしょうにね」

一月もまえだろうか。依子を相手にしゃべっていた。以前の依子なら、奉公人の雑話などに耳を貸さなかったろうし、お豊もしゃべりかけたりはしなかっただろう。

依子はほんの少しだが柔らかくなった。柔らかく他人を受け止められるようになった。あのときも、お豊の無駄話を咎《とが》めるのではなく、ちゃんと応《こた》えていた。

「それはまた、お気の毒なこと。惨《むご》い話ではありませんか」

「はい。でも、奥さま、よくあることです。大叔父は八十二まで生きましたから。たいそうな長生きでしたよ」

「いくら長生きでも、その最期はどうなのかしらねえ」

「でも、病に取りつかれて苦しみながら死ぬよりよかったかもしれません」

「そうねえ。ひるがえって、自分はどんな最期を迎えたいか、考えてしまいますね」

「一生の締めくくりでございますからね」

女二人のやりとりは、思いがけず深遠な話題に流れていった。最期の有様など、新吾には天空に浮かぶ月よりも遠い。耳を傾ける興も失《う》せて、その場を立ち去った。

そう、お豊の大叔父もご隠居とよく似た最期だったのだ。

足が止まる。

あの献残屋の前だ。巴が長台の前で佇《たたず》んでいた店。むろん、巴はいない。たまたまの出会いがそう続くわけもなかった。店先はしんと静まって、内は暗い。親切な店者《たなもの》の姿もなかった。

足が止まったのは、目の前の風景のせいではなく、ふっと思い出したお豊の一言のためだった。

でも、奥さま、よくあることです。

よくあること……だからなのか。

人は異なるものに目が行く。赤い花群れのなかに白い花が咲いていれば否応《いやおう》なく気を引かれる。しかし、周りが全て白ければ、一つ一つの花を見据え、違いを探す者は稀《まれ》ではないか。ご隠居が首を落とされたり、袈裟《けさ》懸《が》けに斬り殺されていれば騒ぎになっただろう。

けれど、その死はよくあることで片付けられる範疇《はんちゅう》に収まっていた。赤い花の中の赤、白い花の中の白、だったのだ。

新吾はかぶりを振った。

取り留めがなさ過ぎる。どこに辿《たど》り着くのか当てがない思案だ。考えても詮無《せんな》いではないか。わかっているのに、ついつい思いが引っ張られる。

風呂敷《ふろしき》包みを抱え直し、歩き出す。足が少し重く感じるのは、したたかに胴を打たれたからだろう。薫風館剣術教授方助手、野田村東鉉《のだむらとうげん》の一打だった。

「鳥羽、余計なことを考えるな」

脇腹に打ち込まれた一撃に呻《うめ》いたとき、東鉉の声がした。

「ひとたび竹刀を握ったのなら、剣士になれ。剣士とは己を剣に託せる者だ。おまえにしろ間宮にしろ、雑念が多過ぎる」

「えっ、師範、おれもですか」

先に稽古《けいこ》を終えた弘太郎が頓狂《とんきょう》な声を上げた。

「おまえもだ。心に隙が見える」

弘太郎が首を縮めた。東鉉の一喝が響く。

「隙のある己の心を戒めろ」

「はい」

新吾と弘太郎は同時に頭を下げた。

弘太郎はおそらく考えていたのだ。石久随一の剣士と謳《うた》われる師範に、あと何度、稽古をつけてもらえるだろうかと。終わりの見えた薫風館での日々を思えば、心が揺れるのもいたしかたない……と、東鉉は考えなかった。どんな理《ことわり》があろうと、事由があろうと剣を疎《おろそ》かにすることを許さない。

おれの隙はどこにあった？

鈍く疼《うず》く脇腹を押さえる。

間もなく薫風館を去っていく弘太郎のことも、間もなく帰国する栄太のことも気にはなる。しかし、心に引っ掛かって竹刀の先を迷わしたのは、二人の友ではなく見も知らぬ老人の死だった。

老人の葬儀から、つまり弘太郎が八千代から祝言の反古《ほご》を言い渡されてから、すでに四日が経つ。日が過ぎても、森原丹右衛門の死は薄れない。軽くもならない。小さくもならない。正直、新吾は自分の拘りに辟易《へきえき》していた。生前の姿を何一つ知らない相手ではないか。赤の他人だ。有体に言ってしまえば、その生も死も、新吾に何を及ぼすわけでもない。なのに、どうしてここまで気持ちを引かれる？

よくわからない。ただ気になるのだ。さほど謎めいているわけでも、自分に関わってくるわけでもない死が気になってしかたない。心の片隅にいつも居座って、新吾を落ち着かなくさせる。

なぜだ？

俵を積んだ荷馬車が土埃《つちぼこり》を巻き上げて、傍らを過ぎる。路地から飛び出した子どもたちが騒ぎながら後を追った。

埃の中を蜻蛉《とんぼ》が飛ぶ。傾いた日差しに、翅《はね》がきらめいた。

背後にふと視線を感じた。振り向く。

誰もいなかった。

いや、通りを行く人々は大勢いる。

荷を担いだ商人も、子を連れた女も、職人風の男も、武士もいた。胸元をはだけさかんに団扇《うちわ》を使っている老人も、暑さにぐずる赤子もいた。誰も新吾に目をくれてなどいない。

額に汗を浮かべ、足早に、あるいはゆっくりと歩いている。

気のせいか。

首の後ろを撫《な》でてみる。僅かに汗ばんでいた。


「新吾」

呼び止められた。

津田谷町に入って間もなく、鳥羽の家からそう遠くない路地だった。両縁《りょうべり》を武家屋敷の塀に遮られ、人二人がかろうじてすれ違えるほどの幅しかない。どちらの屋敷からも見越しの松が張り出し、日差しを遮っていた。

「父上」

息を詰めていた。

「どうした。何をそんなに驚いておる」

兵馬之介は松の落とす影の中に立っていた。涼し気な帷子《かたびら》の着流し姿だ。風が吹いて、松の枝と影を揺らした。

「父上、わたしを……」

つけておいでだったのですか。その一言を呑《の》み下す。先刻、背中に感じた気配を思い出したのだ。しかし、胸内ですぐに打ち消した。父が息子の跡をつけねばならないどんなわけも思いつかない。

「気が付かなかったか」

兵馬之介がにやりと笑う。

「ずっと、おまえをつけていたのだぞ」

眉《まゆ》が吊《つ》り上がったのが、自分でもわかった。兵馬之介は、まだ笑っている。

「津田谷町に入る手前からですか」

「ほう、わかっていたのか」

兵馬之介が口を窄《すぼ》める。物言いも所作もおどけてはいたが、眼は笑っていなかった。

「なるほど、おまえも剣士として一人前になりつつある。そういうことか。頼もしい限りだ」

「いえ、まだまだかと。今日も竹刀を握りながら余計な雑念が多過ぎると、師範に叱られたばかりです」

脇腹の疼きがどくりと動いた気がした。

「一人前になりつつあるとは、まだ半人前だということでもある。半人前だからこそ、伸び代があるのだろう」

「はあ」

父の言うことは筋が通っているようで、どこかはぐらかされた心持ちにもなる。よくわからない人だ。昔も今も。

目の端に女の姿が映った。武家の奉公人の形《なり》をしている。女は路地の口で立ち止まり、踵《きびす》を返した。おそらく、路地を塞《ふさ》いで立っている男二人を厭《いと》うたのだろう。

「こんなところでの立ち話もなんだ。少し、付き合え」

兵馬之介が盃《さかずき》を傾ける真似をした。

酒はさほど好きではなかった。すぐに酔う。それに、酒の香を漂わせて帰って、依子にどう言い繕うのか、考えただけで気が重くなる。しかし、兵馬之介は新吾の返事を待っていなかった。背を向け、歩き出す。ついてくるのが当然だといわんばかりだ。

新吾は僅かに目を細めていた。

なぜ、酒に誘う？

なぜ、おれをつけていた？

息子と酒を酌み交わしたいわけではあるまい。それなら機会は幾らでもあった。父がそれを望んでいるとも思えない。依子は酒飲みの醜態を嫌っていた。酒を飲むのを咎めはしないが、酔うた上での放言や妄動を決して許さない。

息子の酔い易さも妻の性癖も知り尽くしたうえで、兵馬之介は誘っているのだ。跡をつけ、人気《ひとけ》のない路地で声をかけてきた。

なぜだ？

唇を嚙《か》みしめる。もう一つ、新たな疑念が浮かんだ。

父上は、どこにおられたのだ？

新吾が薫風館を出てからずっとつけていたとは考え難《にく》い。それなら、もう少し早く呼び止めていただろうし、もう少し早く気づきもしていたはずだ。

もう一度、唇を嚙みしめる。それから、新吾は父の後ろ姿を追った。

その店に入るまで、兵馬之介は一度も振り返らなかった。新吾がついてきているかどうか確かめもしなかったのだ。確かめるまでもないと考えたのか、ついてこなくても構わなかったのか。

店は津田谷町の外れ、町人町との境の奥まった一画に建っていた。茄子紺《なすこん》色の暖簾《のれん》がかかっている。そこに、店の名も名に因《ちな》んだ紋様もなかった。二階屋で、一階は小屛風《こびょうぶ》で仕切られた座敷になっていたが、兵馬之介は迷う風もなく階段を上っていった。

狭いが磨き込まれた廊下の端を襖《ふすま》が塞いでいる。これも何の紋様も文字もない白い襖だ。

それを開けると、六畳ほどの小間になっていた。格子窓から風が吹き込んで、涼しい。瀬音が聞こえて窓から下を覗《のぞ》き込むと、堀が見えた。澄んだ水が流れている。この水に冷やされて風は熱を失うのだろうか。

驚いたことに、待つ間もなく、赤い襷《たすき》の小女《こおんな》二人が膳《ぜん》を運んできた。酒と肴《さかな》が載っている。魚は石久で〝こべ〟と呼ばれる小魚を生姜《しょうが》とともに甘辛く煮付けた物だった。新吾の好物でもある。瓜《うり》の酢の物と焼茄子も添えられていた。用意してあったかのような手際の良さだ。

「ここは、馴染《なじ》みの店なのですか」

銚子《ちょうし》を持ち上げ、兵馬之介の盃に注ぐ。芳醇《ほうじゅん》な酒の香りが広がった。諸白《もろはく》だ。新吾は軽く息を吸った。酒は苦手だが香りは嫌いではない。特に、この酒は甘い中にきりりとした芯《しん》を感じさせる。

「まあな。さ、おまえも飲め」

父に促され、盃を取った。なみなみと注《つ》がれる。さらに、香りが濃くなる。心地よく酔ってしまいそうだ。酔えてしまいそうだ。

いやと、気持ちを引き締める。

酔っている場合ではない。父上の真意を尋ねねば。

軽く口をつけただけで、盃を置いた。兵馬之介は一息に飲み干し、小さく息を吐き出す。新吾はあえて二杯目を注がなかった。

「父上」

心持ち、身を乗り出す。できれば膳を傍らに回し、詰め寄りたい。

「わたしに、どのような御用があったのです」

手酌で盃を満たし、兵馬之介はちらりと息子を見やった。

「父と子だ。酒を酌み交わすのに別段、用などいるまい」

「しかし、父上はわたしの跡をつけ、この店の近くで声を掛けられました。用があったからではないのですか」

空にした盃を兵馬之介は膳に戻した。

「新吾」

「はい」

「正力町には、よく出入りするのか」

顎《あご》を引く。正直に答える。

「はい。弘太郎の家がありますので。時折、覗きます」

「間宮弘太郎か」

その口吻《こうふん》に一瞬だが胸が騒いだ。

「弘太郎が如何《いかが》いたしました」

「いや、なかなかの好漢であるな」

「弘太郎も栄太も紛れもない好漢です。父上もご存じのはず。直《じか》に会ったことも話したことも何度かございます」

うむと兵馬之介は頷《うなず》いた。

「よく存じておる。依子が殊の外、二人を気に入っているようではないか。あれに好かれるとは、なかなかの者たちだ」

「母上は弘太郎たちの為人《ひととなり》をお認めなのです。身分、家柄に惑わされず人そのものを見ておられます。そのうえで、弘太郎や栄太の人物をよしとなさったのです」

「ほう、おまえはそれほどの母贔屓《びいき》であったのか」

「感じたままを言うております」

父を見据える。なぜか、胸内が粟立《あわだ》つ。恐れや怯《ひる》みからではない。苛立《いらだ》っているのだ。

父といると苛立つ。

父はいつも霧の向こうにいる。そこにいるはずなのに、確《しか》とは見通せない。曖昧《あいまい》で、ぼやけていて、正体というものが摑《つか》めない。

この男は何者なのだ。

曖昧でぼやけた姿しか見せない相手に、どうしようもなく苛う。母もそうだったのかと、このところふっと考えたりした。依子も摑もうとして摑めない夫に焦心を募らせていたのではないか。

だとすれば、母上は抜けられたわけだ。

夫への未練も心気も何とか脱ぎ捨てられた。抜け出られた。そんな気がする。むろん、母の、いや、人の心の内全てを知りえるはずもない。

ここに指があり、ここに肉が付き、ここに傷ができた。髪が白くなった。歯が生えてきた。背が伸びた。腰が曲がった。頰が赤らみ、顎が震えた。肉体ならば、そのありようを変わりようを目で確かめられるし、口にもできる。けれど、心はそうはいかない。自分のものでさえ確かめられないときがある。だから、依子の心が今、どんな形をしているのか言い切れはしない。言い切りもしない。それでも、母がどことなく軽やかになったとは思うのだ。軽くなり、依子はやっと頭を上げられた。だからこそ、巴に眼差《まなざ》しを向けられたのではないか。夫の子を孕《はら》んだ女として見るのではなく、高齢の初産に挑もうとする決意を感じ取れた。

母の心意気が清々《すがすが》しい。比べれば父は薄闇に閉ざされている。巴に対する想いさえも、どこか歪《いびつ》ではないだろうか。

「もう一献、受けろ」

兵馬之介が銚子を持ち上げた。朱塗りの美しい器だ。

新吾は覚悟を決め、酒を流し込んだ。

空になった盃が濁りのない酒で満たされていく。

父がこの店に誘ったわけが見えない。見えねばならない。知らねばならない。弘太郎が絡んでいるかもしれないのだ。いや、兵馬之介は「正力町」と名指しした。その町名に結びつくのは弘太郎しかいない。酒を受けた手が止まる。盃の中で酒が揺れる。

弘太郎しかいない？　そうだろうか。正力町なら、これまでも度々足を向けていた。弘太郎が鳥羽の屋敷を訪れることも珍しくない。それについて、兵馬之介が意見したことも何かを尋ねたこともなかった。それが、なぜ……。

酒を口に含む。諸白の微《かす》かな甘さが喉《のど》に染みた。

「正力町で少し奇妙なことが起こっております」

「奇妙？」

「はい、続けて二人、死人が出たのです。しかも二人とも尋常な死ではなかったようです」

「ほぉ、尋常でないというと、どのような？」

「言わねばわかりませぬか」

視線が絡む。

おれはなぜと、新吾は奥歯を噛みしめた。

おれはなぜ、実の父親とこんな風に睨《にら》みあっているのだ。これでは、まるで仇《かたき》同士ではないか。

兵馬之介が瞬《まばた》きした。それだけで、気配が緩む。

「わからぬなあ。まさか天狗《てんぐ》や鬼に襲われたわけではあるまい。あのあたりは雑木林が続いておるが、山犬でも出たのか」

「山犬でも天狗、鬼でもなく、人が人に襲われたようなのです。男が一人、林の中で斬り殺されていたとか。しかも、その死体が消えてしまったのです」

早口で続ける。しゃべりながら、父の面から目を離さない。

「その男を初めに見つけた者が隠居した老人であったため、死体が消えた謎は深く詮議されませんでした。年寄りの思い違いとして片付けられたのです」

兵馬之介が微かに眉を顰《ひそ》めた。

「ふむ。しかし、事実はそうではなかったのだな」

「わかりません。正直、この話を聞いたときわたしも老人の心誤《こころあやま》ちだと疑いもしませんでした。けれど、その老人が翌日、水死人となったとなると……、尋常とは思えません」

「なるほど、林の中には本物の死体があり、老人はそれを見てしまったが故に殺されたと、おまえは考えておるのだな」

「いえ、違います」

新吾はやや緩慢な仕草で、頭を横に振った。

「周りの者のほとんどが老人の言うことを信じてはおりませんでした。はっきり言えば、誰も取り合わなかった。あのままなら、ご隠居、老人が川に落ちて亡くなったりしなければ、林の件はただの空事として忘れ去られたはずです。父上、逆です。老人は〝見た〟から殺されたのではなく、殺されたから老人の〝見た〟ことが真実だと信じられるのです」

「殺されたと明言できるのか。川にしろ池にしろ人が溺れて死ぬことは、まま、ある」

「父上はそのようにお考えですか。老人が、たまたま水死したと」

「わしには、わからぬ。関わり合いもないしな」

兵馬之介の唇が酒に濡《ぬ》れ、ぬめりと光った。

「でも、気にかけてはおられます」

新吾は唇を軽く噛んだ。自分のそれも濡れて光っているように思えたのだ。

「気にかけておられるから、わたしを呼び止めた。待っておられたのですか？　薫風館から帰ってくる刻を見計らって、待っておられた。違いますか」

兵馬之介は肯《うべな》いも否みもしなかった。指の背で唇を拭《ぬぐ》い、黙り込む。眼差しは新吾に向けられていた。眼の奥が笑っているようだ。嫌な笑いではない。こちらを見下しているわけでも、不快を隠して無理やり笑んでいるわけでもないと、新吾には受け取れた。かといって、父親の慈しみとやらが浮かんでいるわけでもない。

おもしろがっている？

事の成り行きを愉快に眺めている？

そんな眼つきだろうか。

また、微かな苛立ちがせり上がってきた。膝《ひざ》の上で、こぶしを握り締める。父の得体の知れなさも、笑う眼も、このこぶしで砕いてやりたい。粉々にしてやりたい。

新吾は気息を整え、指を開いた。

「この前、巴どのにお会いしました」

「巴に？」

兵馬之介が眉を寄せる。ほんの束の間、全ての動きが止まった。

眸《ひとみ》の中で、驚きが火花に似て散る。

巴はあの腰掛茶屋での話をしていないのだ。

「いつのことだ」

「六、七日も前になりましょうか。巴どのは何もおっしゃらなかったのですね」

「あれは鳥羽の家に関わることは一切、口にせぬ。口にしてはならぬと己に課しておるようだ」

お許しくださいませ。

初めて会ったときの巴の細い声が、また、よみがえってくる。耳底にこびりついてしまったのだろうか。

「六、七日前か」

兵馬之介が口の中で小さく唸《うな》った。

「それは、正力町に寄っての帰りだな」

新吾は口元を引き締めた。

「はい。その日に弘太郎の家の者から老人が死体を見たこと、その死体が消えたことを聞いたのです」

口を閉じる。菊沙の名も八千代の名も告げなかった。告げない方がいい、と、心の隅から新吾自身が囁《ささや》いてくる。

父上はご存じなのだ。

あの日、正力町の雑木林の中で男が一人殺されていたことを知っている。おれがしゃべるまでもなく、おれよりずっと早く、詳しく知りえていた。そして、おれが弘太郎の家をおとなったことも承知している。だからこそ、今日、ここに誘った。

薫風館からの帰り、間宮家に寄ったことは依子に告げてある。帰宅したとき、門前を掃いていた中間《ちゅうげん》の六助《ろくすけ》とも、

「おや、新吾さま、ずい分とお帰りが遅うございますな」

「ああ、弘太郎のところに寄っていたからな。いろいろと話したいことがあって、な」

「それはそれは、間宮のみなさまはご息災で？」

「うむ、変わりない」

そんなやりとりを交わした。六助が何を咎めたわけでもないのに、いつもよりやや言訳がましく答えてしまった。巴のことを引きずっていたからだ。それはともかく、男が殺された日、新吾が普請方組屋敷にいたことは秘め事でも隠し事でもない。ただ、六助はむろん依子にも、林の一件は伝えていない。伝えるべきものではない。

兵馬之介は、どこでどんな伝手《つて》で知ったのだろう。誰からの報であったのか。

鼓動が乱れる。

もしや、父上が……。

斬ったのか。殺したのか。そして、死体を片付けたのか。

口の中がみるみる乾いていく。舌が顎に張り付いてうまくしゃべれない。新吾は膳の上

の盃を持ち上げた。一気に空にする。酒の香りと潤いと酔いが、身体を巡る。

舌が、動いた。

落ち着け。心を乱すな。ゆっくりとじっくりと迫っていけ。

自分に言い聞かす。顔様も声音も変わらぬよう、心して続ける。

「ただ、そのときは、死体のことはさほど深く考えていたわけではありません。老人の世《よ》迷《ま》い言に過ぎないと、わたしも思うておったのです。そういう心持ちで歩いておりました。巴どのを見たのは、そのときです。津田谷町に入る手前の通りに、献残屋があります。店の名は存じませんが、その店前に佇んでおいででした。少し、ぼんやりした、心ここにあらずという様子だったと見受けました」

〝ぼぅぼ〟のことは伝えない。伝えることは、無遠慮に巴の心内に踏み込む気がするのだ。それに、今となっては、巴が本当にあの小さな祝い人形を眺めていたのかどうか心許《こころもと》なくもある。いや、巴のことはいい。父に問わねばならないのは他のことだ。

「父上もあの献残屋におられたのですか」

ここでも返事はなかった。兵馬之介の眼はもう笑っていない。怒っても、驚いても、憂いてもいなかった。一切の情が消え失せて、黒い洞になり、しかし、がらんどうではなく底に何かしらが蠢《うごめ》いている。

こういう眼を持つ男にどう向き合えばいいのか。

わからない。見当もつかなかった。それでも、新吾は父を見詰めていた。逸《そ》らしたりしない。身体をやや前にのめらせ、得体のしれない眼を覗き込む。重ねて、問う。

「父上はあの店から、通りを行くわたしを見ておられた。跡をつけ、頃合いのいいところで声をかけられた。そうなのでしょうか」

献残屋の長台の向こうは、格子壁になっていた。明るい通りからだと格子の内側は薄暗く、定かには見通せない。が、内から外は丸見えだ。薄闇に潜みながら、通りを窺《うかが》うのはいたって易い。

「あの店と父上は繫《つな》がりがございますのか。とすれば……」

とすれば、巴が店先に立っていたのは、行きがかりにふと〝ぼぅぼ〟に目を留めたからではないのかもしれない。

行きがかりにではなく、巴は店から出て長台の〝ぼぅぼ〟に気づいた。そこで、思わず見入ってしまった。とも考えられるのだ。

あの献残屋はなんだ？　ただの商売屋ではないのか。

──気分は悪くありませんかね。ああ、大丈夫ならけっこう。はいはい、お礼なんぞ言わなくてかまいませんよ。

貧相な顔つきの奉公人はよくしゃべった。しゃがみ込んだ巴をすぐに助け起こさなかった後ろめたさからだと、新吾はかってに解していたが思い違いだったか。あれが、巴をただの行きずりの女にするための芝居だったとしたら、どうなのだ。

「馬鹿者」

不意に激しい一喝がぶつかってきた。銚子と同じ朱色の盃が、膳に叩《たた》きつけられる。叩きつけられ、跳ね、畳に転がった。とっさに、転がった先を目で追う。

頬に衝撃がきた。膳がひっくり返った音が響く。

衝撃に押され、新吾は横様に倒れた。血の味がゆっくりと、口の中に広がる。懐紙を取り出し唾《つば》を吐くと、薄紅に染まった。

「父上……」

父に殴られたのはいつ以来だろう。この前を思い出せない。もしかしたら初めてかもしれない。父の怒声も、怒りにまかせての所業も初めて目にする。

長く離れて暮らしているからではない。兵馬之介は、いつも冷めていた。荒ぶることからも、情に突き動かされることからも遠く隔たっていた。そういう人だと思い込んでいた。まさか、殴りつけられるとは。

「この馬鹿者めが。したり顔にべらべらしゃべりおって。その賢《さか》しらな口を慎め」

片膝をついた兵馬之介が怒鳴る。両眼がぎらついていた。もう洞ではない。人の情動が渦巻いている。

新吾は懐紙をしまい、姿勢を正した。両手をつき、頭を下げる。

「申し訳ございません。お許しください」

頭上で微かな吐息が聞こえた。兵馬之介がため息を漏らしたのだ。新吾は下げた頭をおもむろに上げた。

目の前に膳が横倒しになり、器や肴が散らばっている。兵馬之介は腕を組み、転がったままの朱色の盃を見据えていた。どういう弾みか、〝こべ〟の煮つけがひっくり返った盃の上に載っている。膳を戻し、手早く片付ける。食い気はとうに失せていた。

「すまぬ」

今度は、兵馬之介が頭を垂れた。

「気が逸《はや》って、つい……。許せ」

「とんでもないことです。わたしの言葉が過ぎました。父上をご不快にいたしましたこと、お詫《わ》びせねばなりません」

「不快、か」

兵馬之介はちらりと息子を見やり、口元を歪《ゆが》めた。見慣れた、真意を測れない、あの笑みが浮かぶ。

「おまえは、本当にそう思っているのか」

「は？」

「わしが不快を感じて、おまえを打ったと思うておるか、新吾」

顎を引く。いいえとかぶりを振った。

「思うておりませぬ」

「では、なぜかわかるか」

ほんの二息分、口をつぐみ、新吾は答えた。

「焦っておいでですしょうか」

そうだ、父上は焦っている。何かに焦《じ》れ、慌て、余裕を失っているのだ。気が逸れば、静心は遠ざかる。父上をして、沈着を守れないほどの何かが起こったわけか。

新吾は改めて、父親を見やった。

最初、兵馬之介は何も知らぬふりをしていた。今は、違う。明らかに違う。

「新吾」

「はい」

「正力町で何があったか、おまえが知っていることを全て話せ」

「それは、先刻、お話しいたしました。あれ以上のことをわたしは知りませぬ。申し上げることがないのです」

「思い出せ」

父が短く命じた。

「おまえは正力町の帰りに巴に会ったと言うた。その日、正力町で、普請方組屋敷で何があった」

「父上」

新吾はまじまじと父を凝視する。

目の前に座る男は、焦っているだけでなく、かなぐり捨てようとしている。これまでの沈重な姿を、余裕を纏《まと》い全てを俯瞰《ふかん》している気振りを、何も知らない者として振る舞うことを打ち捨てて迫ってきているのだ。

思い出せ。しゃべれ。隠し立てするな。

「父上には、何があったのです」

見詰めたまま、問う。

「何をわたしから聞き出そうとしておられるのですか。そこまで急《せ》いて急かさねばならない出来事があったのですか」

あったのだろう。でなければ、父がここまで乱れるわけがない。

「何があったかわたしにはとんと、わかりませぬ。けれど、それが正力町の件に繋がっているぐらいは推し量れます。そして、そこに父上が関わり合っていることも。父上、どういうことです。教えてください。いや……全てを知ろうとは思いません。ただ一つ、弘太郎に間宮家の人々に災《わざわ》いが及ぶことはありますまいな。それだけをお教え願いたい」

父に乞《こ》いながら、鳩尾《みぞおち》のあたりが冷えてくる。背中にも冷たい汗が流れた。

「あまい、あまい、あーまーざーけー。あまい、あまい、あーまーざーけー」

甘酒売りの声が通りから響いてくる。犬の吠《ほ》え声と子どもたちの笑声《しょうせい》がそこに混ざり合って、宵の一刻を彩っている。

「あまい、あまい、あーまーざーけー。あーまーざーけー」

「甘酒、ちょうだい、ちょうだい」

「おいらも欲しいよう」

「六文だって。おっかあ、おあしをおくれよ」

兵馬之介が低く、呟《つぶや》いた。

「誰かが死ぬかもしれん」

一息置いて、兵馬之介は続けた。

「このままだと、また、死人が出る」

「父上」

思わず腰を浮かせていた。

「それは、どういう意味です。まさか、弘太郎が」

「間宮かどうかはわからん。わからんから、急いておる」

新吾は唾を呑み込んだ。頬が火照る。酒のせいではない。心の臓が激しく鼓動しているからだ。波打っているようにさえ感じる。先刻の、自分への戒めなど吹き飛んでしまう。平常心でいられない。

「教えてください。此度《こたび》の一件の真《まこと》の姿とはどのようなものなのですか。弘太郎の命を危うくするような成り行きには、よもやなりますまいな」

父の無言が腹立たしい。胸が絞られるようだ。弘太郎と菊沙の笑顔が重なり、揺れる。

「……手は出させませぬぞ」

掠《かす》れた低い声が漏れた。自分のものとは思えない。

「弘太郎たちに手出しはさせませぬ。たとえ、父上であっても、全力で阻みまする」

兵馬之介が大きく息を吐いた。

「わしではない」

新吾よりさらに掠れた声音だった。

わしではない。その一言は、他にいるということだ。何者かがいる。林の中で男を斬り捨てた者が、森原丹右衛門を水死に見せかけ葬った者がいる。その者は、弘太郎に危害を加えるかもしれない。

放っておけない。放ってなどおけるものか。

新吾はさらに膝を進めた。勢いあまって、のめりそうになる。

「父上、お話しください。この一件、父上が関わっておられるのですね。それは」

あっと声を上げていた。

そうか、そういうことか。

大きく見開いた目、震える肩、そして小さな悲鳴。初めての出会いでの、八千代の不可解な態度は父に繋がっていたのだ。〝鳥羽兵馬之介〟という名に繋がっていた。とすれば、八千代は何かを知っている。父が必死に探っている何かを。

ぞくっ。

背筋に悪寒が走った。

危ない。あまりに剣呑《けんのん》な気配に身体の芯が冷えていく。

八千代は見たのか。夜が明けたばかりの林の中で血塗《ちまみ》れの死体を。ご隠居より早く林に入り、見た……いや、そうではない。

もう一度、唾を呑み込む。喉の奥がひくついた。

死体を見ただけなら、鳥羽の名に怯《おび》えるわけがない。死体は何も語らない。八千代が、鳥羽との繋がりを知りえるはずがない。

生きていたのだ。まだ、生きていた。

そして、八千代は聞いた。

死にかけた男から、鳥羽の名を聞いた。

それだけか？　それだけではあるまい。もっと別のことだ。新吾には知る由もない何かがあったはずだ。

何かを聞いた。

何かを託された。

何かを頼まれた。

何かを乞われた。

何かを示された。

何かを命じられた。

駄目だ。まるで摑めない。何が起こったのか、何が起ころうとしているのか、闇に沈んだままだ。剣吞な気配だけが濃く漂う。

「お話しください」

兵馬之介に詰め寄る。見据えた父は口を僅かに開け、眉間《みけん》に深い皺《しわ》を作っていた。不意に老け込んだようだ。能面の皺尉《しわじょう》にどことなく似てさえいる。

その唇が動いた。

「やはり兄弟だな」

とっさに意味が解せなかった。

「おまえは……城之介とよう似ておる」

「兄上と？」

なぜここで兄の名が出てくるのか。もう何年も前に逝《い》った兄がどう関わってくるのだ。

「いつの間にか、おまえは兄の歳を越えたな」

「はあ、まあ……」

兄は十五で亡くなった。落馬のさい、頭を強く打ち、そのまま二度と目を覚まさなかったのだ。

城之介さえ生きていてくれたら。

兄を失ってから暫《しばら》く、それが依子の口癖となっていた。呼んで詮無い名前を呼び、涙を零《こぼ》した。天を罵《ののし》り、定めを呪った。悲しみ、嘆き、恨み、悶《もだ》える。行き場のない怒りを滾《たぎ》らせ、容易に薄れてくれない悲哀に身を捩《よじ》った。

馬術を教え、馬を与えた兵馬之介を責め、詰《なじ》った。依子だとてわかっていたのだ。自分の言動がどれほど理不尽であるかわかっていた。決して、蠢愚《しゅんぐ》な人ではない。むしろ、聡《そう》明《めい》な性質なのだ。

頭ではわかっている。しかし、心が抑えられない。

誰を恨めばいい。誰にこのやりきれなさをぶつければいい。誰か、誰か受け止めて。でなければ、わたしは狂《たぶ》れてしまう。

依子は狂れなかった。気難しく、意固地になりはしたが、正気を保ち凌《しの》ぎ切った。一年が過ぎるころ、げっそりこけていた頰に肉が付き、肌にも髪にも艶《つや》が戻った。そして、今、穏やかにも円《まろ》やかにも変わった母は、めったに呟かなくなった。

城之介さえ生きていてくれたら、と。

今でも、兄の月命日には仏間にこもり、長い間、出てこない。しかし、もうすすり泣きも恨み言も零しはしなかった。どこか儚《はかな》げな疲れた眼差しを空に向けるだけだ。

兵馬之介は兄の一周忌の直ぐ後、家を出て、巴と暮らし始めた。

何だか遠い。まだ片手で数えられるほどの年月であるのに、百年も昔に思える。兄の笑顔も闊達《かったつ》な物言いも振り返った顔つきも、遠い。はっきりと覚えてはいるが、徐々に色褪《いろあ》せていく気がする。現《うつつ》の身を持たぬ兄は変わらない。新吾が三十路《みそじ》を越えても、鬢《びん》に白いものが交ざり始めても、十五のままなのだ。

けれど、なぜ、ここで兄の名を口にする。依子ではなく兵馬之介が、兄を思い出させる。

誤魔化す気か？

兄を煙幕にして、この場をうやむやにする気か？

そんなことは、させない。

「今、兄上は関わりございますまい」

「関わりあるとは言うておらぬ。よく似ていると申しただけだ。生一本なところも、情深いところも、な」

「誤魔化さないでください。わたしは、今の話をしておるのです」

「そうだ」

兵馬之介の表情が変わった。眼差しの揺らぎもない。はたと新吾に据えられる。

「わしも今の話をしておる。友を守ろうとするのはよし。武士として、人としての道であろうよ。だからこそ、今、おまえが知っていることを話すのだ。話さねば、ならん」

「父上は何も告げてくださらぬまま、わたしだけに話せと仰せか」

「父の命だ。従え」

新吾は居住まいを正し、息を整えた。

「嫌です」

「新吾！」

「父上にお話しすることが弘太郎にとって災いとならぬのかどうか。わたしには見極められぬのです。万が一にも災いの因となる見込みがあるのなら、父上の命であっても従うわけには参りません」

武家の子であるなら、父の命に背くのはご法度だ。たとえ、法度破りに堕《お》ちようと、弘太郎を売り渡すよりましだ。

八千代がこの件に関わっているとしたら、弘太郎も巻き込まれる。剣呑だからと、好いた女の窮地を見て見ぬふりする、そんな卑怯《ひきょう》で器用な真似ができる男ではない。八千代を守るため、自ら炎に飛び込んでいくに決まっている。

「見たこと、聞いたことを話せと言うておるだけだ。それができぬとは……新吾、おまえ、何かを掴んでおるのだな」

「申せません」

「もう一度言う。人が死ぬぞ」

兵馬之介の眼が新吾の全身を舐《な》める。

「それが誰なのかは言えん。わしにもわからんのだ。しかし、一刻も早く手を打たぬと、また死人が出る。必ずな」

言い終えて、兵馬之介は立ち上がった。刀架の大小を摑む。

「まあ、よい。今日はここまでとしよう。どうにも埒《らち》が明かぬからな。それでも、おまえと話ができたのは何よりだった。ここまで頑固であったとは思わなんだがな」

戸口で振り返り、兵馬之介は続けた。

「次はもう少し腹を割って話したいものだな、新吾」

戸が静かに閉まる。階段を下りていく足音は、しだいに小さくなり、消えた。

腹を割って話したい、だと。

新吾は下唇を強く、噛んだ。

腹の中をさらさないのは、父上ではありませぬか。さらさずにおいて信じろとは、あまりに身勝手です。

「失礼いたします」

声とともに、先ほどの小女が入ってきた。

「そろそろ、行灯《あんどん》に灯をお入れしましょうか」

「いや、それがしも暇《いとま》いたす。あ、膳をひっくり返してしまって、些《いささ》か畳を汚したのだが」

「構いません。お気遣いなく。では、お膳、お引きいたしますね」

小女は袂《たもと》から手拭いを取り出すと、手際よく畳を拭《ふ》き始めた。

「ちと、尋ねたいのだが」

「はい？」

「先ほどの武士は、よくここに来るのか」

小女は頭を傾げた。十二、三にしか見えない幼顔だ。

「はい、たまにお出《い》でになるようですが」

「一人で来るのか。それとも、連れがいるのか」

小女の首がさらに傾ぐ。

「どうでしょうか。たいていお一人のような気がしますが」

小女はそこで唇に手を当てた。

「申し訳ありません。お客さまのことをあれこれしゃべるのは、止められているんです。客商売の心得に悖《もと》るって。女将《おかみ》さんに叱られますから」

「さようか。いや、すまん」

「そんな、そんな。謝っていただいたりしたら困ります。あ、でも、お客さまはお武家さまのご子息であられるのですか」

「あ、うむ」

「やはりそうですか。顔立ちがよく似ておられます。あっ」

小女は肩を窄め、今度は両手で口元を押さえた。

「すみません。お客さまを詮索したみたいになって。これも、女将さんにしっかり釘《くぎ》を刺されているんです。内緒にしておいてくださいね。お武家さま」

小女は膳を持ったまま、そそくさと姿を消した。

よく躾《しつ》けられている。

おそらく勤め始めて一、二年の、しゃべり好きな娘だろうに、余計なしゃべりを戒める躾《しつけ》がちゃんとなされている。女将とやらの目が行き届いているのだ。しかも、この部屋は廊下の詰まりにある。他の客が廊下を通る恐れはない。密談には向いた場所ではないか。

密談か。

この部屋で、父は誰とどんな言葉を交わしたのか。

天井を見上げる。

日の光はすでに翳《かげ》り、見上げたそこには薄闇が溜《た》まり始めていた。

兵馬之介とのやりとりのせいなのか、弘太郎に纏《まつ》わる不安のせいなのか、無理に飲んだ酒のせいなのか気持ちが沈む。身体の芯から疲れが滲《にじ》み出す。頭の中を思案だけが飛び跳ねている。

八千代どのに会うべきだろうか。

いや、その前に弘太郎に会わねば。

会ってどうする？　八千代どのを問い質《ただ》すのか。

それが裏目に出たらどうする。八千代どのが何を、なぜ隠しているのかわからないのだ。

思案がぶつかり、砕け、転がる。

答えが見つからない。思案の欠片《かけら》に埋もれてしまって、見つけ出せないのだ。

足が止まった。

鳥羽の屋敷のすぐ近くだ。

母上。

依子が門の前にいた。裾《すそ》を持ち上げ、立っている。傍らに六助が畏《かしこ》まって、女主人を見上げていた。珍しい。武家の女としての矜持《きょうじ》と心得を余るほどに持っている依子が、門前に立つなどめったにないことだ。

「ま、新吾どの」

息子を認め、依子は足早に近づいてきた。これも珍しい。

「母上、どうなされました」

「間宮どのから、これが」

依子の差し出した紙片には、殴り書きに近い文字で一文、
急ぎ、お出で乞う
とだけ記されていた。

「これは」

「さっき、間宮どのの使いの者が届けに来たのです。でも、あなたがなかなか帰ってこないから、やきもきしておりましたよ。いったい何事なのでしょうね」

急ぎ、お出で乞う
間違いなく弘太郎の筆だ。癖の強い悪筆ながら味わいがある。もっとも、今、文字を眺めるゆとりなどなかった。

何事だ。

心が逸る。

「母上、正力町に行ってまいります」

「そうなさい。駕籠《かご》を使いますか」

「いえ、走ります」

「わかりました。くれぐれも慌てぬように。それと、これを」

依子が頷くと、六助が風呂敷《ふろしき》包みを両手で差し出した。

「握り飯を急ぎ、こしらえました。夕餉《ゆうげ》に持っていきなさい。他の者の分もありますから」

こんなときに握り飯でもあるまいとは思ったが、新吾は礼を言って受け取った。いるのいらぬの言い争っている場合ではない。

包みを腰に巻き、駆け出す。

弘太郎から呼び出しの文が届いたのは初めてだ。しかも、呼び出しのわけが書いてない。

弘太郎、何があったんだ。

つい今しがた、父と交わした言葉のあれこれが浮かんでくる。

新吾。全て話せ。

普請方組屋敷で何があった。

知っていることを。正力町。馬鹿者めが。城之介と。おまえは……。

千切れた言葉の端々がくるくると回りながら流されていく。川面《かわも》に落ちた病葉《わくらば》のようだ。その中から、唐突に一言が頭をもたげる。

人が死ぬぞ。

言葉に色があるわけもないのに、それは深紅に染まっていた。

くそうっ。

大通りを一気に走り抜け、橋を渡り、正力町手前の雑木林が見えてきたとき、足が縺《もつ》れた。何とか身体を立て直したけれど、一旦《いったん》止まった足は思うように動いてくれなかった。

息が切れて、苦しい。汗が吹き出す。汗は頬を伝い、口中に染みてきた。驚くほど塩辛い。

小川の水をすくい、口に含む。川は思いの外、深さがあった。岸辺近くは川底に触れられるほどだが、真ん中あたりは水面の色が濃い。新吾の太腿《ふともも》までもあるかもしれない。組屋敷裏の流れは、深くても膝丈ぐらいだから、このあたりだけが深いのだ。

足の悪い老人が溺れ死ぬには、あるいは、老人を溺れ死なせるには十分な深さだ。抗《あらが》いなどできなかっただろう。

流れる水の行方を目で追い、思う。

ご隠居、森原丹右衛門に抗う術《すべ》も力もなかったはずだ。抗えぬまま流れに浸《つ》けられる。押さえつけられる。息が絶えるまで。

汗が冷えていく。背筋が寒かった。

この静かな風景の中で、人の酷薄さが非情さが蠢いたのか。

新吾は立ち上がり、組屋敷へと歩を進めた。気息が整ってくる。足の重さが薄れてくる。さっきまでの勢いには及ばないが速く、できる限り速く前に出る。

殺意が、酷薄さが、非情さが次に向けられるのが、弘太郎だとしたら……。急がねば。

間宮の家が見えてきた。

明かりがともっている。

行灯の灯が障子戸を通して、闇を仄《ほの》かに照らしていた。

変わりないか。

安堵《あんど》の息が漏れた。少なくとも、外から異変は感じ取れない。暮れていく風色に浮かんだ仄明かりは、穏やかで優しく、温かみさえ伝えてくれる。

腰の風呂敷包みを結びなおし、新吾は歩を緩めた。

む？

間宮家の表に近づいたとき、垣根の側で黒い影が動いた。緩んでいた気持ちが引き締まる。

何者かが家の内を窺っている？

足音を忍ばせ、一歩、二歩と近づいていく。影が垣根の陰から動き、かろうじて闇に閉ざされていない道に出てきた。

「八千代どの」

思わず、名を呼んでいた。

八千代が身を竦めた。眼を見開き、束の間、新吾を見詰める。

「鳥羽さま、あ……」

「待ってください」

新吾はとっさに走り、逃げようとする八千代の手首を掴んだ。細く、冷たい。瘧《おこり》のように震えてもいた。

「放してください、放して」

「放しません。弘太郎に用があったのでしょう。なぜ、こんなところで躊躇《ためら》っているのです」

「違います。弘太郎さまに用事などございません」

八千代が首を振る。嫌だ、嫌だとすねる子どものようだった。

「嘘だ。八千代どの、あなたは弘太郎に話すことがあるのではありませんか。話さねばならないことがあるのでしょう」

「違います。違います。弘太郎さまは関わりないのです」

「では、誰に関わりあるのです。鳥羽兵馬之介ですか」

八千代が動きを止める。凍り付いたように静かになる。瞬きもしない双眸《そうぼう》が新吾に向けられる。

「鳥羽兵馬之介は、わたしの父です。あなたは、どこでその名を聞いたのです。誰から聞いたのです。八千代どの」

八千代の肩を摑み、揺すっていた。

「教えてください。黙っていては駄目だ。黙っていたら、あなたの命まで危うくなる」

ひっ。八千代が息を吸った。手のひらに、若い女の熱と震えが伝わってくる。八千代の唇が動いた。

「鳥羽さま……、ご隠居さまは……ご隠居さまは、もしかして……」

頷いて見せる。

「ええ、何者かに殺されたとわたしは思うております」

「あ、あ……やはり」

八千代が両手で顔を覆った。嗚咽《おえつ》が零れる。

「わたしのせいで……、わたしのせいでご隠居さまが……」

「なぜ、あなたのせいなのです。あなたは何をしたのですか」

「わたしは、わたしは……とんでもないことを……」

「おい、どうした。誰か騒いでいるのか」

戸の開く音と弘太郎の声がした。

「あ、新吾じゃないか。やっと来たか。あれ？　八千代、どうした？　泣いているのか」

「いや。誤解するな、弘太郎。おれは別に八千代どのに狼藉《ろうぜき》をはたらいたわけではない」

「弘太郎さま」

八千代が弘太郎の胸に飛び込んでいく。弘太郎は、しっかりとその身体を受け止めた。

「弘太郎さま、弘太郎さま」

「八千代、どうした？　新吾に何かされたのか」

「馬鹿を言うな。おれは何にもしていないって」

「しかし、八千代は泣いているではないか」

「だから、それにはわけがあって……。八千代どの、頼むから成り行きを、こいつにちゃんと明かしてください。頼みます」

八千代がしゃくりあげる。

「……鳥羽さま……ではなくて、悪いのはわたしで……す。わたしが、ご隠居さまを……」

弘太郎が首を傾げる。

「どうも、よくわからんな。ともかく、八千代、中に入れ。中でゆっくり話を聞く。新吾もついでに入れ」

「おれは、ついでか」

「すねるなって。客人がさっきからお待ちかねだぞ」

「客人？」

弘太郎が身体を横にずらす。

戸口に細身の男が立っていた。

「鳥羽さん、お久しぶりです」

「栄太！」

どっと夜気が胸に滑り込んできた。大口を開けて、息を吸い込んだのだ。

「逢《あ》いたかったです、鳥羽さん」

薄闇に包まれて、栄太がほんのりと笑った。

七　遥かに遠く

蚊遣《かや》り火の煙が目に染みる。

その薄煙の向こうに栄太が座っている。

信じられない思いだ。

栄太は総髪茶筅髷《そうはつちゃせんまげ》で、小ざっぱりとした身なりをしていた。背が伸びて、ほんの少しだが肉付きがよくなったようだ。なにより、顔つきが生き生きと伸びやかに、明るく見える。文にあったとおり、江戸での暮らしは厳しくも心躍るものであるらしい。

「栄太、今日、帰ってきたのか」

「いえ……」

栄太の口調が心持ち、重くなる。

「二日前だとさ。新吾、ほら」

弘太郎が大ぶりの湯呑《ゆのみ》を差し出す。なみなみと茶が注がれていた。この前と同じく、程よく冷えている。

「二日前、そんなに早くに帰っていたのか。じゃあ、おれたちに文を書いて、すぐに江戸

「そうです。一時、帰国するように言われた、翌日の早朝には発っていました」

「ずい分と、急な話だな」

新吾は思わず顎《あご》を引いていた。

「急も急。普通、数日の猶予は与えるもんだろう。何の前触れもなく、突然に帰国を言い渡し、さらに翌朝には発てなんて、むちゃくちゃの重ね合わせってもんだ。隣町に買い出しに行くんじゃないんだぞ。江戸から石久まで何里あると思ってんだ。誰にだって、支度ってもんがいるだろうに」

栄太の代わりに弘太郎が答える。本気で憤慨している口吻《こうふん》だった。

「しかも、家族には一切知らせるなとのお達しでした」

「帰国するのに、か。それは些《いささ》か妙だな。しかし、栄太、おまえ、おれたちに知らせてくれたではないか」

確かに受け取った。短いものだったが、帰国を告げる文だ。

「家族には知らせるなとのことでしたが、友人も駄目だとは仰せになりませんでしたので」

澄まし顔で、栄太が言う。新吾と弘太郎は顔を見合わせた。

「栄太、しばらく逢《あ》わないうちに、ずい分と逞《たくま》しくなったな」

「いや、新吾。これは逞しいというより、したたかになったというべきだぞ」

弘太郎がさもおかしそうに笑った。

「したたかな栄太か。これは、なかなかの見物だな」

「……そうでもないのです」

栄太の表情が曇る。眼の中の光が翳《かげ》った。そうすると、薫風館で共に学んでいたときの気弱な面影が浮かび上がる。

「したたかではなく臆病《おくびょう》だったと、今にして思います」

「臆病？　おまえがか」

「はい」

「何に臆した」

栄太は新吾を見詰め、かぶりを振った。

「わかりません。わかりませんが……強いて言うなら、気配でしょうか」

「気配？」

「はい。何かおかしい、尋常ではない気配です。第一に、間宮さんの言う通り、あまりに急な帰国命令、しかも、一時のもので家族にも秘密。帰国を秘密裏に進めなければならないわけが、まるで摑《つか》めませんでした。今も摑めていませんが……。だから、不安だったのです。不安で心細かった。気が付いたら、鳥羽さんと間宮さんに文をしたためていました。詳しいことは書けない、書きたくとも何一つ知らないので書きようがなかったのですが、それでも、石久に帰るということだけは伝えたいと思ったのです。そして、どうあってもお二人に逢おうと決めました。そうすると、気持ちが落ち着いて、不安や心細さが和らぎました」

栄太は、そこではにかんだ笑みを浮かべた。昔のままの笑顔だ。

「でも、よくよく考慮すれば、逢いたい気持ちが先走ってしまって、お二人に迷惑をかける見込みを失念していました」

「迷惑などであるものか」

弘太郎がやけにぶっきらぼうな口調で、栄太を遮った。

「むしろ、石久に帰っていながら一言も知らせてこなかったとしたら、そっちの方がよほど迷惑だ。いや、迷惑というより、みずくさいではないか。おれは悔しくて、腹が立って酔い潰《つぶ》れてしまうぞ」

「弘太郎は、悔しくなくても腹が立たなくても、酔い潰れる。すぐに酔うくせに酒癖は悪い。やたら絡んでくる。こいつの絡み酒だけは手に合わんのだ。わかるだろう、栄太」

「はい。何度か苦労しましたね」

「何度も苦労した」

弘太郎の頬が膨らむ。鼻の先がひくりと動いた。

「おい、新吾、その言い草はなんだ。馬鹿者めが。おれがいつ、おまえらに絡んだ」

「酒を飲み過ぎると、たいてい絡んでくる。でなきゃ、大鼾《おおいびき》で寝込んじまって連れて帰るのに一苦労だ」

「嘘つけ。新吾、おまえ、おれの清廉潔白な人柄を妬《ねた》んで、陥れようとしているな」

「自分で清廉潔白というやつほど、胡散臭《うさんくさ》い者はいないぞ」

栄太が笑い出す。

「あはは、これだこれ。やっぱり、鳥羽さんと間宮さんのやりとりは楽しい。聞いているだけでわくわくする」

栄太はふうっと一息を吐き出した。

「江戸はすごいところです。すごい人たちがいて、最も新しい知見や技術を学ぶことができる。学んでも学んでも、尽きるということがないように思えます。ときに、果てのない空を飛んでいる気にさえなるのです」

栄太の頬が僅《わず》かに紅潮した。その紅色がなぜか眩《まばゆ》い。

そうか、江戸とはそんなにもすごいところなのか。尽きることのない、果てることのないところなのか。

「でも、薫風館はないのです。鳥羽さんも間宮さんもいません。意気地無いけれど、時々たまらなく淋《さび》しくなります」

栄太は俯《うつむ》き、すみませんと呟《つぶや》いた。頬の色が褪《あ》せていく。

「こんなこと言うつもりじゃなかったのに……、どうして、弱音なんか……、すみません」

「詫《わ》びなど口にするな。おれだって、おまえたちにはずい分と弱音を吐かせてもらった。愚痴も聞いてもらったし、助けられもした。お互いさまではないか」

新吾を見上げ、栄太が瞬《まばた》きをした。

江戸で何があったのか。どんな一日《ひとひ》一日《ひとひ》を生きているのか。栄太は語らない。だが、それが喜びに彩られているだけではないと、満ち足りた愉悦の日々だけではないとは察せられる。

悪意、嫉妬《しっと》、蔑《さげす》み、陰口……。百姓身分の栄太が、優れていればいるだけ秀でていればいるだけ、周りの棘《とげ》も針も鋭くなるだろう。

栄太、踏ん張れ。

言葉にはできない。江戸の栄太の何をも新吾は知らないのだ。だから、胸の内で祈るように励ます。

歯を食いしばって、踏ん張れ。

栄太が微《かす》かに頷《うなず》いた。そして、さらりと話題を変える。

「急ぐといえば、石久までの行路も異様でした。まさに、急げ、ともかく急げと鞭《むち》うたれているような気になるほどでした。早駕籠《はやかご》を使い、かなり日程を縮めて帰ってきたのです」

「人数は、おまえを含めて何人だ」

「四人です。お武家様が二人、わたしともう一人、これは町方のお人が連れとなりました」

「町方？　何者なのだ」

新吾は眉《まゆ》を顰《ひそ》めた。武士と学生と町人。まとまりのない、雑然とした一団だ。

「正体はよくわかりません。無口な男で、我々とはほとんどしゃべろうとしませんでした。わたしは山師ではないかと、見当をつけてはいましたが」

「山師だと？」

意外だ。

「ええ。その男、安五郎《やすごろう》と名乗っておりました。本名か偽名かはわかりません。その安五郎さんと少ないながら道中で言葉を交わしました。耳慣れない訛《なまり》がありましたが、言葉の端々に感じたんです。安五郎さんは、鉱山を見つけ出すことを生業《なりわい》にしているのではないかと。むろん、わたしの推察に過ぎませんが。ただ、職人でも商人でも、まして百姓でもないのは確かです」

山師とはいわば〝山を見る者〟だ。

金、銀、銅、鉄。山々から鉱石を採掘し、選鉱や製錬までも手掛ける。おそらく石久の者ではない男は、何のためにやってきたのか。

「帰国してから、どうしていたのだ」

「島崖村にいました」

「何だ、やはり、家に帰っていたのか」

いいえと、栄太がかぶりを振る。

「家ではなく、山裾《やますそ》の荒寺に連れていかれました。確か、数年前にご住職が亡くなり、そのまま廃寺になっていたものです。ご住職の幽霊が出るとか噂があって、人はめったに近寄らなくなりました」

「そんな寺で何をしていた」

「丸貫山《まるぬきやま》のことを尋ねられました。案内できるかと」

「丸貫山？」

「その廃寺の裏手にある山です。入らずの山でもありました」

「入らずの山というのは、つまり、人が入らない、入れない山だという意味か」

「むしろ、入ってもしかたないのです。島崖を囲む山々は概《おおむ》ねそうなのですが、丸貫山は殊の外、岩が多く、山菜や木の実には恵まれていません。人が通れる道もほとんどなく、猟師さえ足を踏み入れないと言われています」

「なるほど、全てに乏しいわけか」

そこで、弘太郎が身を乗り出し口を挟んできた。

「その武士たちは、そんな山に分け入るつもりなのか」

「そのようです。わたしを伴ったのも、島崖の出で丸貫山を案内できると考えたからのようです。実際は無理でした。他の山ならいざしらず、わたしは丸貫山に登ったことなど、一度もなかったのですから。わたしだけでなく島崖の者のほとんどが、そうです。あの山は入らずの山、入っても得はないだけでなく、厄災をしょい込むことになると伝えられていますから。何度もそう申したのですが納得してはもらえず、帰国した早々、山を歩かされました。けれど、途中までしか行けなかったのです。まるで道がなくて、どうにも無理でした。ただ、もしかしたら」

「もしかしたら、何だ」

「あ、いえ。何でもありません。この話とは関わりないことです。ともかく、何とか道なき道を歩いて下りてきました。あの日に限っては、厄災からは免れたようです」

もう一度、弘太郎と顔を見合わせる。

「厄災という一言がどろりと粘り、耳の奥にくっついてくる。

「厄災とは、足を滑らせて怪我をするとか獣に襲われるとか、そういう類《たぐい》のものか」

「うーん、どうでしょうか。詳しく尋ねた覚えはありません。一度だけ、祖母から丸貫山の沢には毒虫がいて、刺されるか嚙《か》まれるかすると命に関わると聞いた気がするのですが。祖母もその虫がどんな姿をして、何と呼ばれているのか、刺されたり嚙まれたりしたらどうなるのか知らなかったようです」

「なんとも曖昧《あいまい》な話だな」

弘太郎が首を傾げる。

「そんなおっかない山に、何でそいつらは入りたがるんだ」

「それも、わかりません。わからないことだらけです」

栄太がかぶりを振る。新吾は改めて問うてみた。

「栄太、おまえ、本当に案内ができなかったのか」

入らずの山とはいえ生まれ育った地だ。山だ。栄太がまったく道案内できなかったとは、考え難《にく》い。

「鳥羽さん、変わらず鋭いですね」

栄太が今度は首を縦に振った。

「確かに、頂まで案内はできたかもしれません。お武家さまが付いてこられたらの話ですが。ただ間宮さんの言った通り、何もかもが曖昧で摑めない。そこに引っ掛かったんです。なにより、江戸詰めと言いながら、お二人、寺島《てらしま》さまにしても小畑《おばた》さまにしても石久のことなど何一つご存じないようでした。それとなく確かめてみたのですが、町名も通美湊《つうみみなと》の名前さえもご存じなかった。ずっと江戸住まいとはいえ、おかしくありませんか」

「寺島に小畑か。おまえは二人の身分を疑ったわけだな」

「疑うところまではいきません。でも、言われるがままに動いていいのかと案じたのです。丸貫山に分け入ろうとすれば、確かに案内がいります。何も知らない者が楽に登れる山ではありませんから。山に慣れた風の安五郎さんでも厳しいと申されておりました。だからといって、どうしてわたしが選ばれたのか。はっきりしないことが多くて、気味悪くてたまらなかったのです。ええ、とても嫌な心持ちになりました」

「なるほど、それで何も知らないふりをしたわけか」

「はい。でもこの企ては功を奏したようなのです。わたしが役に立たないとわかったとたん、一人で江戸に出立するように言われました。明日《あした》にでも江戸に帰れと路銀を渡されたのです。早駕籠を借りられるほどの金子ではありませんでしたが。告げられて、心底から安堵《あんど》しました。丸貫山のことは気になりますが、ひとまず江戸に向かいます」

「用無しはいらぬというわけか」

栄太が苦笑する。

「まさに。あからさまにそう告げられました。ですから、明日、早朝には石久を発たねばなりません。その前にどうしても鳥羽さんと間宮さんに逢いたかったんです。逢えて、よかった」

ほっ。栄太の口から、小さな息が漏れた。

「けど、おまえ、ここに来てよかったのか。家にも帰れないんだ。城下まで出てきたなんてばれたら、叱責《しっせき》されるぞ」

「大丈夫です。寺島さまにしても小畑さまにしても、わたしのことを気に掛けるどころではないようです。安五郎さんは姿も見えません。つまり、ある意味、わたしは好きなように動けました。でも、さすがに家には帰れません。父や母が喜んで、騒ぎになるのは目に見えていますから。帰国のわけを話すのも躊躇《ためら》われますし……」

「そうだな。全てが曖昧で、胡散臭い。万が一にも、ご父母を巻き込まぬよう用心が肝要かもしれん」

弘太郎は腕組みをして、栄太の三倍ほどの吐息を漏らした。新吾は、正面に座る栄太を見やる。

「しかし、ここから島崖まで何里あるのだ。いくら放っておかれているとはいえ、気づかれる心配は残る。そろそろ、廃寺とやらに帰らねばなるまい」

「はい、そうします。名残はおしいですが帰りは刻《とき》がかかるので」

頭の隅に、〝帰りは〟の一言がひっかかる。改めて、栄太を凝視する。

「来るときだって刻はかかるだろう」

「それが川を舟で下って後、山裾を行けば島崖と正力町は意外と近いのです。陸の道だと二刻《こく》以上かかりますが舟を使えば、一刻あまりで来られます。帰りは、歩かねばなりませんが」

「おまえ、舟で来たのか」

「途中まで、川漁師の舟に乗せてもらいました」

舟、川、意外に近い、一刻あまり……。

頭の中を思いが巡る。何かが見えてきそうで、見えない。もどかしい。自分を殴りつけたいほど、もどかしい。

「鳥羽さん？」

「あ……いや、いいのだ。もう、行ってしまうのだな、栄太」

「はい」

「今度はいつ、逢えるかな」

「それは……」

「二年後ぐらいだろう。栄太は一人前の、いや、日の本一の町見家になって石久に帰ってくるんだ。なっ」

弘太郎が声を大きくして、栄太の肩を叩《たた》いた。

「間宮さん……」

　不意に栄太の両眼に涙が盛り上がった。

「……すみません。泣くつもりなんか……なかったのに。でも、ほんとに……逢えて、顔が見られて……。何だかほっとしました。二人ともちっとも変わってなくて……。これで、また、がんばれる……、いえ、がんばります」

　栄太、辛《つら》いのか。苦しいのか。でも、おまえは、おまえにしかできないことを成し遂げるんだ。必ず、成し遂げられる。そういうやつなんだ。

　口にすると薄っぺらい励ましになりそうで、新吾は唇を結んだ。一息ついて、わざと軽い、浮ついた物言いをしてみる。

「二年の後となると、弘太郎は赤ん坊を抱いているかもしれんな」

「え？　おい、新吾、急に何を言い出す」

「栄太、詳細はまたしたためるがな、こいつ、妻を娶《めと》るなんて言い出してる。弘太郎が嫁取りだぞ。笑えるだろう」

「え、やはり、そうだったんですか。お相手は……」

　栄太の視線が居間と隣室を隔てる襖《ふすま》に向けられた。襖の向こうは、六畳ほどの部屋で、普段、菊沙と母親の留子の寝所になっている。今はそこで、菊沙が八千代を宥《なだ》めていた。

　先刻、八千代は泣きじゃくるばかりで、少しも要領をえなかった。業を煮やして、弘太郎が「八千代、泣いてばかりではわからん。ちゃんと話せ」と声を荒らげた。荒らげたとたん、後ろによろめいて転びそうになった。菊沙が兄の腕を思いっきりひっぱったのだ。

「兄上、泣いている女人を怒鳴るとは何事です。それでも武士ですか。男子なのですか」

「え？　いや、待て。おれは怒鳴った覚えはないぞ。怒鳴っているのは、むしろ、おまえではないか」

「わたしは怒鳴ってなどおりません。兄上とは違います。さ、八千代さま、あっちに参りましょう。冷たいお茶を差し上げますからね。そしたら、少し落ち着きますわ」

兄をぽんぽんとやり込めて、菊沙は八千代を部屋の中に誘った。

しっかりしている。聡明《そうめい》だし、自分が何をするべきか、とっさに解して動くことができる。なかなかのものだ。菊沙を妻にと望んだ商人は、相当の目利きだと言わざるを得ない。改めて感心する。

菊沙なら、お内儀《かみ》として立派に店を切り盛りしていくだろう。町人風に髷を結い、堂々と手際よく店内を差配している姿が見えるようだ。

「お美しい方でしたが。そうですか、間宮さんはあの方と祝言をあげるのですか。そんなめでたい話が進んでいたんだ」

栄太が目を細める。

「いや、それはまだ先のことだ。いろいろ、あるからな」

「でも、いずれは夫婦《めおと》になるのですね」

「まあな。そのつもりでは、いる」

「すごいな。祝言の折、どこにいても駆けつけます。必ず知らせをくださいよ、間宮さん」

珍しく、栄太は高揚しているようだ。涙の跡が付いた頰にまた、仄《ほの》かな血の色が戻った。

「でも、ずい分と泣いておられましたが、何かあったのでしょうか」

「だろうな。ごたごたは何にでも、いつでもついて回るもんだ。家人の間で、いざこざでもあったのかもしれんな」

照れているのか、弘太郎の口調はいつもよりぞんざいだった。

ごたごた？　いざこざ？　そんな生易しいものだろうか。

胸の内がざわめく。背中がうそ寒くなる。指先が冷えていく。

「栄太」

「はい」

「もう、行かねばならんのだな」

わかっていながら念を押す。栄太は小さく、しかし、はっきりと頷いた。

「行きます。お二人の顔を見られた。もう、十分です。これ以上の長居はできません」

「このまま、江戸に向かえないか」

「え？」

「島崖に戻らず、ここから江戸に発つのだ。無理か？」

弘太郎が息を吞《の》む。栄太は大きく目を見開いていた。

「鳥羽さん、どうしてそんなことを」

「そうだ。新吾、それは無茶というものだぞ。荷物も手形もないのに、江戸に行けるわけがなかろう」

言われてみればそのとおりだ。行けるわけがない。

新吾は唇をそっと舐《な》めてみた。

「すまん。どうしてだか急に不安になったのだ。弘太郎の言うとおり何かと胡散臭いからな。ともかく、おまえの役目は無くなったわけだ。一刻も早く、江戸に向かえ。その方がいい」

どういいのか説き明かせない。頭の中はまとまりがつかず、胸の内はやたら乱れる。

「わかりました。一旦《いったん》、島崖には帰りますが、荷物をまとめて今夜の内に発ちます」

「そうしろ」

「はい」

「達者でな、栄太」

「鳥羽さんも、間宮さんもお元気で」

「おう、また、文をくれ。おれも書く」

弘太郎が栄太の腕を掴んだ。指に力がこもる。その姿勢で、弘太郎は洟《はな》をすすり上げた。眼が潤んでいる。

「栄太、この握り飯を持って行ってくれ。母上がこしらえた。おまえが食べてくれたと知ったら、母上が喜ぶ。おまえに白い握り飯を心行くまで食べさせたいと常々言うておられたからな」

「依子さまが」

栄太は両手で風呂敷《ふろしき》包みを受け取った。

「母上も信じている。おまえが日の本一の町見家になって石久に戻ってくると、信じているのだ。その日を信じて、待っている」

「……はい。ほんとうに……」

その後が続かない。肩が小刻みに震えるだけだ。風呂敷包みを胸に抱き一礼すると、栄太は身をひるがえし、奔《はし》り出て行った。外はまだ、暮れ切っていない。薄闇が白い小袖《こそで》の背中を、静かに呑み込んでいく。

「行ってしまったな」

弘太郎が肩を落とした。

「こういうの、淋しいもんだな。取り残された気分になる」

「そうだな。淋しいな」

「お、今日はやけに素直だな、新吾」

「おれはいつだって素直さ。おまえみたいに、臍《へそ》が曲がってない」

「おれの臍は真っ直ぐだ。些か、前に出過ぎの嫌いはあるが」

「ははは、おまえ出臍だったっけ」

「馬鹿、今のは冗談だ。本気にするな」

ははは、と新吾はさらに笑った。笑い声が栄太の残した淋しさを、僅かでも埋めてくれる。

唐突に、自分でも驚くほど唐突に、父の横顔が浮かんだ。

父上は淋しさなど知らぬのだろうか。

巴はどうだろう。

眸《ひとみ》の奥にいつも影を宿している女は、息子にさえ正体をさらさぬ男は、淋しさに身体を震わすことなどないのだろうか。

カタッ。

襖が動いた。横に滑り、菊沙の白い顔が覗《のぞ》く。

「兄上、八千代さまがお話があるそうです」

「うん……」

弘太郎が居住まいを正す。菊沙の後ろから八千代が現れた。顔色は青白いが、先刻に比べると落ち着いている。気息も荒くはなかった。菊沙が上手《うま》く宥めたらしい。

「先ほどは、見苦しく取り乱してしまいました。お許しください」

「あ、うん。もう、大丈夫なのか」

「はい」

「怒鳴ったりして、あ、いや、怒鳴ったわけではないが、決してないのだが、その……すまなかった」

「弘太郎さま」

「な、なんだ」

「聞いていただきたいことがございます。どうか、わたしの話を聞いてくださいまし。お願いいたします」

八千代は指をつき、深く頭を下げた。青白い頬に鬢《びん》の毛が一本、くっついている。それが、女に翳りを与え、翳りは微かな色香になっていた。大人の女の色香だ。

弘太郎は顎《あご》を上げ、頬のあたりをこすっている。明らかに、許嫁《いいなずけ》の美しさに狼狽《うろた》えていた。何の意味もない仕草がおかしい。しかし、笑っている場合ではない。これから、八千代が語るのは顔も心も強張《こわば》るような重い驚きのはずだ。よくわからないが、感じはする。

「我らはいない方がよろしいかな」

菊沙をちらりと見てから、八千代に尋ねる。八千代は、即座に首を横に振った。

「いいえ、鳥羽さまも菊沙さまもお聞きくださいまし。これは、鳥羽さまにも関わりあることにございますから」

「新吾に？　いったい何の話だ、八千代」

弘太郎が眉を顰めた。ただならぬ気配を察したのだろう。

「お話しいたします」

八千代の喉元《のどもと》が上下に動いた。唇がほんの僅か、震えている。菊沙が傍により、八千代の膝《ひざ》に手を置いた。八千代が頷く。

「森原のご隠居さまは、本当のことをおっしゃっておいででした」

「うん？　何の話だ？」

「林の中の死体の話です。あれは、本当のことなのです。ご隠居さまは本当に見たのです。血に塗《まみ》れた死体を……」

八千代は自分の胸に手を置き、息を整えた。そうして、話を続ける。やや、早口になっていた。視線を弘太郎から畳の縁《へり》に移す。

「わたしも見ました」

「何だと」

弘太郎が腰を浮かせる。口が半開きになって、歯が覗いた。

「わたしも見たのです、弘太郎さま。いえ、違います。わたしが見たのは……死体ではありませんでした。その人は、まだ、生きていたのです。ええ、生きていました。最初は仰《あお》向《む》けで倒れていて……それから、それから、うつ伏せになって、這《は》って近づいてきたのです。血だらけでしたけれど、そのときはまだ、生きていたのです」

菊沙は目を見開いたまま動かない。弘太郎も凍り付いたように、微動だにしなかった。

「それは、あの日の朝のことですね。ご隠居が林に入られる少し前に、あなたは林にいた」

八千代の眼差《まなざ》しがゆっくりと新吾に向いた。「はい」と、妙に澄んだ声が返ってくる。

「無花果《いちじく》を採りに行きました。母に食べさせたかったのです。誰よりも早く行って、大きな実を採りたかった。まさか、そこに、あんな……あんな人が倒れているなんて思いもしなかった」

「誰も思いはしないでしょう。あまりにも異様な出来事です。あなたは不運だったのです。そんな異様に出遭ってしまった。不運でした。でも、罪ではない。あなたに罪はないのです」

八千代が目を伏せた。暗みが眼差しに滲《にじ》む。

「その男のことを思い出すのは辛いでしょうか」

「怖いです。とても、怖い。でも、忘れられません。思い出すのではなく忘れられなくて、頭のどこかにこびりついてしまって消えないのです。あの眼、あの血、あの臭い、あの動き……何一つ、忘れられません」

「どんな男でした。人相はわかりますか。年恰好《としかっこう》は」

「おい、新吾」

「鳥羽さま」

弘太郎と菊沙の声が重なった。二人とも明らかに新吾を咎《とが》めている。怯《おび》える八千代から、さらに恐ろしい記憶を聞き出そうとしているのだ。咎められて当然だ。だが、聞き出さねばならない。どうしても、真実に近づかなければならないのだ。一歩でも、半歩でも。

真実の裏には、兵馬之介がいる。実の父がいる。

惨《むご》いとわかっている。友の想い人を苛《さいな》んでいるともわかっている。けれど、どうしても、やはり……。

「そんなに若い方ではありません。四十前ぐらいではなかったでしょうか。人相まではわかりません」

くっきりと強い口調で、八千代は答えてくれた。性根の芯《しん》にある強さが、頭をもたげたようだ。

「顔半分は血だらけでしたし、わたしも取り乱しておりましたから。あ、ただ、ここに」

八千代の指が、左の頬骨のあたりを指す。

「目立つほどの疣《いぼ》がありました。目の前ではっきりと見ました」

疣。疣のある男。

あっと声を上げそうになった。

遠い来し方から、よみがえってくる。

疣のある男と父が話していた。あれは、いつだ？　昔だ。薫風館に通い始める、ずっとずっと前のことだ。あれは……。

八　日に映えて

頭の中で絡まった記憶の紐《ひも》がほどけていく。

新吾はまだ肩上げをしていた。薫風館どころか藩学に通うのも、まだ先になる。そんな年頃だった。

むろん、父はまだ当主として、鳥羽の屋敷にいた。

隠れ鬼でもしていたのだろうか、新吾は庭をうろついていた。日が翳《かげ》って少し寒くなる。植え込みの陰にしゃがみ込んだとき、人の話し声が聞こえた。首を伸ばすと、裏木戸の前に父が見えた。一人ではない。父と向かい合って、男が立っている。地味な縞《しま》の小袖《こそで》に法被のような短衣を着こんでいた。

「承知いたしました。全て、それがしにお任せくだされ。決して、ご懸念には及びませぬ」

後ろ姿の男が言った。太い濁声《だみごえ》だった。

あざやかに思い出せた。記憶がはっきりしているのは驚いたせいだ。町人姿の男が武士言葉を使った。幼いながら、そのちぐはぐさに驚いたのだ。

「新吾さま、新吾さま、どこにおられます」

誰かが、おそらく古参の女中お利紀《りき》が遠くで新吾を呼んだ。

男が振り返った。角ばったいかつい顔だった。

そして、疣《いぼ》があった。

左の目の下に、丸い疣が確かにあった。振り返った男の顔に夕陽が当たって、疣の下に影ができている。

何とも恐ろしい心地がして、新吾は息を潜めたのだ。

「では、これにて」

男は裏木戸の隙間から身を滑らせるように消えた。消える刹那《せつな》、ちらりとこちらを見た気がした。思わず身を縮め、目を閉じる。

父の足音が近づいて、植え込みの前で止まった。

動けない。父の視線が密生した平滑な葉を射貫《いぬ》き、自分に注がれていると感じた。男よりずっと怖かった。

新吾はそのまま動けずにいた。

「新吾さま、新吾さまーっ」

お利紀が呼んでいる。

父が遠ざかっていく。

ほっと息を吐きだしたとたん力が抜けて、尻《しり》をついた。

そんなことまで思い出す。

むろん、顔に疣のある男など幾らでもいる。藩学にもいたし、薫風館にもいる。珍しくなどない。八千代の見た血だらけの男と父といた男が同じだとは言い切れない。言い切れないが、違うとも断言できないのだ。林での一件に父、鳥羽兵馬之介が関わっているとしたらなおさら疑いは濃くなる。

「わたしは竦《すく》んでしまって、声を上げることも逃げることもできませんでした。身体中が瘧《おこり》のように震えていました」

腹を据えたのか、八千代の物言いは乱れなく続いた。

「その男はわたしに袋のような物を差し出しました。わたしは、操られるみたいに受け取っていました。頭の中が真っ白になって、何にも考えられなかったのです。わたしが受け取ると……男は笑いました。本当に笑ったんです。それから、津田谷町の鳥羽兵馬之介さまに渡してくれと、津田谷町のお屋敷にいなければ……と、それだけ言って後ろ向きに倒れ込みました。最後は、もうほとんど聞き取れなくて。鳥羽兵馬之介というお名前と津田谷町の町名だけが、耳にこびりついております。わたしは、男がゆっくりと倒れていくのをずっと見詰めていました。一刻より長く、見ていたような気さえします」

八千代の息が心持ち荒くなった。それでも、話し続ける。

「倒れて暫《しばら》くはひくひく動いていました。でも、そのうち動かなくなって……、そのとき足音を聞いたように感じました。草を踏みしめる音を……。霧が晴れて、その向こうから何かが現れる気がしました。今思えば、幻の音だったかもしれません。でも、わたしは怖くて……ただ怖くて……逃げました」

「八千代さま」

菊沙が八千代の手を握った。

温かいのだろうな。

菊沙の手は温かく、その温《ぬく》もりが八千代には嬉《うれ》しかろう。そんなことをふっと思ってしまった。

「それはご隠居の足音だったのか」

弘太郎の声は温かくも冷たくもなかった。意外に淡々としている。

「わかりません。違うようにも思えますが……ご隠居さまは、足を引きずって歩かれます。そういう音ではなかったような……でも、わかりません。今となってはわからなくて」

「わからないか。ただ、ご隠居はおまえが去った後、ほどなく林に入ったのは確かだな」

弘太郎が腕組みをして、低く呟《つぶや》いた。

「そうです。ご隠居さまは見たのです。あの男の死体を」

「なぜだ」

腕を解き、弘太郎が前のめりになる。

「なぜ、すぐに言わなかった。ご隠居が騒いだときに、なぜ、本当のことを言わなかったのだ」

咎《とが》める調子は一切なかった。むしろ何かを乞《こ》うような物悲しい響きが加わっている。弘太郎のこんな物言いを聞くのは初めてだ。

「ご隠居は惚《ほう》けただの、老人の世迷《よま》い言だのと周りから誹《そし》られ……いや、誹られるほどではなかったが信じてはもらえなかった。いつものおまえなら、何より先に、ご隠居を助けたはずだ。おまえが見たと明かせば、ご隠居の言葉の裏打ちになる。それに、人一人が死んだとなると、黙っていてよいはずがなかろう」

「兄上も信じませんでしたものね」

菊沙が口を挟む。

「端《はな》から、年寄りの世迷い言だと決めつけておいででした」

「は？　いや、そ、それは……。しかたなかろう。林に死体が転がっているなんてありえないし、その死体がないとなると、そりゃあ誰だって、その、ご隠居が少し……」

「転んだのです」

八千代が弘太郎を見詰め、告げた。細い声ではあったが、弱々しくはない。ただ、とっさに意味が呑《の》み込めなかった。

転んだ、とは？

「林から逃げる途中で足を滑らせて転んだのです。そのとき袋が……渡された袋が転がり出て……口が少し開いたみたいで中身が……」

新吾と弘太郎は顔を見合わせる。菊沙が身じろぎした。

「これです」

八千代は懐から白布の包みを取り出し、弘太郎の前に置いた。包みを解くと、巾着袋《きんちやくぶくろ》が一つ現れる。大人の女のこぶし、それぐらいの大きさだろうか。

微《かす》かだが異臭がする。それが、袋に染み込んだ血の臭いだとすぐに気づいた。袋そのものは紫紺の地に錦糸《きんし》の刺繡《ししゆう》が目を引く上等品だが、下半分が赤黒く汚れている。

八千代は一文字に口を結んだまま、白布の上に中身を零《こぼ》した。

「えっ」

弘太郎が絶句する。新吾も同様だ。息が詰まった。

「……砂金か」

詰まった息を吐き出し、呟く。白い布の上で金色の砂がきらめいていた。

「これが……わたしが黙っていたわけです」

八千代は膝《ひざ》の上で指を握り締めた。

「家に帰って、中身を改めました。砂金だとわかって……わたしは、わたしはこれはどこにも届けませんでした」

「それはむろん、久子どののためを思ったからだな」

母の名を聞いたとたん、八千代の双眸《そうぼう》が潤む。

「お薬が買えると……この砂金があれば、高直《こうじき》で手が出なかったお薬を買えると、思ったのです。でも怖くて。使ってしまえば咎人です。人の道から外れてしまう。そう考えると怖くて、どうしたらいいか、わからなくて……。死体が無くなったと聞いて、余計に怖くて、でも、でも、母上の病はお薬がないと治らないとお医者さまに再三言われておりましたから……」

八千代と初めて出会ったときを、新吾は思い出す。

林の草陰から飛び出してきた少女は、縋《すが》るような眼で弘太郎を見ていた。あれは、行き場をなくし、進む道を見失い、途方に暮れ惑う眼だったのだ。

あのとき、おれがいなければ。鳥羽と名乗らなければ、八千代どのは胸の内を全て吐露できていたかもしれない。

鳥羽。その名が意味するところは何なのか。おぞましく忌まわしいものなのか、杳《よう》として摑《つか》めぬ謎に繋《つな》がるのか。

新吾は、きらめく砂金の山を見詰めていた。

「八千代どの、では、この金はまだ使ってはいないのだな。あなたが砂金を所持していると誰にも知られていないわけだ」

「いいえ」

八千代が首を横に振る。

「使いました」

ざわめきが一際、強くなる。

「使ったのか……」

「はい。お薬を購《あがな》いました。母上が倒れて、もう迷ってなどいられなかったのです。これを使って、お医者さまに薬を処方していただきました」

弘太郎も首を振る。こちらは、嫌々をする子どものように見えた。

「八千代、おまえな」

「わかっております」

八千代が指を突く。額を擦り付けて、低頭する。

「お許しください。わたしは咎人となりました。盗人《ぬすびと》と同じです。弘太郎さまに嫁ぐことはできません。よく、わかっておるのです」

「誰がそんな話をしてる」

弘太郎が声を荒らげた。菊沙はちらりと兄を見上げたが、そのまま黙り込んだ。

「おまえのやったことが正しいとは言わん。言えもせん。言えもせんが、おれがおまえならおそらく同じようにした。久子どのが倒れたとき、おれも傍にいたのだ。おれは……何もできなかった。慚愧《ざんき》に堪えん。もう少し、おれに力量があれば……」

弘太郎の口元が歪《ゆが》む。

もう少し力があれば、もう少し豊かであれば、もう少し身分が上であったなら、事は違った様相になっていただろうか。

新吾も時折、考える。

おれにもう少し力があれば、と。

考えても現《うつつ》は揺るがない。びくともしない。でも考え続ける。考えることを止めてしまったら、現は揺るがないと諦《あきら》めてしまったら、流れのままにどこかに運ばれてしまう。それが恐ろしい。

おれは、おれたちは石ころでも木偶《でく》でもない。

唯々諾々と全てを受け入れて、流されたくないのだ。

「八千代さまは間違っておられます」

菊沙の声が耳朶《じだ》に触れる。

「他人のものを使うのは、どんなわけがあっても罪です」

「おい、菊沙」

弘太郎が眉《まゆ》を顰《ひそ》める。菊沙は兄の渋面などに頓着《とんちゃく》しなかった。

「罪は罪として贖《あがな》わなければなりませんでしょう。そうしないと、八千代さまは苦しみ続けることになります」

「はい、菊沙さまのおっしゃる通りです。わたしは組頭さまにお会いして、全てをお話しいたします」

ほっと小さな一息を八千代は吐き出した。

「これで安堵《あんど》いたしました。本当のことを申し上げて、胸にずっと密事を抱えて、息をするのも難儀な心持ちでした。ただ、もう少しだけ刻《とき》をいただきたいのです。わたしがいなくなった後のことを考えねばなりませんので」

「大丈夫です。どんなお裁きだって温情があります。八千代さまのなさったことが大きなお咎めを受けるなんて思えませんもの。数日の叱り置きぐらいはしかたないけれど、その上の罰を受けるようならわたしたち、組屋敷の女が黙ってはおりません。もちろん、お家のこともお守りいたします」

「菊沙さま……」

「どうかわたしたちを、そして兄上を信じてくださいまし」

菊沙が八千代の手を取った。

「兄上は粗忽《そこつ》で騒がしくて、多々短所もございますが、八千代さまへの想いだけは誠です。八千代さまが咎人であろうとなかろうと、八千代さまより他に妻と呼ぶ女人はおりません」

「おい、菊沙、何てことを言うんだ」

弘太郎が手を左右に振る。菊沙の眼つきが険しくなった。

「まっ、兄上は八千代さまに誠を尽くさぬおつもりですか」

「馬鹿、違う。おれが八千代を妻にと望んだのだ。そこが変わるわけがない。が、どうして、おまえに言われなきゃならん。本来なら、おれが告げるべきところだろうが」

「どうでもよいではありませんか、そんなこと。ねえ、鳥羽さま」

「え？　あ、うん。些《いささ》か早計ではないかな」

菊沙が首を傾げる。

「早計？　何のことです。兄上はよく早とちりなさいますが」

「いや、弘太郎ではなく、八千代どのです。この砂金のことを申し出るのは、しばし、待たれた方がよいと思うが」

新吾は自分を覗《のぞ》き込んでくる二人の女と一人の男に、視線を巡らせた。三人とも張り詰めた眼をしている。

「あまりに剣呑《けんのん》すぎる。弘太郎、そう思わないか。血だらけの男が何者なのか正体が摑めない。しかも、こんな物を渡したのだぞ」

新吾の一言に促されて、弘太郎が菊沙が八千代が砂金の山に目を落とす。八千代の唇から吐息が漏れた。

「おそらく、男は殺されたのだ。深い手傷を負って、何とか林まで逃げ延びてきた。力尽きて倒れたところで、八千代どのと出会ったのだろう」

「そこまで断じられるか。どこぞで怪我をしたとも考えられるぞ」

「このあたりで、血塗《ちまみ》れの怪我を負うような危殆《きたい》な場所があるか」

「うむ……そう言われてみれば、さして高い崖《がけ》があるわけではなし、あの夜、野犬、山犬の類《たぐい》がうろついていたという話も聞かなんだ。とすれば、せいぜい木から落ちるぐらいか……」

「……血塗れでした」

八千代が視線を落としたまま言う。

「一目見たとき、草むらに赤い襦袢《じゅばん》が落ちているのかと思ったのです。それで近づいて……。ええ、鳥羽さまのおっしゃるとおりです。あの方は胸を裂かれていました。でなければ、あんなに血塗れにはならないはずです」

八千代に向けて、頷《うなず》く。

この人は勇気がある。そして、聡明《そうめい》だ。己の罪を認め告げる勇気と、どんなときも物事をより真実に近く捉《とら》えられる聡明さだ。

よかったな。

弘太郎の横顔を見やり、胸の奥が和らぐ。

こんな人が妻として、弘太郎の傍にいてくれる。何よりよかった。

しかし、そんな想いはすぐさま、消えた。和らいでいるときでも、言祝《ことほ》いでいるときでもない。

事が動き出す。急を告げて、動き出す。

予兆に新吾は汗を滲《にじ》ませる。弘太郎が低く唸《うな》った。

「うーむ、要するに男はこの砂金をどこかに運ぶ途中で追手に迫られ、瀕死《ひんし》の傷を負った。それでも、かろうじて林まで辿《たど》り着いた。どこで斬られたかはわからんが、この近くではあるまい。人が襲われ斬り殺される。それだけの騒ぎがあれば組屋敷の者が気が付くだろうしな」

菊沙が首肯する。

「それに、林の周りにはそんな跡はありませんでした。ご隠居さまの騒ぎのおり、わたしたち林の中や外を捜しましたもの。人が争った跡はおろか血の跡だってなかったのです」

「それは、ありえません。男は血を流していたのです。よく……よく確かめてはいませんが、草にだってべっとりとついていたはず。ああでも、男の死体そのものが無くなっていたのですね。そんなこと、そんなこと……」

八千代はかぶりを振る。鬢《びん》のほつれ毛が揺れた。

「どうして、あるべきものがなかったのか。わたしにはわかりません。わからないから、余計に怖くてたまらなかったのです。弘太郎さま、鳥羽さま、わたしには物怪《もののけ》の仕業としか考えられません」

「物怪ではない。人の仕業です」

力を込め、言い切る。

「物怪は、死体を隠したりしない。野犬も山犬もしない。するとすれば人だ。ご隠居が去った直後に誰かが死体を片付け、跡を残さぬように細工したのだ。たぶん、一人や二人ではなかろう」

「あっ、そういえば」

菊沙が目を見開いた。

「林の中で数か所、草が刈り取られておりました。近くの百姓が下草刈りをしたとばかり思っておりましたが、あれは、もしかしたら血の跡を消すための細工だったのでしょうか」

妹の問いを受けて、弘太郎は天井を仰いだ。

「だとしたら、男を追ってきた者たちがやったのか」

「わからん。男の仲間かもしれん。今言えるのは、この砂金は命に代えても届けねばならぬ物だった。それだけだ。いや、もう一つ。これが相当に剣呑な代物なのは確かだな」

八千代が身震いした。

「わたしは、それを……使いました。薬礼の代わりにお医者さまに渡しました」

「そうだ。八千代どのはこれを外に出した。何者かが八千代どのに辿り着く伝手《つて》を作ってしまったのだ」

菊沙が小さな悲鳴を上げる。八千代は唇を嚙《か》んで、俯《うつむ》いた。

「八千代、久子どのは動けるのか」

弘太郎が問う。慌てても急《せ》いてもいない。口調も気息も静かだった。八千代の息遣いも落ち着いていく。

「起き上がって、厠《かわや》に行くぐらいなら何とかなります。でも、長く歩くのは無理です」

「うちに来てもらおう。ともかく、室石の家は空き家にしておいた方がいい。今、室石さまはご登城中だったな」

「はい。南櫓《みなみやぐら》の普請に出て、当分、帰って参りません」

「うちの親父もだったな」

兄の問いに、菊沙は即座に答えた。

「はい。普請を終えるまで帰れぬとおっしゃいました。母上も、今朝から通美湊の大叔母《おおおば》さまのお見舞いに出て行かれましたし、今夜はたぶんお泊りのはずです。ですから奥が、まるまる一部屋空いております。そこに寝ていただきましょう。狭いですけれど、八千代さまも紗枝さんもご一緒できます」

「それがいい。八千代どの、すぐに母上と妹御を間宮の家に」

「あ、は、はい。でも、弘太郎さまや菊沙さまにご迷惑が」

「四の五の言っている暇はない。命に関わるやもしれんのだぞ。日のある内に、さっさと動け」

弘太郎が怒鳴りつけた。菊沙は咎めなかった。立ち上がり、行灯《あんどん》に火を入れる。

夜が迫っていた。鳥羽の屋敷ならとっくに点《とも》している刻頃だ。油は高い。ぎりぎりまで使うのを控え、暮らしている。米も薬も身に纏《まと》う物も同じだ。

武士たるもの、万事質素に、倹約を旨とすべし。

城は再三倹約令を出すが、わざわざ命じられるまでもない。下士の家はどこも万事質素に、倹約に努めている。そうしないと暮らしが成り立たないのだ。広大な屋敷に住み、数千石以上の扶持《ふち》を取る重臣たちが、細々と暮らす者たちに質素倹約を説き、強いる。まともに考えればおかしな話だ。重臣たちの屋敷で点される油の量や蠟燭を半減すれば、ずいぶん分な節約になる。

こんなときに、横道な思案をするなと己を叱る。けれど、おかしいものはおかしいと感じてしまう。

「何だか不気味だわ」

菊沙が呟いた。

行灯の明かりの中で、砂金の山は濃い山吹色に見える。光を弾《はじ》いてきらめくのではなく、吸い込んで徐々に暗く重くなっているようだ。確かに不気味だった。

新吾は砂金を袋に戻した。袋の口を固く締め、もう一度三人の顔を見回す。

「これをおれに預けてくれんか」

一人一人の眼を見据え、告げる。

「殺された男はこれを父上に渡そうとしていた。男の口から鳥羽兵馬之介という名が出たのだ。そうですね、八千代どの」

弘太郎は気を遣って、〝どこかに運ぶ途中〟とぼかしてはくれたが、どこかではない。父の、鳥羽兵馬之介の許《もと》だ。

「……はい」

小さく頷き、八千代は心持ち俯いた。

「新吾、どうするつもりだ」

弘太郎の眉間《みけん》に皺《しわ》が刻まれた。年には不釣り合いな深皺だ。

「これを見せ、父上に直《じか》に問うてみる」

「問うとは、つまり、男との関わりをか」

「それもある」

それもある。が、それだけではない。

父上、あなたはいったい、何者なのです。

ずっと胸にわだかまっていた疑念をぶつけたい。父はいつも霧の向こうにいた。ぼんやりとした影でしかなく、新吾がどれほど目を凝らしても確かな姿を捉えられない。なぜか苛立《いらだ》つ。焦《じ》れる。父を捉えない限り、自分もまた霧の中に没するような、白く紛れてしまうような怖気《おじけ》を覚える。

そして、薫風館。

新吾にとってかけがえのない郷校と父とは、どんな関わり合い、どんな交わりがあるのか。敵対しているのか、繋がっているのか。

知りたい、知らねばならない。

想いが突き上げてくる。

「新吾」

弘太郎が新吾の手首を摑んだ。思いの外、冷えた指だった。

「それを預けるのはかまわん。もともと、おれたちには無縁の物なんだからな。しかし、逸《はや》るな。無茶をするなよ」

指が離れる。

「言わずもがなだが、この一件、謎が多すぎる。おれたちの手に負える代物じゃないかもしれん。これを」

弘太郎は血の染みついた袋を顎《あご》でしゃくった。

「持っていること自体、剣呑ではないか」

「わかっている。だからこそ引き受けたいのだ」

「しかし、男とご隠居とすでに二人も殺されているのだぞ」

弘太郎が口をつぐむ。八千代の顔色が変わった。頬から血の気が引いて、青白くなる。

菊沙が兄を睨みつけた。きりきりと音が聞こえるような険しい眼差《まなざ》しだ。

「あ、八千代、き、気にすることはないぞ。ご隠居のことはおまえに関わりはないのだ」

「関わりはございます。わたしが砂金に目が眩みさえしなければ、すぐに届けておれば、ご隠居さまはあのような目に遭わずにすんだのではないでしょうか。わたしは大変な過ちを仕出かしてしまって……結句、ご隠居さまのお命まで奪うことに……」

「いや、だからそれは、おまえのせいではない。決してないのだ。ご隠居はたまたま男の死体を見つけてしまった。さらに、それを公言した。まだ事情はさっぱり摑めんがそのために殺されたのではないか。不運だった。だから……その、おまえに関わりはない。な、新吾、そうだろう」

「わからん。ただ、ないとは言い切れんと思う」

正直に答える。菊沙と弘太郎の視線がぶつかってきた。菊沙のものは咎めを、弘太郎のものは驚きを含んでいる。

「十中八九、ご隠居は殺された。溺《おぼ》れたと見せかけて殺されたのだ。それはなぜか？　弘太郎の言う通りだ。見たからだ」

森原丹右衛門は見てはいけないものを見てしまった。そのために口封じに殺された。その推察は外れてはいまい。ただ、それだけではないはずだ。男が八千代に託した物、男が父に手渡そうとした物、この袋の中身が因《もと》なのではないか。下手人、あるいは下手人たちはこれを躍起になって探していた。

誤解したのだ。自分たちの探し物を丹右衛門が持っていると。もう一人、丹右衛門より前に男と、まだ生きている男と会った者がいたとはさすがに思い至らなかった。

もし、八千代がすぐに全てを打ち明けていたら、どうなったか。

丹右衛門は死を免れただろうか。

背筋がぞくりと震えた。冷たい汗が滲む。

「おれには、確かなことは何一つ言えん。ただ、この件はおれたちが考えているよりずっと大きなところに繫がっている気はする」

「大きなところとは？　はっきり言え。うわっ、何だ、菊沙」

「兄上が邪魔なのです」

兄を押しのけ、菊沙が前に出てきた。

「鳥羽さま、それはご政道に関わるという意味ですか。お城の内に繫がっていると」

八千代が息を吸う。頰に血の色が戻った。弘太郎の頰から顎にかけても赤く染まっている。

「おい、まさか、そんな。本当か、新吾」

「だから、わからんのだ。わからん……。しかし、人を殺すのも死体を片付けてしまうのも、誰にでもできる所業ではあるまい。それを容易《たやす》くやってのけたやつらがいるのだ。素人業ではない」

「夜盗の類とも考えられる。砂金を巡って仲間割れしたとか、な」

「でも、兄上。それなら、鳥羽さまのお父上も夜盗の一味なのですか。それは考えられませんでしょう。それに、夜盗ならもっと荒っぽい真似をするのではないかしら。わざわざ溺れ死にに見せかけるなんて手の込んだ殺し方、しないでしょう」

「菊沙、若い女が物騒な物言いをするな」

「ご安心を。父上や母上の前では決していたしません。わたしの物言いなんかより、鳥羽さま、どうなのです。この一件、誰がどんな意図で動いているとお考えなのです」

「まるで見当がつきませぬ。だからこそ、できることを一つ一つ、確かめていく。今はそれしかないと思っています」

「できることと言うのはどういうことですの。何を考えておいでです。それを持って、父上さまに会いにいかれるつもりですか」

「そのつもりです」

八千代は聞き取れなかったと言ったが、男は、鳥羽兵馬之介の居場所として津田谷町とおそらく落合町の名を挙げたのだ。本宅のある津田谷町はともかく、巴と暮らす屋敷の場所まで知っていた。浅い間柄ではないだろう。

束《つか》の間だが、植え込みの陰にしゃがみ込んでいたときの怖気がよみがえる。そして、遠ざかっていった父の足音も。

「菊沙、いらぬ詮索《せんさく》は止めろ」

弘太郎が妹を制した。

「ここは、新吾に任せておけばいい。この一件、あまりに謎が多すぎて、おれたちだけでどうこうできるものではない」

「はい。申し訳ありません」

菊沙は素直に詫《わ》び、身を退《ひ》いた。

「新吾、おれたちはこれからどうすればいい。相手の正体が知れぬのだ。相当の用心がいるな」

「うむ。ともかく、八千代どのたちに日が暮れぬ間にこちらに移ってもらわねばならん。おれは、これから父上に会ってくる。その後、ここに戻ってくるつもりだ。それまで、弘太郎、頼むぞ。万が一、室石家に賊が押し入ったとしても手を出すな。今までのやり方からみても、相手は事を明るみに出したくないのだ。下手に騒ぎ立てると、かえって厄介だ」

「なるほど。わかった。心する。菊沙、八千代、わかったな」

「はい、心得ました。すぐに、母上に移っていただきます」

「八千代さま、お手伝いします」

弘太郎の一言を合図に、二人の女は敏捷《びんしょう》に立ち上がった。八千代も、諸々《もろもろ》の懊悩《おうのう》をひとまず呑み込んでしまおうと決めたらしい。自分の家族の命がかかっている。悩むのも苦しむのも、全てが終わった後だ。今は生きるために動く。

「あまりどたばたするな。隣近所にも知られぬ方がいい」

「わかっています。誰にも見られぬように動きます。兄上こそ、声が筒抜けにならぬように控えてください」

「く、菊沙、おまえほんとうに口が過ぎるぞ」

くすくす。娘らしい華やいだ笑い声を残し、菊沙と八千代は出て行った。蚊遣《かや》りの煙がゆらゆらと立ち上る。

おれも動かねば、な。

腰を上げたとき、弘太郎に肩を摑まれた。

「新吾、無茶をするな」

肩に指が食い込む。新吾は片膝をついたまま友の顔を見詰めた。

「無茶？　おれが何の無茶をする」

「とぼけるな。おれはおまえや栄太のように人の心に敏《さと》くない。しかしな、今、おまえが苛立っているぐらいは察せられる。いや、苛立ちとはまた別なのかもしれん。おれには上《う》手《ま》く言い表せんが……。ともかく、おまえ、ずっと前から決着をつけたがっていただろう」

ぎりっと音がした。自分が奥歯を噛みしめた音だと気が付くのに、暫くかかった。

ぎりっ、ぎりっ。

重い音が身の内で響く。

「なあ、新吾、鳥羽さまにぶつかっていく気なら、それはそれでいい。が、いつものおまえの心を忘れるな。落ち着いて、物事に動じず真実を見ようとする。それが鳥羽新吾だ。己を見失うな」

指が離れた。弘太郎の温もりがすうっと消えていく。

「……おれが苛立っているように、焦っているように見えたか」

「どうかな。けど、尖《とが》った眼はしているぞ。そんな眼つき、おまえはめったにしないだろうが」

新吾は立ち上がり、腰に大小を落とし差しにした。

「弘太郎、恩に着る」

「うん？」

「気持ちが逸っていた。逸って、一番大事なことを忘れていた」

「一番大事なこと、か」

「うむ。もうこれ以上人が死ぬこと、殺させないことだ」

弘太郎もゆっくりと立つ。深い息を一つ、吐く。

「まったくだ。もう誰も死なせてはならん」

「父上から能《あた》う限り真実を聞き出してみる。それから、すぐに引き返してくるからな」

「わかった。お互い、用心の上にも用心の心構えを忘れまい」

弘太郎と頷き合い、外に出る。

闇が地を覆い始めていた。見上げると、濃紺の空に星が瞬いている。風は生暖かく、猛《たけ》った緑の匂いがした。

前触れもなく、栄太の顔が浮かんだ。蚊遣りの煙の向こうで笑んでいた顔だ。そこに、ざわざわと風音がかぶさる。なぜ、ここで栄太を?

まだ島崖村に向かって走っているだろう栄太が気になる。心の奥底に引っ掛かっている何かが疼《うず》く。

新吾はかぶりを振った。

やはり気が立っているのか。何もかもが懸念に繋がってしまう。

懐深く、白布に包んだ袋を押し入れる。

風にはむかい、新吾は林に続く坂道を駆け下りて行った。

足を止める。

振り返る。

宵闇に包まれた町の通りは、昼とはまた違う賑《にぎ》やかさと華やぎに満ちていた。商家の軒には行灯が灯《とも》り、その光が行きかう人々を淡く照らしている。暑さが和らぎ、夜風が涼やかになり、そぞろ歩くにはよい時間だ。そのせいか、人の足取りも店々からの呼び声も軽やかに弾んでいた。

つけられている？

向き直り、また歩き始める。背中がひりつくようだ。

つけられている？　見られている？

新吾は落合町に向かって、浮谷町の表通りを歩いていた。ここから落合町の西外れにかけては花菱小路と呼ばれる盛り場が広がっていた。小路と名はついているが、細道が一本あるわけではない。幾つもの路地が入り組んで茶屋や小料理屋が軒を連ね、さらに奥には遊女屋が並んでちょっとした遊郭を形作っていた。

領内では、花菱小路と通美湊の一画が狭斜の地として知られている。石久の少年の多くは相応の歳になると、どちらかの場所で女を知り、教えられた。とはいえ、この刻限の浮谷町の通りは、まだ、表店《おもてだな》が続く商人町の顔を保っていた。夜が深まり商家が店を閉め、軒行灯を消せば、俄《にわ》かに花菱小路の明かりがきらめき始める。夜の闇に光の花が咲き、嬌声《きょうせい》が風に乗って流れる。

今はまだ、その手前の前といったころだろう。それでも、微かに浮かれ声や三味《しゃみ》の音が聞こえてくるようだ。

おれを見張っていたのか。

己に問いかけ、いや違うなと己で答える。

見張られていたのはおれじゃない。おそらく、普請方組屋敷だ。この袋を手に入れようと血眼になっているやつらがいる。

また、足が止まりそうになった。

弘太郎たち、大丈夫か？

くすくすくす。

弘太郎ではなく菊沙の笑い声がよみがえる。

うん、菊沙どのが付いている。抜かりはあるまい。

おい、新吾。それはどういう意味だ。おれじゃなくて菊沙の方が頼りになるって話か。

弘太郎のむくれた顔がちらついた。

おかしい。

間宮家の面々といるといつも、笑っていられる。そう遠くない将来、そこに八千代どのが加わるのか。

肩を揺する。

守らねばならんと、思う。

敵が誰なのか正体は知れない。自分たちよりはるかに大きな相手だと感じるだけだ。

どうあっても、守らねばならん。

あの笑顔を、あのささやかな幸せを、あの優しい人たちを守り通さねばならない。その手立てのために、父に会う。

新吾は自分に言い聞かせる。

とりあえずは、背後の気配を振り払わねば。このまま落合町まで連れて行くわけにはいいかない。

荷車が傍らを通り過ぎる。油樽《あぶらだる》を幾つも積んでいた。油のとろりと粘りつく匂いがした。この刻限にどこに運ぶのだろうか。他の荷なら轅《ながえ》に提灯《ちょうちん》を下げられるが、油ではそうもいかない。黒い塊になって、がらがらと音を立て過ぎていく。小石が一つ、弾き飛ばされた。新吾は身をひるがえし、小路に飛び込んだ。そのまま、全力で駆け抜ける。

客待ちをしていた遊女たちがわざとらしく騒いだ。

「きゃっ、ちょいとお侍さん、何をそんなに慌ててるんだい」

「ねえ、遊んでいきなよ」

「こっちこっち、ほら、こっちにおいでよ」

白粉《おしろい》を塗りたくった腕が伸びてくる。甲高い笑い声が絡みついてくる。紅色の襦袢がぬらりと艶《なま》めいた。

小路を通り抜け、川岸に沿って走り、さらに小路に入り込む。千鳥足の男たち、煙管《きせる》の煙、太腿《ふともも》を露《あら》わにして立つ女。痩《や》せた猫が足元を過《よぎ》る。

再び川岸に出て、そのまま落合町まで駆けた。途中で何度か振り向いてみたが、人の気配も影も感じ取れなかった。

上手く撒《ま》いたか。

大きく息を吐くと、川風が胸の奥まで入り込んできた。

落合町の屋敷に、父はいた。

もしや留守かもと懸念していただけに、安堵する。

名を何というのか、妙にひょろりと上背のある若党が父の居室に案内してくれた。やはり、巴は姿を見せない。

その方がいい。ここからの話を他人に聞かれたくなかった。

新吾の心内を察したのか、思うところがあったのか、兵馬之介はちらりと息子を見やった後、若党に告げた。

「美濃《みの》、もう下がってよい。この部屋には近づくな」

「畏《かしこ》まりました」

障子が閉まる。新吾はその場で正座をした。

「父上、突然のおとない、まことに申し訳なく」

「余計な挨拶《あいさつ》は無用だ」

兵馬之介は書見台を脇に寄せ、顔を新吾に向けた。蠟燭《ろうそく》に照らされ、右半分は猩々《しょうじょう》を思わせる紅に染まっている。唐土《もろこし》に住む霊獣猩々は、酒に浮かれて舞を舞うと言うが、兵馬之介からはそんな浮気は僅《わず》かも伝わってこなかった。

「おまえが、わざわざここに来た。それなりのわけがあってのことだろう」

「はっ」

「申せ。何用だ」

「その前に」

新吾は下げた頭をゆっくりと起こした。

「わたしの尋ねにお答えいただきたいのです」

猩々の面がひくりと動く。

「何を尋ねるかわからぬものを、答えるも答えぬもあるまい」

「父上は何者です。そのことをお教えいただきたい」

父の眼を見詰める。何もない。怒りも悲しみも焦りも慈しみも、殺気もなかった。空っぽなのではない。底が知れないのだ。底が深すぎて何一つ窺《うかが》えない。

くそっ。

奥歯を噛みしめる。父に気圧《けお》されている自分が歯痒《はがゆ》かった。

揺らしてやる。まさぐってやる。底まで手を伸ばして、引き摺り出してやる。

「人が死ぬかもしれぬ。父上はそうおっしゃいました。それは」

懐から白布の包みを取り出す。

「これを持っている者が、とそういう意味だったのでしょうか」

無言の父の前で布を解いていく。八千代がしたように、血に汚れた袋から布の上に砂金を零す。

不気味だと菊沙が呟いた砂金の山が、蠟燭の明かりの中では美しくきらめいた。

九　色なき風に

冷えている。

唐突に、新吾は感じた。

日が暮れたからなのか風が出てきたからなのか、部屋が急に冷えてきたようだ。凍えすら覚える。

ばさっ。

重い音がした。視線を向けると、一匹の蛾が燭台《しょくだい》の周りを飛び回っては、囲いにぶつかっている。大ぶりな羽虫は、蠟燭《ろうそく》の炎を恋うるように薄茶の翅《はね》を震わせていた。

そうだ、まだ蛾が飛ぶ季節なのだ。

と気づく。秋のとば口、凍えとは無縁のころだ。

なのに、寒い。手も足も指先が冷えて、痛いとさえ感じる。気持ちが張り詰めているのだ。気持ちが張り詰めれば凍えを感じるものなのかどうか、知らない。考えたこともなかった。けれど、今、新吾の心の臓は激しく鼓動を刻んでいる。父の一挙手一投足を見逃すまいと身体は前のめりになっている。そして、指は凍えている。

己を見失うな。

弘太郎の声が頭の中で響いた。

そうだ、焦るな。己を保て。それができなければ、真実を受け止め、対することなど無理だぞ。

弘太郎の忠告をなぞり、自分に言い聞かす。

新吾は背筋を伸ばし、腹の底から息を吸い、吐いた。その僅《わず》かな動きが合図だったかのように、兵馬之介が身じろぎをした。ゆっくりと手を伸ばし、砂金に触れる。袋を目の高さまで持ち上げ、仔細《しさい》に眺める。

「詳しい話を聞こう」

父の、鳥羽兵馬之介の一言は静かでありながら力がこもっていた。

「これをどうやって手に入れた」

「父上、それは何なのですか」

問い返す。譲るわけにはいかない。誤魔化されもしない。全てを打ち明けることが、八千代たちの安全に繋《つな》がると確かめられない限り、一歩も退《ひ》かない。

「砂金であることは見ればわかります。この一袋の砂金のために人が殺されました。わたしが知っているだけで二人もです。なぜです。なぜ、そのような事が起こりました」

返事はなかった。

兵馬之介はきらめく砂金に目を向けたままだ。瞬《まばた》きもしない。見惚《みほ》れているようでもあり、魅入られてしまったようでもある。

構わず続ける。父が見惚れても魅入られてもいないと、重々承知していた。

「父上、わたしは殺された二人の男を知っています。ほんの僅《じか》かばかり触れ合ったにすぎませんが。しかも、ご隠居と呼ばれた森原丹右衛門どのには直にお目にかかったことはない。為人《ひととなり》を弘太郎たちから聞いただけです」

唾《つば》を呑《の》み込み、急《せ》かぬよう、乱れぬよう心しながらしゃべる。

「けれど、もう一人の男、林の中で斬り殺されていた男はこの目で直に見ました。もう、ずい分と前です。名は知りません。素性も知りません。父上はその男と立ったまま話をしておいででした。楽し気なものではなかったと思います。むしろ、剣呑《けんのん》な妙に尖《とが》った気配を感じました。わたしは、まだほんの子どもではありましたが、いや、子どもだったからこそ、余計に敏《さと》く感じ取ったのかもしれません。怖くて、その場の気配が怖くて、身を縮めていたのが思い出されます」

父の顔を真正面から見据えながら、小さく息を吐き出す。

「怖かったのは気配だけではありません。男の得体が知れなかったからでもあるのです。町人の形《なり》をしていながら、武家言葉を使い、油断なくあたりに気を配っているようでした。尋常ではない男です」

尋常でないのは男だけではなかった。父もまた、同じだ。

「父上、お教えください。どうあっても教えていただきます。あの男は何者です。なぜ、殺されました」

茄子紺《なすこん》の暖簾《のれん》の下がった料理屋で、同じように父に迫った。そのときは上手《うま》くいなされたけれど、今度は食い下がる。

兵馬之介は袋を置き、顎《あご》を上げた。新吾の視線を捉《とら》える。

「彦佐《ひこざ》と名乗っていた。それが本名かどうかはわからぬがな」

「彦佐……」

父の口調があまりに淡々としていたものだから、一瞬、戸惑ってしまった。彦佐。名を知ったとたん、得体のしれない男の輪郭が少しだけ見えてくる。名がある。命があった。家族がいたかどうかはわからないが、この石久で生きて暮らしていたのだ。

「今頃は、無縁仏として真柳寺《しんりゅうじ》に埋められておろうな」

真柳寺は罪人、遊女、無宿人など死してなお引き取り手のない骸《むくろ》を埋葬するための寺だった。三代城主、沖永伊周《これちか》によって建立された。ちなみに、庶民教育を目途として郷校薫風館を創設したのも伊周だった。奇矯な振る舞いが目立つ奇人だったと伝えられてはいるが、民への眼差《まなざ》しは温かく確かなものだったらしい。

「その者、彦佐とやらと父上のご関係は？」

僅かに詰め寄る。

不意に蛾が燭台を離れ、部屋の中を飛び始めた。

「新吾」

「はい」

「おまえは前々から、わしが何者なのか知りたいと申していたな」

「はい」

「知って、いかがするのだ」

返答に詰まった。

知って、どうする?

考えたこともない。ただ、知らねばならないと思い定めていた。

「わかりません」

正直に答える。さっき感じた凍えはどこにいったのか、背中に汗さえ滲《にじ》んでくる。

「しかし、知らぬままではおられぬ気がするのです。父上は薫風館を探れとわたしに仰せになった。それがすでに過去の話なのか、今でも父上は薫風館に怪しき動きがあると考えておられるのか……。以前にも申し上げた通り、あの郷校はわたしにとってかけがえのない場所です。そこに集う人々も含め守り通したい。何があってもです。父上が何故に、どういうお役目から薫風館を見ておられるのか、わたしは知りたい。知った上で……」

知った上でどうする。時と場合によっては実の父を敵に回すつもりなのか。己に問う。

問うだけで、返事ができなかった。

新吾は唇を嚙《か》んだ。

薫風館は大切だ。しかし、そのためだけに父の正体を追っているわけではない。不安なくのだ。父が何者かはっきりしない限り、自分が今立っている、その足元がいつか崩れてゆく心地がする。薫風館に弘太郎に栄太に母に日々の暮らしに繋がる紐帯《ちゅうたい》が音を立てて、切れてしまうように感じるのだ。

父に何者かと尋ねることは、己は何者なのだと問うことに等しい。

「城之介も同じだった」

「は？」

ここで兄の名が出てくるとは思いもしなかった。

兄が亡くなってから幾年もが過ぎた。遊んでもらった。馬の乗り方を指南してくれた。二人で腹が捩《よじ》れるほど笑い合った。思い出は数多《あまた》あるけれど、既に泉下の客となった人だ。懐かしくはあっても、今、振り返るべき相手ではない。

「今のおまえと同じように、この父に詰め寄ってきた。正体を明かしてくれ、とな」

「兄上が……さようですか」

では、兄も不安だったのか。足元が崩れてゆく心地に怯《おび》えていたのか。目を閉じても笑い顔しか浮かんでこない兄も、また、明朗なだけの人ではなかった。

「それで、父上は兄上に告げられたのですか」

真実を。その一言を嚙み砕く。

「そうだ。城之介にはいずれ告げねばならぬと考えておったからな。しかし……わしが甘かった。悔やんでも悔やみきれぬ」

「父上、何のことを言うておられるのです。悔やむとは……え？　まさか……まさか、そんな」

微《かす》かな音を立てて、蛾が落ちてきた。六本の足を震わせ、必死に起き上がろうともがいている。

「そんな……兄上は落馬で負った傷が因《もと》で亡くなったのでは……」

ぞくり。先刻とは異質の悪寒が走る。

「違うのですか。兄上の死には別のわけがあったのですか」

「殺されたのだ」

「え……」

「城之介は殺された。証左はない。しかし、間違いはなかろう。城之介は殺されたのだ。落馬したと見せかけて葬られた」

「兄上が……殺された」

口に出しても信じ難い。口にすればむしろ、余計に現離《うつつばな》れしていると感じる。

「天鼠《てんそ》だ」

兵馬之介は呟《つぶや》いた。かろうじて聞き取れた。

天鼠は、蝙蝠《こうもり》の異称になる。鳥ではないのに空を飛び、獣毛と歯を持ち、夜を好む生き物だ。天鼠、天の鼠とは言い得て妙かもしれない。

「鳥のようであり獣のようであり。獣でありながら鳥のふりをする。わしは天鼠そのものだ」

「父上、おっしゃっていることが、わたしには解《げ》せませぬ」

「解せぬか。そうだろうな」

微かな笑みが兵馬之介の口元に浮かぶ。自嘲《じちよう》とも嗤笑《ししよう》とも違う、冷ややかでありながら無垢《むく》にも思える笑みだ。

「わかりませぬ。ですから、詳しくお話しください」

「その前に、おまえはこれをどう見ている」

砂金に向かって、兵馬之介が顎をしゃくる。唐突な所作だった。

「は？　待ってください。今はまず父上の話を」

「よいから言え。おまえなりの思案もあろう。それを申してみろ」

兵馬之介の口調には、有無を言わせぬ響きがあった。

新吾は唇を結び、膝《ひざ》の上で指を握った。気息を何とか整える。

父に翻弄《ほんろう》されているのだろうかと考える。

自分を天鼠に喩《たと》える意味がわからない。兄の死についても真《まこと》を語っているのか、疑ってしまう。それでもここで父を信じなければ、疑ったままだったら、終わってしまう。父と子の絆《きずな》は修復できないほどずたずたになってしまう。

おれは父上と繋がっていたいのか。この人の息子であることを失いたくないのか。

「父上、我が石久には金山がある、あるいは、かつてあったのではありませぬか。それは幕府には届け出ていない隠し山であり、これはそこから掘り出されたもの。決して表に出てはならない金だった……と。違いますか」

「おまえはそう考えたわけか」

「推し量っただけです。金とはいえたった一袋です。莫大《ばくだい》な財宝とはいえませぬ。にもかかわらず、男が二人も殺されている。しかも、森原どのは明らかに口封じのために、です。そして、彦佐とやらは斬り殺された。血塗《ちまみ》れで息絶える寸前に、この袋を父上に、鳥羽兵馬之介に渡すように言い残しました。この金は命懸けで奪い合わねばならぬほどのものなのです。量ではなく金そのものを巡って殺し合いがあった。そこまでの曰《いわ》くとは何か考えれば……」

隠し金山。

頭の隅に芽生えていた思案が、しゃべることで伸び、育っていく。そんな馬鹿なと自分をいなす思いもあったけれど、他にどんな思案も浮かばなかった。

佐渡《さど》、生野《いくの》、石見《いわみ》、伊豆《いず》……日本の主だった鉱山は全て幕領だ。幕府が直に支配している。稀有《けう》な富を生み出す宝山を幕府以外のどこが所有することも許されていない。もっとも、その大半は掘りつくされ、鉱山としての寿命を終えようとしている。だからこそ、石久の領内に金を産出する山があったとしたら、幕府への届け出をせぬまま隠し持っていたとしたら重大事となる。それが今でなく、かつてのこと、過去のことであっても同じだ。謀反と決めつけられても申し開きはできない。城主は切腹ではなく死罪を申し渡され、お家は断絶、石久十万石は取り潰《つぶ》される。城側が必死になるのも頷《うなず》けるではないか。と同時に幕府もまた、石久の秘密をあばこうと躍起になっているのだ。金山そのものが欲しいのか、改易、取り潰しの口実を欲しているのか。

「栄太は、武家や山師らしい男とともに江戸から戻されました。極秘にです。栄太は優れた才の持ち主です。けれど、今はまだ一介の学生に過ぎません。その栄太をわざわざ連れだした。島崖の山を熟知していると誤解されたわけです」

「誤解？」

兵馬之介が微かに目を細める。

「はい、誤解です。栄太は……、丸貫山、そう、丸貫山という山の案内を命じられました。けれど、そこは入らずの山だったのです。何が故なのかはっきりしませんが昔から、入山を戒められていた上に、山菜にも木の実にも乏しく、道もなく、わざわざ分け入るに値しない山とされていたのです。だから、栄太はすぐに役立たずの烙印《らくいん》を押され、江戸に戻るよう言い渡されたとか。いえ、有体に申せば栄太は武士たちに不審の念を抱き、わざと無能を装ったのです。二人が本当に石久の士であるのか疑ったのです」

そこで一息を吸う。喉《のど》も口中も乾いているが、なぜか水が欲しいとは感じなかった。

砂金の袋を指差す。

「どういう経緯《いきさつ》かはわかりかねますが、丸貫山から金が出る、あるいは出ていたことが明らかになりかけた。この金がその証《あかし》となりうるものだとしたら、城は相当に慌てたでしょう。決して幕府に知られてはならない密事なのですから。丸貫山が隠し金山であったとしたら、島崖の村民たちが入山を禁じられていたのも頷けましょう。あからさまではなく、巧みに人々を山から遠ざけていたとは考えられませぬか」

　口を閉じる。

兵馬之介は腕を組み、天井を見上げていた。そこにはなにもない。蛾さえ飛んでいなかった。闇が溜《た》まっているだけだ。

「父上……」

「続けろ。おまえは、島崖に隠し山があったと考えた。その先をもそっと話せ」

「はい。彦佐という男はそこでこの金を手に入れた。そして、逃げたのです。が、追手により惨殺された。ただ、瀕死《ひんし》の傷を負いながらもなんとか正力町の林まで逃げ延びてきたのでしょう。栄太に聞きましたが、水路を使い、川の流れに乗れば島崖から組屋敷近くの林までは意外なほど近いのです。陸路を使うよりずっと、早い。彦佐はそうやって逃げ延びようとしたのでしょう。しかし、林の中で力尽きた」

追手たちは息絶えた男を見つけ、小袋の在処《ありか》を探った。むろん、どこにもない。そのとき既に、八千代に持ち去られていたのだから。骸は片付けられ、血に汚れた草は刈り取られ、彦佐の痕跡《こんせき》は消された。父は先刻、骸は真柳寺に埋められたと言ったが、追手の男たちが、投げ入れるにしても寺まで運んだかどうか怪しい。深山のどこかに打ち捨てられ、人知れず朽ち果てるか、獣の餌として食われるかではないのか。どちらにしても埋葬とは程遠い。

そういう定めを承知で生きていた男なのだろうか。

兵馬之介が息を吐いた。

「なるほど……。なかなかにおもしろい推察ではあるな」

「的外れでございましたか」

的を外したかどうか、父は断じられるのか。的がどういうものなのか、見えているのか。

「新吾」

兵馬之介はゆっくりと視線を新吾の面に向けた。

「このまま、鳥羽の屋敷に帰るというわけにはいかぬか」

「は？」

「全てを忘れて、今まで通りに暮らす。それは無理か」

父は命じているのではなく、乞《こ》うている。そんな風に感じた。

「無理です」

そんなことできるわけがない。この件には、弘太郎も栄太も関わっているのだ。

「ここまできて、引き返すわけには参りませぬ。それに……」

それに逃がしませぬぞ、父上。

父自身のことを、そこに纏《まつ》わる兄の死についてを余すところなく聞かせてもらう。そのつもりで、その覚悟でここに座っている。今更、何も知らないままで済ませられるわけがない。

暫《しばら》くの間、静寂が部屋を覆う。闇が一段と濃くなった気がした。

「金山ではない」

兵馬之介が呟いた。妙にくぐもった声は、耳をそばだてないと聞き取れない。

「島崖に山金を産出する場所などないのだ。ただ、金はある」

思わず眉《まゆ》を寄せてしまった。謎かけのような台詞《せりふ》だ。解せない。

「父上、それは？」

「話す。聞け」

先ほどの呟きとそう変わらないのに、ずんと腹に響いた。新吾は居住まいを正し、父に向かい合う。

「話は二代前のご主君、伊忠《これただ》公の時世に遡《さかのぼ》る。伊忠公は数々の逸話を残されたが、おまえもその内の一つ、二つは存じておろう」

「あ……はい。三代伊周さまにお姿もお振る舞いも瓜二《うりふた》つだったとは聞き及んだ覚えがございますが」

兵馬之介が微かに笑った。揺れる明かりのせいで、そう見えただけかもしれない。

「伊周さまがご存命だったのは、はるか昔だ。その姿を見た者などもういまい。似ているかどうかなどわからぬ。わからぬのに、瓜二つだとまことしやかに流布されるのは、明君と称されながら奇矯な一面もあった伊周さまに、伊忠さまが重なるからだ」

「賢明でありながら、些《いささ》か風変わりなお人柄であったと？」

「有体に言ってしまえば、そうなる。伊周さまはいざしらず、伊忠さまは己を稀代《きたい》の知恵者と考えていた節がある。我の内には文殊菩薩《もんじゅぼさつ》が宿ると公言して憚《はばか》らなかったようだからな。実際、御年四つで般若経《はんにゃきょう》を諳《そら》んじ、全て書き表せたというから天賦《てんぷ》の才に恵まれたお方であったのだろう」

「はあ……」

薫風館にも石久十万石十一代城主伊忠の書が飾ってある。十六歳のときの手跡だというそれは勢いがありながら品位を保ち、ただ整っているだけの筆とは別格の才が伝わってきた。

けれど、それがどうしたというのだ。二代も前の君主がどういう人物であっても、今、関わりはないだろう。

関わりはない？　そんなわけがない。今ここで無縁の者の話が出るはずがないのだ。十一代城主は今に繋がっている。

「通美湊を整え海路を広げたのも、新田開発を成し遂げたのも伊忠さまだった。そのおかげで、石久の商も農も伸びた。驚くべき成果をあげたのだ。先見の明、断を下しそれを為《な》す意志、伊忠さまは確かに並外れた力をお持ちだったわけだ。政《まつりごと》においてその力を十分に発揮し、石久に栄《さかえ》をもたらした。その栄は武家のみに留《とど》まらず、町方にまであまねく及んだ。伊周さまが石久の基を盤石とした明君なら、伊忠さまは中興の祖といえる」

「武芸全般に優れ、書も歌もよくなされたと聞き及びました」

石久の明君録『暁翔篇《ぎょうしょうへん》』で学んだ。あまりの才人、異才ぶりに弘太郎などは「これは、些か不稽《ふけい》に近いのではないか」と呆《あき》れていた。新吾もまさにと頷きはしたのだが、兵馬之介の話を聞いているとあながちそうとも言い切れないようだ。

「優れたお方だった。だから……」

「だから？」

「公儀の為すことごとくが愚昧《ぐまい》としか感じられなかったようだ」

新吾は息を詰めた。

公儀の政道を愚昧と断じる。諸侯として決して許されない言動だ。

「伊忠さまの晩年、天候の不順が続き、日本のあちこちで災害が起こった。飢饉《ききん》となり、餓死、離散、行倒れが相次いだのだ。石久では備えが万全であったため、蓄え米を使うことで凌《しの》ぎきることができたが、他領、あるいは江戸近辺においても餓死者が多々出るほどの惨状となった。米の値は高騰し、民は餓《う》え、打ち壊しや一揆《いっき》も頻発した。伊忠さまにはその全てが公儀の失策と見えたらしい。愚かな主《あるじ》の下では臣も民も救われぬと重臣たちの前で言い放ったとの風聞もある」

「ただの風聞でございましょう」

一諸侯が公儀をあからさまに詰《なじ》るなど考えられない。ただの噂、ただの風説に過ぎない。

兵馬之介が微かにかぶりを振った。

「さに非《あら》ず。伊忠さまは本気で世を憂い、本気で……幕府転覆を目論《もくろ》まれたらしいのだ」

「まさか」

まさかとしか言えない。一国が、大大名でもない十万石に過ぎない国が幕府に牙《きば》を剝《む》くなど、正気の沙汰《さた》ではない。

「信じられぬだろう。誰とてまさかと思う。むろん、今となっては伊忠さまの真意を測ることなどできはせん。ただ、あるころ伊忠さまが密《ひそ》かに金銀を蓄え始めたのは事実であるらしい」

「金銀を蓄える。えっ、それは」

もう一度、まさかと言いかけて口をつぐむ。兵馬之介が、先刻より深く頷いたからだ。

「幕府転覆の軍資金として、だ」

ありえない。信じられない。

天保《てんぽう》八年、大飢饉の翌年、大坂《おおさか》の大塩平八郎《おおしおへいはちろう》、越後柏崎《えちごかしわざき》の生田万《いくたよろず》など、飢饉による民の貧窮を見かねて、兵を挙げた者たちはいる。民の窮乏を顧みないばかりか豪商と結託して米の価を引き上げ、暴利をむさぼろうとした為政者たちに憤慨し、挙兵したのだ。

しかし、学者であった大塩や生田と違い、伊忠は一国の君主、大名だ。幕府に弓を引いたとなると、どれだけの大事になるか。賢君、明君と称《たた》えられる者がそれに気づかないわけがない。そのまま突っ走れば、石久の滅亡は必至。

公儀の無策、愚策への憂いも、民の救済より己らの保身と蓄財に汲々《きゅうきゅう》とする腐敗への憤りもわかる。身に染みてわかる。しかし、石久十万石を道連れに戦を挑むのは、あまりに無謀ではないか。

己の才を恃《たの》むあまり、まっとうな思案ができなくなっていたのか。

そこまで考え、新吾は息を吐いた。

いや、大事にはいたらなかった。石久は今も十万石の国として、ある。とすれば、伊忠の計図は頓挫《とんざ》したことになる。

「伊忠さまは、お諦《あきら》めになったのですね」

「亡くなられたのだ。急な病を得て、江戸屋敷でお隠れになった」

「急な病とは、もしや」

暗殺。禍々《まがまが》しい二文字が浮かんだ。重臣なのか公儀の手の者なのか見当もつかないが、無謀な挙を止めるために誰かが密かに伊忠を抹殺したのではないか。病に見せかけ葬ったのではないか。それを口にすると、兵馬之介は低く唸《うな》ったのだ。

「それも今となっては、確かめる術《すべ》はない。ただ、伊忠さまは、己こそが天下を治めるのに相応《ふさわ》しい器だと、常日頃より近習に断言していたそうだ。己が天下の主となれば、この世の事全ては上手くいくと。腹を切って、その言動を諫《いさ》めた重臣もいたが、一向に静まらなかったと聞く」

あまりにも不遜《ふそん》だ。伊忠さまというお方は、天賦の才に振り回され、結句、潰れてしまったのか。それとも、生まれてくる時代とやらを誤ったのか。

「ともかく、伊忠さまが逝去されたことで幕府転覆の計図は消えた。何もかもが無かったこととして消え去らねばならなかった。が、伊忠さまが密かに蓄えた金銀の一部だけが行方がわからなくなっていたのだ。国庫はむろんのこと、城内、別邸のどこからも出てこなかった」

兵馬之介の視線が小袋に注がれる。新吾も引きずられるように父の膝元に目を落とした。我知らず、生唾を呑み込んでいた。

「では、これは……、この金は伊忠さまの……」

「であろうな。伊忠さまは島崖の山々のどこかに隠していたのだ」

「そうだと断じるのは、早計ではございませぬか。はっきりとした証はあるのでしょうか」

「証か……」

兵馬之介は小袋を手に取り、新吾の目前に近づけた。

「見ろ」

「え？」

「血に汚れているあたりに目を凝らしてみろ」

言われた通り、新吾はどす黒い染みを見詰めた。顎を引き、息を呑む。腐りかけた血の臭い、腐臭が鼻に突き刺さるようだ。

「これは……ご家紋が……」

結雁金《むすびかりがね》。雁の両翼を交えて結んでいる。

沖永家の紋だ。

「そうだ。石久城主沖永家の家紋付きの袋に金は仕舞われ、隠されていた。中身より、この袋そのものが伊忠さまご謀反の証になる」

「ご家紋付きの袋一つで決めつけるのですか。それは無茶です。些か無理が過ぎましょう」

「無茶も無理も承知の上だ。伊忠さまの代、石久に不穏の動きがあったことを公儀は感付いていた。伊忠さまの死でうやむやになっていたが、この袋と金をもとに、謀反の疑いこれありと断じれば……」

「お取り潰しもあると」

「そうだ。謀反の動きが真か偽かなど二の次。要はきっかけだ。口実と言い換えてもよい。謀反の疑いが濃厚と決められてしまえば、決めてしまえば、公儀は石久への処罰を断行するだろう。事は容易ならざるところまで来ている」

真偽の判明より、言いがかりの元種の方が上だと言うのか。

「馬鹿な。それではごろつきと何ら変わるところがないではありませぬか。ご公儀のなされることとは思えません」

信義を重んじ、恥を知り、政を司《つかさど》る者として民に慈愛を注ぎ、不正を許さず、正道を踏み外さない。

武士はそのようにあらねばならないはずだ。公儀とは将軍家そのもの。武士の頂におわすお方を主としながら、武士の範《のり》から、いや人の道から逸《そ》れてしまって何とする。

腐りきっている。

少し、ほんの僅かばかりだが、新吾は伊忠の憤りがわかる気がした。民の窮乏を尻目《しりめ》に私財を肥やし続ける奉行や代官に刃《やいば》を向けた、大塩平八郎や生田万の憤怒《ふんぬ》が解せる気がした。

「思うだけにしろ。口にするな」

兵馬之介が言う。息子の心内に滾《たぎ》る想いを察したのだ。

新吾は改めて、父を見る。

「父上は、なぜ、そこまでご存じなのですか」

ぱさっ、ぱさっ。

蛾がもがいている。薄茶の翅を震わせ、飛ぼうともがいている。

「石久内のことはいざ知らず、ご公儀の動きまでなぜ、おわかりになるのです」

胸の底が痛んだ。刃を押し当てられたような痛みと冷たさを感じる。怒りの熱と冷え冷えとした気配が、新吾の中でせめぎ合う。

「言っただろう。わしは天鼠だとな。鳥にも獣にも紛れられるのだ」

蛾が飛び立った。天井の闇に吸い込まれていく。

「伊忠さまが密かに金銀を蓄えようとしていたことは、当たり前だが、ごく限られた近習しか知らぬことだった。それを嗅《か》ぎつけたのが、鳥羽の者だ。もっとはっきり言えば、わしの祖父、おまえの曾祖父《そうそふ》だ」

「え？　嗅ぎつけた？」

「そう、嗅ぎつけた。そして、内密に調べ上げたのだ」

怒りの熱が消えていく。身体の芯《しん》から冷えが広がっていく。

「……どういう意味なのです。それは……」

舌が痺《しび》れたようで、上手く動いてくれない。

「鳥羽の家は、直に公儀と繫がっておる。石久内偵のために公儀から遣わされた草屈《くさかまり》だ。代々、その任を受け継いできた一族よ」

「な……」

言葉が出ない。声が出ない。血の流れる音、鼓動の響きだけが、耳の奥でこだましている。

新吾は石像のように固まり、指一本、動かせなかった。

十　一葉の覚悟

剣を一振り、呑《の》み込んだ。

そんな気がする。

刃《やいば》に身体を貫かれ、そのまま畳に刺し留められているようだ。息ができるのが不思議なほどだった。

「……真《まこと》ですか」

声を絞り出す。思いの外、掠《かす》れていない若い声だった。

どこかで感じ取っていたのだろうか。父の後ろに、自分の思案を越える何かがうずくまっていると。だから、知りたいと強く欲しながら、微《かす》かに怯《おび》えてもいたのではないか。

「真ですか、父上」

水が飲みたい。

唐突に渇きを覚えた。

「鳥羽家を継ぐ者の使命は、城に仕えることではなく、城の動きを探ること。公なものではなく秘密裏の動きを、察し、探り、公儀に報《しら》せる、それのみだ」

言葉を区切り区切り、兵馬之介が伝えてくる。そうしなければ、新吾の耳には届かないと危ぶんでいるかの如くに。

「わしも、わしの父も、祖父も、さらにその父も……、鳥羽に課せられた役目を担ってきた。草屈として生きてきたのだ」

「信じられませぬ」

口の中がひりつく。無理に動かした舌が痺《しび》れる。

「わしも、城之介も同じことを言うた。信じられませぬ、とな。しかし、これが現《うつつ》だ。わしは父から告げられた通りをおまえに告げておるのだ。新吾」

「では……では、父上も草屈の役目を果たしてきたと言われるのですか。それは、それは……国への裏切りではありませぬか」

「言うたではないか。わしたちは石久ではなく幕府の臣下となる。裏切るもなにもない」

「……しかし、それではあまりに……」

あまりに何なのだ。

おれは何を言いたいのだ。

ひりつきが口から喉《のど》へと広がっていく。

「母上は、母上はこのことをご存じなのですか」

「依子か？　いや、あれは何も知らぬ。一言も言うておらぬし、この先も言う気はない」

「では、巴どのは……」

返事はなかった。沈黙がそのまま答えになる。

知っているのか。

献残屋の軒下で、〝ぼぅぼ〟を見詰めていた姿を思い出す。

あの人は全てを知った上で、子を産もうとしているのか。

ばさっ、ばさっ。

蛾が桟にしがみつき、翅《はね》を障子に打ち付けている。新吾は立ち上がり、障子を開けた。不意に開けた間に戸惑うのか蛾は一時、動きを止めた。それから、ふわりと闇へと飛んだ。

障子を閉め、再び父の前に端座する。

「わたしは嫌です」

顎《あご》を上げ、告げる。口調がさほど乱れていないことに安堵《あんど》する。

「わたしは、そのような役目を負うわけには参りません。父上の命であろうと、従う気はございません」

嫌だ。どうしても受け入れられない。

石久は自分が生まれ、育ち、生きている場所だ。ここで、弘太郎や栄太に出逢《であ》い、共に日々を過ごしてきた。多くのことを学んだし、これからも学んでいく。

城に対する忠誠というより、この地への新吾自身の愛着だ。断ち切ろうとして断ち切れない想いがある。石久を裏切るとは、これまで育《はぐく》んできた全てに背を向けることだ。弘太郎を謀《たばか》り、栄太を欺くことだ。できるわけがない。やってしまったら、自分は人でさえなくなる。信じる相手に背を向けて、騙《だま》し通して生きてなどいけない。そんな生き方を選ぶぐらいなら……。

新吾は傍らに置いた太刀《たち》に目をやった。蠟色塗《ろいろぬり》の鞘《さや》、柊図鍔《ひいらぎずつば》、亀甲組《きっこうぐみ》の下緒、地鉄《じがね》は小板目肌だ。華やかではないが美しく、堂々とした一振りだった。元服の折、兵馬之介から手渡された。

あのときは、父から見事な一刀を譲り受けたことが誇らしかった。しかし、今は、黒鞘の艶《つや》やかささえ不気味に目に映る。

「腹を切るか」

低い声が耳朶《じだ》に触れた。一瞬、誰のものかと視線を泳がせた。それほど掠れた声だった。

「わしもそう思った。父から自分の役割を告げられたとき、周り全てを裏切って生きるより死を選んだ方がましだとな。今のおまえより、一つ二つ、若かったころだ」

「父上」

「されど、わしは引き受けた。鳥羽家に生まれた者の宿命だという父の言葉に逆らえなかったのだ。何より、わしが死ねば鳥羽の家は途絶える。それだけは避けねばならぬと思い込んでいた」

家を守り、盛んにすることは武士の本義だ。とすれば、兵馬之介の斟酌《しんしゃく》は間違ってはいない。けれど、同じ道は選べない。武士の本義に悖《もと》ろうとも、捨ててはならぬ繋《つな》がりがある。

「では、父上はそのときから草屈として動いておられたのですか。石久の内情を探り、公儀に報せていたと」

「不穏、騒ぎ立つ動きを察したときにはな。公儀とて、闇雲に諸国の取り潰しを画策しているわけではない。ただ、伊忠さまの件より後、我が石久が注視されておるのは確かだ。何事かあれば、容赦ない仕置きが下される」

　新吾は背筋を伸ばした。

「我が石久と仰せになりました」

「なに？」

「今、父上は我が石久と言われた。それは、父上のお心が石久にある証《あかし》でございましょうか」

　兵馬之介の口元が歪《ゆが》んだ。呟《つぶや》きが漏れる。聞き取れない。新吾は、さらに一歩父の内に踏み込んでいった。

「お聞かせください。わたしは父上の真を知りとう存じます」

　声音に必死の思いが宿る。

「父上はご自分を天鼠《てんそ》に喩《たと》えられました。それは……獣にも鳥にも見えるという意味なのでしょう。それとも、鳥と見えても獣は獣だとおっしゃりたいのでしょうか」

　兵馬之介からは何も返ってこない。新吾は膝《ひざ》を進めた。父が黙り込むのなら自分は問い続けるしかない。

「わたしは、ずっと父上はご城主久勝さまと直《じか》に繋がっておられるのではないかと考えておりました。その意によって動いておられると。それは間違っておりましたか。わたしには父上がご城主……いや、石久を裏切っているとは、どうしても思えないのです」

思えないのか、思いたくないのか。迷っているのか、願っているのか。頭も心も乱れたままだ。

ふっと兵馬之介が笑んだ。そうだなと呟く。

「とどのつまり、裏切り切れなかった、ということか」

兵馬之介の眼が真正面から新吾を捉《とら》えた。

「城之介が言うたのだ。鳥羽家に生まれた者の定めを背負いきれぬ、石久を裏切れぬとな。裏切らぬだけでなく、守りたいとも言うた」

「兄上が……。守りたいとは、つまり……」

息と唾《つば》を呑み込む。

「そうだ。鳥羽の家の秘密を明らかにし、草屈の定めを断ち切るべきだとわしに迫った。おまえと依子を坂井家に帰した後、城に全てを告げ二人、腹を切ろうとな」

「父上はそれを拒まれたのですか」

「拒みはしなかった。城之介の言うたことは、わしがずっと考え続けていたものでもあったからな。しかし、事はさほどに容易《たやす》いものではない。石久に入り込み、根を食い込ませている草屈は他にもおる。伊忠さまの一件の後、石久への公儀の目は厳しさを増したままだ。わしと城之介が消えたところで何も変わらん。しかし、城之介にはそれがわからなんだ。無理もない。事の重大さを解するにはあまりに若かったからな」

「石久にはそんなに多くの草屈が入っておるのですか」

「詳しい数はわしも知らぬ。わしのように代々、その役を受け継いできた者が他にもおるし、彦佐のように町人として棲《す》みついた者、旅人や行商人に身をやつし出入りする者もおる。草屈が群れて動くことは、ほとんどない。群れれば目立つからな。互いを知らぬまま、その要があればその時々で繋がる」

繋がるための場所が城下、いや、領内には幾つかあるのだろう。その一つがあの献残屋なのか。ほんの刹那《せつな》、また、巴の横顔と赤い〝ぼぅぼ〟が脳裏を過《よぎ》った。

しかし、今、問いたいのはそこではない。

「兄上は何も知らなかった。自分と父上とで草屈を絶やすことができると信じておられた」

「そうだ。そして、動こうとせぬわしに業を煮やして、自ら城に訴え出ようとした。そして、殺されたのだ」

「草屈たちの手によってですか」

兵馬之介が目を閉じた。瞬《まばた》きするほどの間だったが、その寸の間で兵馬之介の面に影が刻まれた。影は深い傷のようだ。

子を奪われた父親の顔だった。

「間違いあるまい。城之介の動きを察した者がいたのだ」

「兄上が落馬するように仕掛けたわけですか」

「おそらくな。城之介に薬でも飲ませたか、馬が暴れるように細工をしたかわからぬが、何らかのやり方で城之介の落馬を誘った」

「落馬したから死ぬとは限りますまい」

口にして、その言葉に喉を塞《ふさ》がれる心地がした。

死ぬとは限らない。けれど、兄は死んだ。

死ぬように仕向けた者がいたのだ。とすれば、兄が万一、目を覚ましたとしても、息を吹き返したとしても助からなかった。何らかのやり方で止《とど》めを刺された。そういうことか。

「城之介の死は見せしめでもあった。迷う者、揺れる者へのな。裏切れば殺す。草屈の掟《おきて》を思い出せというわけだ。しかし、わしは、城之介の死で腹が決まった。息子の仇《かたき》に従うわけにはいかぬ。城に全てを申し出て、石久にいる草屈を一掃しようと決意をしたのだ。一掃したのを見届け、城之介の後を追い、腹を切ろうとな。が、止められた」

「止められた？　どなたにですか」

「それは口外できぬ。してはならない御名だ。その方に言われたのだ。それだけの覚悟があるのなら、生きて石久のために尽くせとな」

我知らず長い息を吐いていた。

父の言う生きるとはつまり、城の間者として草屈を探るということだ。公儀の密偵を逆にあなぐる。しかも、寝返ったことを知られぬまま、仲間として振る舞いながら。

新吾は改めて、父を見詰めた。

この人はずっと、そんな過酷な任を背負うていたのか。

「父上がお役を解かれたのは巴どのが因《もと》ではなく、政《まつりごと》の中枢から退《ひ》くためだったのですね。巴どののことはむしろ方便。怪しまれず退くための方便だった……わけですか」

それなら、父がいつまでも無役でいるのも頷《うなず》ける。政に深く関わる役に就いていれば、城の内情を知ることは容易い。それを草屈として仲間に伝えねばならなくなる。誤魔化し続けるのも欺きとおすのも難いだろう。いつか、正体があばかれる。そこを避けるためにも父は致仕した。致仕の口実として、巴を使ったのか。

「それもある。なかったとは言えん。が、それだけではない。わしは巴と一緒に居たかったのだ。巴に傍にいてもらいたかった」

「父上……」

あまりに生直《きすぐ》な打ち明けだった。新吾は頬に熱を感じた。

「城之介をみすみす殺させてしまった事実も含め、一人で背負うには重過ぎてのう。弱いと嗤《わら》われてもしかたないが、巴に甘えてしもうたのだ。結句、あれにも依子にも辛《つら》い思いをさせた」

いつも飄々《ひょうひょう》として、決して本心を読み取らせない。それが新吾の知っている父親、鳥羽兵馬之介だった。泰然自若とも得体が知れないとも感じたことは多々あったが、こんな風に弱さをさらけ出す人だとは考えてもいなかった。

「巴どのでなくては駄目だったのですか。母上では……」

唇を噛《か》む。

母では駄目だ。事の全てを打ち明ければ、依子は自害する。無残な息子の死が夫のせいだとわかれば、決して兵馬之介を許すまい。許せない己を持て余し、苦しみ、命を絶つ。母には巴のような全てを受け入れ、諦《あきら》める深さはない。深さとはつまり、したたかさに通じる。

巴はしたたかなのだ。したたかで、しなやかで、しぶとい。母のように真っ直ぐに光に向かって伸びてはいないのだ、きっと。巴も母も強い。それぞれに強く、逞《たくま》しい。自分も父もその強さに逞しさに寄りかかって生きているのかもしれない。

新吾はかぶりを振った。

男と女がどう縺《もつ》れ合い、寄り添い合って生きるものなのか僅《わず》かも窺《うかが》えない。が、窺えないことに、今は拘《こだわ》る余裕はない。

新吾は口中の生唾を呑み込んだ。胸裡《きょうり》を過った思案に身が震える。父は巴だけに支えられて過酷な日々を生きていたわけではあるまい。誰かがいるのだ。後盾になり、「生きて石久のために尽くせ」と言い渡せる誰かが、いる。

鳥羽家が草屈の家系であるなら、何代にもわたって城を欺いてきたわけだ。そういう家の当主に一存で許しを与えられる者、あるいは兵馬之介自らが全てを吐露し、許しを乞《こ》う相手。そして兵馬之介の心内を見抜いた上で、二重の寝返りを促す人物。とすると、ごくごく限られてくるではないか。

もう一度、唾を呑む。

城主、山城守久勝。その人ではなかろうか。その思案を口にはできない。兵馬之介が認めるわけもなかった。息を詰める。

別の心思が一つ、膨らんできた。

「父上が薫風館を気になさるのは、父上にとっても他とは違う場所だからなのですか。薫風館で父上は」

口をつぐむ。言葉にできない思いを嚙み締める。

父上は、何者かと密《ひそ》かに会っていた。城側に公儀の動きを伝えるために。

だとしたら巴の振る舞いも見えてくる。巴は表立って目立つ動きのできない兵馬之介にかわって、伝令役を引き受けていたのだろうか。だとしたら、薫風館は城主暗殺の企ての所ではなく、草屈でありながら石久の家臣として生きる道を選んだ父と城側との密会の場であったことになる。

頭の中で様々な思いが巡り、ぶつかり、絡まり合う。

では、なぜ、父上はおれに薫風館を探れと命じたのだ。

とくん。心の臓が大きく鼓動した。痛いほどだ。新吾は改めて父を見詰める。

「わたしに間諜紛《かんちょうまが》いの動きを強いたのは……わたしを守るためですか」

兄と同じにならないよう、轍《てつ》を踏まぬよう、命じられた通り働く若者を演じさせたのか。

兵馬之介からの答《いら》えはない。

「それなら、薫風館は草屈に目を付けられているのですか。よもやこの金と関わりがあるわけではございませんね」

ふっと兵馬之介が笑んだ。

「おまえは、あの郷校のことになると目の色が変わるな。確かに草屈が薫風館を探っていた一時があった。ただし、金とは無縁だ。前学頭の佐久間平州は庭田家老と手を結び、瀬島中老と反目しておった。瀬島もまた権勢を恣《ほしいまま》にするため策を弄《ろう》し……このあたりの経緯《いきさつ》は今更語らずとも知っておるな」

知っていると首肯できない。新吾の知り得たことなど真実の上澄みでしかないのだ。ただ、大人の政争に巻き込まれ四人の少年が殺され、一人が自死した、その現は重く疼《うず》きながら残り続ける。消えることはない。

「多くの者が亡くなりました」

かろうじて、一言を返す。兵馬之介が珍しく俯《うつむ》いた。

「薫風館内には故に、一時であっても不穏な動きがあった。それは御家《おいえ》騒動に繋がりかねない不穏だ」

「だから、公儀の草屈が動いた。むろん、父上はそれを承知していたのですね」

当然だ。草屈として鳥羽家がこの地に根を張っているのなら、逸早《いちはや》く動きを掌握できる。掌握していれば、改易に結びつく御家騒動から草屈の目を逸《そ》らせることも、騒動の根を断つこともできるかもしれない。

なるほど、父を生かしておいた益は十分にあったわけだ。皮肉な想いが過る。胸の内が僅かばかり痛む。

「瀬島の倅《せがれ》たちには申し訳ないことをした。もう一歩迅速に処しておれば、散らずにすんだやもしれん」

兵馬之介が長い息を吐く。

「国政刷新を図る主君に長きに渡り政を担ってきた重臣らは抗《あらが》う。ままあることだ。ただ、瀬島中老は些《いささ》か過当だった。殿を亡き者にすることまで思案したのだからな。どこまで瀬島が本気であったのかは、わからぬ。しかし、江戸に上った近習に殿の身辺を探らせたのは事実だ」

では、あの書簡は、瀬島孝之進が己《おの》が命と引替えに燃やしさった文とはその近習とやらからの返信なのか？　庭田家老は政敵である瀬島中老を追い落とすために書簡を狙い、草屈たちは蠢《うごめ》き、薫風館は政の闇に呑み込まれていた。いや、今も闇の中にあるのか。自分にとってかけがえのない学び舎は、決して清く輝いているわけではなかった。

新吾は唇を強く噛む。呆然《ぼうぜん》とするのも暗鬱《あんうつ》な気分になるのも後回しだ。孝之進の姿もあえて振り払う。過去ではなく今だ。今の現を摑《つか》まねばならない。

「彦佐たちはこの金を」

血の臭いのする袋を摘《つ》まみ上げてみる。

「石久の謀反の証として公儀に差し出すつもりだった。父上はそれを秘密裏に城に告げ阻もうとした。彦佐は城の手の者によって斬殺《ざんさつ》されたけれど、金の袋は消えていた。それを探し出そうと草屈も城も躍起になっていたわけですね。むろん、父上も」

新吾は袋を置き、兵馬之介を見た。

「森原丹右衛門を殺したのはどちらなのです。金の在処《ありか》を聞き出そうとしてご隠居を殺したのは草屈なのですか。それとも城の者なのですか」

抗う術《すべ》のない老人を抹殺した冷酷は、どちらのものなのだ。

「わからぬ。老人が死んだことさえ、わしは聞き及んでいなかった。どちらが手を下したにしても、何ら得るものがなかったからだろう」

得るものがなかった？

森原丹右衛門から何一つ引き出せなかったという意味か。人一人の命を奪っておいて、得るものがなかったで済ませるのか。

変わらぬ。

公儀も城も何一つ変わらぬ。普請方組屋敷に住む老人、その一個の命など歯牙《しが》にもかけない。踏み躙《にじ》ろうが、叩《たた》き潰そうが何ほどのこともないのだ。その非情、その酷薄は寸分たがわぬではないか。孝之進たちを死に追いやった輩《やから》も同じだ。

栄太は？　腹の底から震えが走った。

栄太はどうなんだ。無理やり帰国を命じられた。島崖の出であることと町見術の才を見込まれたからだ。けれど、実際は役に立たなかった。役に立たないふりをした。してしまった。

「父上、彦佐はこの金を島崖の……確か、丸貫山という山のどこで見つけたのですか」

「わからぬ。書付も地図も何一つ、残さなかった。残さぬのが草屈の心得でもあるのだ。全てを口伝えとする」

「では、殺されなければ、彦佐から父上の許《もと》に何らかの報がもたらされたとも考えられるのですか」

「そうだ。しかし、わしのことは領内でもごく限られた者しか知らぬ。当たり前ではあるが、今回はそのことが裏目に出た。彦佐は十年以上前から伊忠さまの埋蔵金を探っておったのだ。そして、ついにこの金に行き当たった。わしとしては、もう少し彦佐を泳がせておきたかったのだが、間狩者が動いたとあらばどうしようもない」

「まがりもの？」

「石久にある影の役職の一つだ。おそらく、間者を狩るという意味があるのだろう。領内に入ってきた間者を捕らえる、あるいは葬り去ることを任とする者どもだ。誰が束ね、どれだけの配下がいるのか謎だがな。やつらはその任を忠実に果たし、草屈の一人を葬ったわけだ」

「その者と父上は繋がっておらぬのですか」

「わしは一人だ。草屈に城との繋がりを気づかれれば、気づかれぬまでも疑われてしまえば役目が果たせぬ」

ここまで言われると、新吾には何も見えなくなる。父のいるところは暗い。漆黒の闇に取り囲まれている。手を伸ばしても、一歩踏み込んでもずぶずぶと沈んでいく気配しかしない。

闇の中で暗躍し、決して表舞台には立たない。

草屈にしても間狩者にしても、これまで新吾の全く知らなかった世界の住人だ。敵を狩り、殺し、屠《ほふ》る。そのためだけに生きている。

公儀や城が抱え持つ非情を、酷薄をそのまま我が身に刻んでいるようではないか。そんな刻印を父もまた身の内のどこかに記している。

鼓動が速くなる。

栄太。栄太はどうなる？

栄太や山師を島崖まで召し連れてきて、丸貫山を探索させる。寺島も小畑も、そういう役目なのだろう。しかし、そこは闇の者たちが暗躍する戦場《いくさば》だ。

栄太は巻き込まれはしないのか。無事に江戸に発《た》てるのか。

幻の手に心の臓を鷲摑《わしづか》みにされた気がした。〝なぜ、わたしなのか〟と栄太は一抹の疑念を示した。島崖の出であること、町見術を身に付けていること。それが事由だろうと考えていた。しかし、もう一つ、栄太が農民であることが加わっていたとしたら。武士の子なら、行方知れずになれば、それなりの探索もされよう。身分が高ければ高い程、捜し求められる。しかし町人、農民なら容易く消せる。騒ぎになどほとんどならない。親や家人がどれほど騒いでも、苦もなく握り潰せるのだ。

「父上、間狩者とやらは、むろん城の支配下におるのですね」

「形としてはそうだ。ただ武士として身分を請け合われているわけではない。どこで果てようが城は一切、関わらぬ。そこは草屈も同じだ。だから、草屈も間狩者も命を賭《と》して戦いはするが報われることはない」

「それも定めだと仰せですか」

「そう思うより他に生きる術はあるまい。ただ、間狩者の場合、全てが今、江戸におわす殿のご意向に従っておるかどうかは怪しい」

「え？」

「城内には江戸とは違う政がある。殿は旧弊を排し、政の刷新を図っておられる。が、まだ緒についたばかり、一朝一夕に事為《ことな》せるものではない。今、執政たちの間では政争の芽が新たに育ちつつある。重臣たちがそれぞれに間狩者を使い、埋蔵金を手にしようとしている向きもある。城内も決して一枚岩ではないのだ」

いったい、どこまで腐っているのだ。爛《ただ》れているのだ。

立ち上がっていた。

視界の隅で何かが動く。

蛾、だ。さっき逃がしたものより一回り小さい。逃げ損ねた羽虫は虚《むな》しく、もがくばかりだった。

「父上、馬をお貸しください」

「島崖に行くつもりか」

「その前に正力町に戻ります。弘太郎のことも気になりますゆえ」

焦りが押し寄せてくる。

草屈にしろ間狩者にしろ得体が知れない。新吾たちが考えていたより遥《はる》かに剣呑《けんのん》なのだ。

八千代は、菊沙は、弘太郎は無事なのか。栄太はどうしている。

焦る。嫌な汗が滲《にじ》み出て、身体を濡《ぬ》らす。

「ともかく、至急、馬のご用意をお願い申し上げます」

「それはならぬ。あまりに危殆《きたい》だ」

「父上！」

「と、わしが止めても無駄だろうな。津田谷町まで帰って馬を駆るだけか」

「さようです。兄上ほどではありませぬが馬は得意ですゆえ」

まだ問いたいことはある。しかし、それどころではない。急がねばならない。一刻を争う。確かな拠《よ》り所はなかったが、新吾は強く感じた。弘太郎と栄太の顔が脳裏を過り、心をざわめかせる。兵馬之介も立ち上がる。いつの間にか背丈は、ほんの僅かだが新吾の方が高くなっていた。

「やはり、おまえは草屈には向かんな。いつでも情が先走る。友のために危地に飛び込むようなやつでは、この任は果たせぬ」

息子に背を向け廊下に出ると、兵馬之介は先ほどの若党を呼んだ。

「美濃、美濃、おるか」

軽やかな足音とともに美濃が現れ、膝をつく。隙のない身ごなしだった。この男も闇と繋がっているのだろうか。ふっと考える。

「馬を引き出せ。二頭だ」

「畏《かしこ》まりました」

美濃がやはり無駄も隙も無い動作で走り去る。

「父上、二頭とは、まさか」

「着替えてくる。おまえは、馬が整い次第正力町に行け。わしは先に島崖に参る」

「しかし、父上、それはあまりに無謀です。父上の正体が見破られるやもしれませんぞ」

くすっ。兵馬之介が笑った。若い屈託のない笑みだ。

「おまえに無謀だと諭されるとは思わなんだな。よい、父のことはかまうな。わしにはわしなりの生き方も世を処するやり方もある。それに、おまえに万が一のことがあれば依子にどれほど恨まれるか。わしはあれから城之介を奪った。この上、おまえまで……」

兵馬之介の口元が引き締まる。

「行け。後で会おう」

父の背中が遠ざかる。遠ざかった先には巴が待っている。何もかもを知り、受け止め、腹に子を宿した女人はどんな想いで男を送り出すのか。

馬のいななきが聞こえた。

「若さま、ご用意整いましてございます」

美濃が告げる。新吾は庭に飛び降りた。

「あ？　どうした、新吾」

入り口の戸を開けるのももどかしく、間宮の家に飛び込んだ新吾への、それが弘太郎の第一声だった。

「早かったな。親父どのとは話ができたのか」

「八千代どのと菊沙どのは？」

六畳の一間には弘太郎一人しかいなかった。

おい、まさか。

「あら、鳥羽さま。お帰りなさいまし」

台所と六畳間を隔てる障子が開いて、菊沙の顔が覗《のぞ》いた。

「丁度よかった。もうすぐ夕餉《ゆうげ》ができますから召し上がってくださいな。お茄子《なす》が……。鳥羽さま？　どうかなさいましたか」

「八千代どのはどこに？」

「はい、ここに」

菊沙の後ろから、八千代が現れる。

安堵の息を漏らしていた。

よかった、みんな無事だ。

「新吾、本当にどうしたんだ。なんでそんなに怖い顔をしている」

「弘太郎。八千代どのの家には近寄ってないな」

「ああ、誰もここから出ていない。菊沙がさっき茄子を採りに裏の畑に出たくらいだ。それもすぐに帰ってきた」

「変わったことはなかったか。いつもと違う気配とか物音とか」

弘太郎が首を振った。

「いや、別に何もなかったが……。なあ」

八千代は頷いたけれど、菊沙は眉《まゆ》を寄せた。

「そういえば、犬が吠《ほ》えました」

「犬が？」

「はい。四半刻《しはんとき》ほど前です。たぶん、高池さまのところの月丸《つきまる》だろうと思うのですが、けっこう激しく吠えていました。このあたり、時々鹿や狸が出るので、そのせいでしょうけれど」

「高池というのは、八千代どのの家の斜向《はすむ》かいだったか」

「そうです」

八千代は答えた後、不安げに弘太郎を見た。

「弘太郎、手燭《てしょく》があるか」

「ある。しかも、立派な蠟燭《ろうそく》が揃ってる。鎌野屋の主人からの付け届けだ。蠟燭問屋だからな、まさに売るほどあるというわけさ」

「兄上ったら、今、鎌野屋さんは関わりないでしょ」

菊沙の頰が少し赤らんで、可憐《かれん》な風情が漂う。しかし、その風情はすぐにきびきびした口調に取って代わられた。

「手燭ですね。すぐに持って参ります」

菊沙は二台の手燭を用意した。どちらも古くありふれた物だが、蠟燭は確かに立派なものだ。鳥羽の家でも使わない大きさだ。周りが一度に明るくなる。

「菊沙どのと八千代どのは裏庭にいてもらえますか。合図をしたら、この手燭を持ってきてください。わたしと弘太郎は、八千代どのの家を見に行ってきます。弘太郎」

「わかった」

弘太郎が身軽に腰を上げる。

空には月が出ていた。おかげで闇は漆黒ではなかった。

小川沿いの細道を足音を忍ばせ、室石家の裏口まで歩く。耳を澄まし、全身で気配を嗅《か》ぎ取ろうとしたが、何も伝わってこなかった。

そっと戸を開け、一歩、踏み込む。やはり何の気配もしなかった。人はおろか鼠一匹、いないようだ。気配はない。しかし、どこかが引っ掛かる。どこかが……。闇に目を凝らし、息が詰まりそうになった。傍らの弘太郎の気息も乱れている。

「菊沙、八千代」

弘太郎が手を振る。すぐに、菊沙と八千代が駆け寄ってきた。

「手燭を貸せ。早く」

妹からひったくった手燭を弘太郎は、高く掲げた。新吾も八千代から渡された小灯《ことぼし》を手に中に入る。

弘太郎が棒立ちになっている。

「新吾、これは……」

唸《うな》るしかできなかった。明かりに照らし出された光景に言葉を失う。「まあっ」菊沙と八千代もその場に立ち竦《すく》んだ。

室石家の中は凄《すさ》まじい有様になっていた。

畳は全て裏返され、ずたずたに裂かれている。襖《ふすま》もだ。仏壇は倒され、障子は外されていた。そのせいで丸見えになっている台所の荒らされ方も尋常ではない。鍋《なべ》も釜《かま》も放り投げられ、竈《かまど》の灰は掻《か》き出されて一面に広がっている。隣の小間も同じような惨状だった。

弘太郎と顔を見合わせる。手燭を持つ手が震えるようだ。

何者かが、八千代を突き止めた。金の袋の在処を突き止めたのだ。そして、ここに来た。

恐ろしいのは誰も気が付かなかったことだ。犬以外、人はまるで感付かなかった。弘太郎も、菊沙も、八千代も、高池家の人々も、他の組屋敷の住人も。

闇の中で気取られることなくこれだけの狼藉《ろうぜき》を行える。草屈の仕業なのか間狩者の所業なのか判じられないが、その容赦なさにも手際の良さにも背筋が冷えていく。

八千代がよろめいた。その場に膝をつく。

「わたしは……、わたしは……」

身体が震えた。弘太郎より先に菊沙が抱き起こした。八千代は震え続けている。

「鳥羽さまの忠告がなかったら……、あのまま、ここにいたら……。わたしも母も妹も……殺されていたのでしょうか」

「おそらくな」

弘太郎が妙に掠れた声で答えた。

「おまえに金の在処を白状させ、その後は……」

八千代が弘太郎に縋《すが》りついた。

「怖い。怖うございます。わたしは、とんでもないことを仕出かしてしまいました。どうしたら、どうしたら……」

新吾は深く息を吐いた。

「大丈夫です。やつらが二度とここに来ないよう手を打ちます。ご安心ください」

「やつらとは誰だ。おまえ、知っているのか」

弘太郎の声音はまだ掠れていた。

「わからん。はっきりしないことばかりだ。だが今は、あれこれ思いあぐねているときではない」

「おい、待て。どこに行くんだ」

身をひるがえそうとした新吾の腕を弘太郎が摑む。

「島崖だ。栄太のことが気になる」

「おれも行くぞ」

「おまえはここにいろ。万が一、賊が戻ってきたときのことを考えろ。菊沙どのと八千代どのの傍にいて、守れ」

「わたしどもなら、大丈夫です」

菊沙がきっぱりと言い切った。

「室石の家に賊が入ったと、今から組屋敷の方々に報せます。物取りということにすればよろしいでしょう。八千代さまたちは、たまたま我が家にきていて無事だったと。そこのところは、いかようにも誤魔化せますから。ね、八千代さま」

「はい」

八千代が首肯する。怖気《おじけ》と必死に戦っているのか、頬に血の気はない。それでも、口調はしっかりしていた。

「醜態をお見せして恥ずかしゅうございます。が、菊沙さまの言われたとおりご心配いりません。組屋敷のみなさまにお力をかります」

「蠟燭をみなさんに配ります。明々と灯をともして、怪しい輩など二度と寄せ付けません」

菊沙が胸を張る。弘太郎がにやりと笑った。

「ということだ。うちの女子衆は頼りになる。新吾、いいな」

「わかった。馬に乗れ。島崖まで一気に駆ける」

「おうよ」


父から借りた鹿毛《かげ》は見事な脚を持っていた。新吾と弘太郎を乗せ、夜空の下を疾走する。

「見張られていた？」

背後で弘太郎が声を張る。耳元を過ぎる風の音に掻き消されないためだ。そうだと新吾も大声を出す。

「組屋敷は見張られていたのだ。おれは、跡をつけられた。何とか撒《ま》きはしたがな」

「それは、あの金の行方を捜すためだな。おまえが組屋敷を出たときには、まだ、八千代のことは知られていなかったってことか。だから、組屋敷を出入りする者を見張っていた。おまえは形《なり》からしても明らかに普請方とは違うし、目をつけられたのか」

「そうだと思う。八千代どのが金を使ったことが伝わったのは、おれが組屋敷を出た後だ。そして、やつらはすぐに動いた」

「あまりに早いな」

弘太郎が唸った。

「並の動きじゃないぞ。気配を感じさせず家内を荒らすやり口といい、ただの押し込みの仕事じゃない。いったい、〝やつら〟とは何者なんだ。おまえ、知っているのか」

「……はっきりとはわからん」

何度も呟いた台詞《せりふ》をもう一度呟く。

「では、何がわかっている。話せ」

新吾は唇を嚙む。

何も話せない。話せば、父の正体をさらすことになる。自分の将来に向き合うことになる。今はまだ、無理だ。

「話せないのか」

「すまん」

「ということは、政が絡んでいるんだな」

弘太郎が息を吐き出す。

「おれにはややこしい話はわからん。だが、政というものがときに非情に、ときに容赦なくおれたちを食い物にするぐらいは感付いている。政争がからめば、なおのことだ。瀬島たちが死んだのも、政の闇に吞み込まれ、食われたからだ。おれたちは決して安穏な場所で誰かに守られて生きているわけじゃない。だろ？」

「弘太郎、何が言いたいんだ」

「ここにもあそこにも危うい穴は開いているってことだ。八千代はその内の一つに落ちそうになった。それをおまえが救ってくれた。〝やつら〟から守ってくれた」

「そんな大仰な言い方はよせ」

「大仰じゃない、事実だ。おまえのおかげで、八千代は食われずにすんだのだ。だから、今度はおれが守る」

弘太郎の声音に力がこもる。

「おまえも栄太も、政の闇に呑み込ませたりしない」

嘘ではない。弘太郎は本当に、命を懸けても新吾と栄太を守り切るつもりだ。

「はっ！」

鹿毛の腹を蹴《け》る。

「う、うわっ。危ない。し、尻《しり》が鞍《くら》からはみ出てるんだ」

「知るか。もっと走らすぞ。ちゃんと摑まってろよ」

「わ、わかった。けど新吾、栄太は窮地に陥っているのか。命が危ういようなところまで追い込まれているのか」

「それも、わからん。ただ、ただ……」

ただ、あの金の一袋を彦佐がどこで探し当てたかだ。島崖のどこか、丸貫山のどこかであるならば、あれ以外の金が隠されている見込みはある。十分にある。そこに思い至ったとき、肌が粟立《あわだ》った。草屈、間狩者の暗躍にばかり気を取られていたが、それとは別の動きもあるのではないか。かつての城主の隠し金、埋蔵された宝、莫大《ばくだい》な富。そこに手を伸ばそうとする者がいてもおかしくない。父は、城内は一枚岩ではないと言った。政の刷新は遅々として進まず、権柄を巡っての小競り合いが続いていると告げたのだ。

弘太郎の言う通りだ。政は闇の顔を持つ。化け物の顔だ。そいつらは、金の隠し場所を求めて唸りを上げ、牙《きば》を剝《む》き、人を食らう。化け物が栄太を食らおうとして……。

駆けろ、駆けろ、もっと速く。

鹿毛の口から唾が泡になって流れる。風にさらわれて飛んでいく。

すまん、もう少し、もう少し速く、頼む。

月明かりの下、新吾は憑《つ》かれたように鞭《むち》を振るった。


島崖には、山裾《やますそ》にへばりついて幾つかの集落が点在している。それらを全て合わせて島崖村と呼んでいた。地味の瘦《や》せた荒れ地が広がり、米はほとんど育たない。石久の中で最も貧しい場所だった。

途中、畑仕事からの帰りらしい百姓に丸貫山とそこに建つ寺の場所を尋ねた。男はこの時刻まで働き詰めていたらしい。草臥《くたび》れ切った顔をしていた。

「お侍さま、あんな荒れ寺に行きなさるのか。もう、お月さまが上ってるちゅうに」

「いろいろ仔細《しさい》あってな。この道を真っ直ぐに行けばよいのだな」

「そうだがよ。他に馬が通れるような道はねえで。気を付けなされまいで。あの寺、出るっちゅう噂があるでよ。人魂《ひとだま》がふわふわ飛んどるのを見た者もおるで」

「わかった。かたじけない」

礼もそこそこに赤茶けた道を走る。その道はすぐに山に突き当たり、雑木林の中に消えた。他に馬が通れる道はないと男は言ったが、これも大半は草に覆われ雑木の枝が被《かぶ》さり、とても馬で行ける道ではなかった。茂った葉に遮られ月の光もほとんど差し込まない。

「弱ったな。どう進めばいいんだ」

手綱を握り締めたとき、鹿毛が耳をひくつかせた。頭を二度ほど振ると、確かな足取りで歩き出す。

「え？　おまえ、道がわかっているのか」

「ほんとうか？　さすがに鳥羽家の馬だけのことはある」

馬の脚が草を踏みしめる音が響く。林の奥深く、梟《ふくろう》が鳴く。

雑木林が途切れ、草地に出た。

葦毛《あしげ》の馬が一頭、月の光を浴びて草を食《は》んでいた。鹿毛は寄り添い鼻面を押し付ける。

葦毛の尾が左右に振られた。

「おまえら夫婦か？　好き合った仲なのか？　互いを呼び合うとは洒落《しゃれ》たことをするではないか。まあ、おかげで林を抜けることができた。馬の恋慕も侮れんな」

弘太郎が鹿毛の首筋を撫《な》でる。

「新吾、この葦毛は鳥羽さまの？」

「ああ、父上の馬だ」

「ということは鳥羽さまはここで馬を下りて、廃寺に向かわれたと」

弘太郎は最後まで言えなかった。新吾たちが通ったのとは反対側の雑木林、その一角に火の手があがったのだ。斜面になっているのか、炎は闇に浮かび上がって見えた。

新吾は炎に向かって走った。

木々の間から、鳥が飛び立つ。夜空の暗さに惑うのか、炎の熱に怯えるのか、激しく鳴き騒ぐ。

斜面はやはりかなりの急勾配《きゅうこうばい》になっていた。一気に駆け上がろうとしたけれど、足が縺れた。前のめりになった身体が空で止まる。弘太郎が腕を摑んでくれたのだ。

「逸《はや》るな、と言っても無理だろうが、やはり逸るなよ、新吾」

「うむ」

熱を孕《はら》んだ風が過ぎていく。頭上の枝がざわりと揺れた。

渾身《こんしん》の力で木々の間を、草の間を駆け上る。駆け上がったのとほとんど同時に、建物の崩れ落ちる音が響いた。

炎が命宿る何物かの如く蠢き、捩《よじ》れ、縺れる。その炎に照らされて、刃が光った。

「父上」

兵馬之介が斬り結んでいる。相手は大柄な男で短袴《たんこ》も筒袖《つつそで》の上着も黒い。闇に紛れるには都合がよいだろうが、明かりに照らし出されてしまえば妙に目立つ。

し、

新吾は柄《つか》に手を掛け、前に出た。

兵馬之介が束《つか》の間、息子に目を向けた。それを隙と捉えたか、男の刃が一閃《いっせん》する。しか

「ぐわっ」

叫びを上げたのは男の方だった。瞬息早く、兵馬之介の一撃が脇腹を抉《えぐ》っていたのだ。

血が四方に飛ぶ。

二、三歩よろめき、男はくるりと身体を回した。他人をからかっているような動作だ。

が、そのまま地面に倒れ、僅かの間、四肢を震わせた後動かなくなった。

兵馬之介が片膝をつく。

「父上」

「……新吾か」

兵馬之介は汗にしとど濡れていた。息も荒い。右腕に血が伝い、滴っていた。

「父上、傷を負われましたか」

「案じるな。掠り傷だ」

「栄太は、どこにおります」

身を乗り出して問うていた。喉も口中もからからに乾いている。

「わからぬ。わしが着いたときは既に……争いが始まっていた」

「栄太たちに、この男らが襲い掛かったのですか」

悲鳴が響いた。弘太郎が駆け出す。新吾も後を追おうとした。

「新吾」

兵馬之介の手が肩を摑む。血が臭った。

「気をつけろ。こやつら、思っていた以上の手練《てだ》れだ。無闇に相手にしてはならんぞ。できれば、このまま」

去れの一言を兵馬之介は嚙み殺したようだ。

このまま去る。できるわけがなかった。

「無茶はいたしません。ご安心を」

口先だけの約定を残し、弘太郎に続く。

「新吾！」

父の呼び声にも振り向かなかった。

燃える本堂と思《おぼ》しき建物を回り込むと、弘太郎が、黒装束の男と向かい合っていた。弘太郎は正眼に男は上段に構えている。二間ほど離れた地面には人がうつ伏せに倒れていた。

「弘太郎」

近づこうとした瞬間、足が止まった。とっさに身を引いた新吾の足元に小柄が突き刺さった。同時に、殺気が覆い被さってくる。考えている暇はなかった。地を蹴り、横に跳ぶ。

鞘《さや》を払い殺気に向かって、一太刀を振るう。

手応《てごた》えがあった。

いる。

人の肉の手応えだ。初めて知る応えだった。

声もなく、男が転がる。が、腕を押さえすぐに立ち上がった。やはり黒一色の形をしている。

覆面をしているので、表情はまったく読み取れない。

こいつは草屈なのか間狩者なのか、それとも別の刺客なのか。

新吾は切っ先を下げ、柄を握り込んだ。

さっきの一振は男の腕を抉ったらしい。けれど、男の次の攻撃を避け、反撃できるかどうかは定かではない。

男たちは修羅場に慣れている。どう戦い、どう殺すか熟知しているのだ。その証のように、男からは焦りも狼狽《うろた》えも伝わってこなかった。腰を落とし、構える。

相手が誰であろうと勝たねばならない。でなければ、栄太のところまで行きつけない。

背後から熱風が吹き付けてきた。

炎が寺を呑みつくす。山裾の村から半鐘と板木の音が響いてくる。

男が地を蹴った。上段からの一撃が振り下ろされる。

不意に薫風館剣術教授方助手、野田村東鉉の剣を思い出す。石久随一の剣士と称される東鉉も上段の構えからの素早い攻めを得手としていた。稽古《けいこ》で幾度となく師の剣を受け、ときに弾《はじ》き飛ばされ、ときにしたたかに打たれた。

「腰を据えろ。目を開いて見ろ。相手の動きに息を合わせろ。剛に対するのは柔だ」

今、耳にしている如く鮮やかに声が響く。

新吾は膝を曲げ、両足を広げ、地を踏みしめた。男の剣筋が見える。一撃を受け、溜《た》めた力を使い弾き返す。男がよろめいた。懐にできた隙に向かい一太刀を放つ。よけようと身を捩った男はしかし、よけ切れなかった。右腕から血がし吹く。

半鐘、板木の音がさらに大きくなった。

人が来る。

男がするすると退いた。闇と一つになり、姿を隠す。その闇の中で指笛が鳴った。ただ一度、長く尾を引いて夜空に響く。そして、気配は消えた。殺気も息遣いもきれいに拭《ぬぐ》われてしまう。

「弘太郎」

刀を納め呼ぶと、弘太郎が振り向いて力なく笑った。兵馬之介同様に汗みずくになっている。

「無事か」

「ああ、大丈夫だ。危なかったがな、あっちから逃げてくれた」

火の粉がとんでくる。不意に頬に水が滴った。天を見上げる。

いつの間にか雲が広がり、さっきまでの月空を一変させていた。

「おい、しっかりしろ」

ぽつりぽつりと落ちてくる雨粒の下で、新吾は倒れていた男を抱え起こした。弘太郎が腰を屈《かが》める。

「黒装束の男と斬り合っていた。おそらく、栄太たちに同行していた武士の一人だろう」

「おい、おい、しっかりしろ」

新吾は懐から竹筒を取り出した。組屋敷を出る間際、菊沙が渡してくれたものだ。

「水だ。飲めるか」

男の口に注ぐ。僅かに唇が動いた。

「ううっ……」

「気が付いたか。頼む、聞かせてくれ。栄太は、栄太はどこにいる」

「う……」

「寺島どのか、それとも」

小畑どのかと問う前に、男が頷いた。

「……安五郎が裏切った。あいつは……誰かの回し者で……、金を見つけたとたん……仲間を引き入れて……」

寺島があえぐ。口の中も血に塗《まみ》れていた。その口が横に広がる。にやりと笑ったのだ。

「おれが……斬ってやった。裏切者を成敗して……」

「待て、金を見つけたって？　本当にそんな物があったのか」

「……やっと見つけた。寺の中に……」

「寺の中だと」

火の粉が飛んでくる。熱風に煽《あお》られ木立がざわめく。熱い、逃げたい、熱い、逃げたいと身悶《みもだ》えしているようだ。

寺島を抱えて、燃える寺から遠ざかる。寺島は肩口を深々と裂かれていた。助かる傷ではない。

「栄太はどこにいるんだ。まさか、まさか、寺の中ではあるまいな」

「逃げた……はずだ……百姓などどうなろうと……かまわぬ。はは、寺に火をつけてやった。みんな……燃える。小畑も……死んだ。賊と相打ち……」

「どこに逃げたんだ。栄太はどこに」

「み……ず」

「何だと」

「水を……く……れ」

弘太郎が口の中に水を注ぐ。唇の端から、血に汚れた滴りとなり零《こぼ》れてしまう。ほんの僅かに、寺島の喉元が動いた。

「甘露」

それが最期の一言だった。寺島は白目を剝き、こと切れた。草の上に横たえ瞼《まぶた》を閉じさせはしたけれど、悼む暇はなかった。

栄太はどこだ、どこにいる？　無事に逃げおおせたのか？

「新吾、ここ道ができてないか」

弘太郎が地面を指差す。炎の明かりを頼りに目を凝らす。

「草が倒れている、か」

「な、そう見えるだろう。栄太たちはここを逃げたのかもしれん。行ってみよう」

弘太郎が懐から蠟燭を摑みだすと、転がってきた焼け板から火を取る。それを枝に差し込んだ。蠟燭も菊沙が持たしてくれた物だ。

先に立って、弘太郎は草を掻き分け進み出した。栄太が本当にここを通ったのか定かではない。何の拠り所もないのだ。しかし、前へと進む弘太郎の気持ちはわかる。何かせずにはいられないのだ。あの炎の中に栄太はいない。斬殺もされていない。逃げ延びて、どこかに無事でいると確かめたい。そのために歩く。進む。捜す。それしかできない。

どれくらい歩いただろう。時折、月が覗く。かと思えば、ぱらぱらと雨が落ちてくる。その雨は落ちてくるたびに強さを増していると感じられた。間もなく、本降りになるかもしれない。

「さすが極上の蠟燭だな。ちっとやそっとじゃ、びくともしない。炎が真っ直ぐに上がって、明るいぞ」

弘太郎が妙に軽い口調で言った。軽く物を言わなければ、不安に圧《お》し潰されてしまうからだ。新吾も軽やかに受けたかったけれど、相槌《あいづち》一つ打てなかった。

いいのか？　本当に、この道でいいのか？　おれたちは的外れな場所を歩いているだけじゃないのか？　こうしている間にも、栄太に危機が迫っているのではないのか？

弘太郎が立ち止まる。急だったのであやうく背中にぶつかりそうになった。弘太郎が呟く。

「道が……ない」

「なんだと」

弘太郎が蠟燭を円を描くように回した。数歩前は道どころか林も草地も途切れている。深い崖《がけ》になっているようだ。

「下は涸沢《からさわ》のようだな。よくわからんが」

「ここから先には行けないってことか」

「……うむ。引き返すしかない」

「引き返す……」

引き返してどうする。次はどこを捜すのだ。手立てがあるのか。

脚から力が抜けて、しゃがみ込みそうになる。しゃがみ込みはしなかったが雑木にもたれかかってしまった。勝手にため息が零れる。

どうしたらいいんだ、どうしたら。

がさっ。音がした。藪《やぶ》が動いた音だ。

まさか。

「弘太郎、蠟燭を」

「おうっ」

音のする方向に蠟燭を向ける。黒い小さな影が藪に飛び込むところだった。

「人じゃない。狸だ」

弘太郎も息を吐き出し、雑木に背中を預けた。

「狐狸《こり》の類《たぐい》じゃ、どうにもならんな。ほんとにどうにも、ならん」

「弘太郎、もっと照らせ」

「うん？」

「狸のいたところだ。白いものが見えないか」

「白いもの？」

「そうだ、狸も口に白い何かをくわえてたぞ。その欠片《かけら》が落ちた」

「え？　え？　鳥でもくわえてたんじゃないのか」

弘太郎が蠟燭をかざした。そして、叫んだ。

「飯粒だ」

草の上に飯粒の小さな塊が落ちている。

「あいつ、これを食ってたんだな。けど、何でこんな山中に飯粒が落ちてるんだ。しかも、白飯だぞ。稗《ひえ》も粟も入っていない」

「弘太郎、照らせ。この先を照らすんだ」

「お、おう」

緩やかな上がり斜面に歩を進めると、すぐに白い塊が落ちていた。やはり、混ざり物のない白飯だ。

「母上の握り飯だ」

「え、依子さまの？　あ、栄太に持たせたやつか」

「そうだ。夕飯の代わりにと母上が握ったものだ」

「おい、てことは」

弘太郎の双眸《そうぼう》が輝いた。

「ああ、目印だ。栄太はちゃんと目印を残していったんだ。弘太郎、栄太は生きてるぞ。生きて助けを待っている」

「おう、そうだ、間違いない。この道を急ごう」

新吾は脚に力を込め、草を踏みしめた。踏みしめ、歩く。走れないのがもどかしい。それでも、栄太を救うことに一歩ずつ近づいているのだと自分を宥《なだ》め、落ち着けと言い聞かす。

雨が強くなった。もう、月は雲の向こう側だ。

「くそっ、蠟燭が消えちまう。それに飯粒はもう見当たらないぞ」

木の枝に、苔《こけ》むした石の上に、草の葉にあった白飯の塊が、ぷつりと見えなくなった。

「狐や狸に食われちまったのか」

「それとも、握り飯がなくなったかだ」

「どうする、新吾。目印が消えてしまったらお手上げだぞ」

「叫ぶ」

「大声で、栄太を呼ぶんだ」

「は？」

口を両手で囲み、腹の底から叫ぶ。

「栄太ぁっ、栄太ぁっ、どこにいる」

「栄太、返事しろ」

弘太郎も声を張り上げた。その後、げほげほと咳《せ》き込む。

「くそっ。えいたーっ。えいたーっ」

羽音がした。大きな鳥が飛び立つ。何の鳥かは判別できなかった。

「えいたーっ、返事してくれーっ」

喉が破れるほど力を込めて、新吾は叫び続けた。

「おい、待て」

弘太郎が大きく横に手を振った。

「新吾、聞こえないか」

「え？」

耳を澄ます。ただひたすら耳を澄ます。

「鳥羽さん、間宮さん」

息が詰まった。身体の中を雷が走った気がした。

「栄太っ」

「鳥羽さん、間宮さん」

雑木の間から、栄太が転がり出てくる。起き上がるとすぐに、駆け寄って新吾にしがみついてきた。

「やっぱり、やっぱり来てくれた。来てくれるとわかっていました」

「栄太、無事だったんだな。よく、よく生きていてくれたな」

「わかってたんです。我慢していればお二人が来てくれる、必ず来てくれるってわかっていたから……」

栄太がこぶしで涙を拭《ふ》いた。

「ほんとに……ほんとに、来てくれて……。鳥羽さん、間宮さん、ありがと……ありがとうございます」

「馬鹿、泣くな。来るのが当たり前だろう。立場が逆ならおまえだって同じことをしたはずだ」

「はい……」

栄太は洟《はな》をすすり上げ、頷いた。頬にも額にも擦り傷ができて紅色の血を滲ませていた。

「大きな怪我はないのか」

「大丈夫です。擦り傷ていどです。この上に、小さな岩穴があってそこに隠れていました」

「そうか。よく……生き延びられたな」

「小畑さまと寺島さまが、敵を食い止めてくれたのです。あ、寺島さまたちは……」

「亡くなった」

栄太の頰の傷がひくりと動いた。

「安五郎という山師が裏切ったというのは本当か。寺島どのが最後に言い残したが」

「はい。そのようです。わたしにはよく、わかりません。安五郎さんは、どうも執政のどなたかと繫がっていたようで……おそらく、見つかり次第仲間に報せる手筈《てはず》だったのでしょう。その方は何としても、これを手に入れたかったもようです」

栄太が懐から取り出した袋に、新吾は声を上げた。彦佐のものより一回り小さいけれどよく似ている。中身を確かめ、さらに唸ってしまった。

「栄太、おまえ、どうやってこれを手に入れたのだ」

「安五郎さんから、寺島さんたちが探しているのはどうやら、袋に入った大量の砂金のようだと打ち明けられたのです。安五郎さんは山師として、山内に人の手で造られたと思われる場所はないか、それを探せと命じられたそうです」

弘太郎が片手で蠟燭の炎を守りながら、問うた。

「人の手でって、例えば奇妙な盛り上がりとか洞窟《どうくつ》とかか」

「そうです。ただ、寺島さまと小畑さまの話から、どなたかが丸貫山に隠した大量の金を探していることを薄々ですが感付いて、わたしが江戸へと発つのを潮に話してくれたのです。今思えば、安五郎さんは端《はな》から砂金のことを知っていたのでしょう。城のどなたかと繋がり、その方は金を独り占めしようとした」

「大量の金が手に入れば政争に勝ち残る見込みは大きくなるから、か。おれでもわかるが納得はいかんな」

弘太郎が小さく唸る。新吾も同じ想いに唸りそうになっていた。

納得できない。あの男たちも安五郎という山師も重臣の手の内の者だとしたら、その重臣は金と引替えに人の命が失なわれることを僅かも考えなかったのか。公儀、草屈、間狩者、城主、重臣。それぞれの思惑や欲望が綯《ない》交《ま》ぜとなり異形の怪物を生み出しているようだ。息も言葉も閊《つか》える。耳朶に栄太の声が触れた。それで、少し息が吐けた。

「安五郎さんの話を聞いたとき、変だなと思いました。誰が隠したにしろ、金なら後々取り出す意はあったはずです。隠しっぱなしなんて考えられないでしょう。戦のためとか、ほとぼりが冷めてから取り出して好きに使うためとか……」

栄太は憑かれた如くしゃべった。自分の知っている全てを吐き出すつもりなのだ。声音が高く、引き攣《つ》れていく。

「なのに、丸貫山のような道もない、上り下りすら至難な場所に、島崖の者でさえ近づかない剣呑な山にそんな宝を隠すだろうかと。寺島さまたちは、いえ、島崖の村人以外は丸貫山がどんな山か知らなかったのです。当たり前のことですが、興味を持つ人などいるわけがないのですから」

「それを安五郎と寺島どのたちに伝えたのか」

「はい。宝が丸貫山にあるのなら、あの廃寺が隠し場所に適しているとも申し上げました。丸貫山にある、たった一つの建物ですから」

「で……これを見つけたのだな」

「それともう一つ、見つけました。それは、ご本尊の台座の中にありました。ご本尊そのものはとっくになくなっていましたが。もう一つは床下の箱の中から出てきました。探せば、もっと出てきたかもしれません。でも、探している最中に賊が……」

「安五郎の手引きで、金を奪うために襲ってきた」

「ええ、それから後はよく覚えていないんです。必死に逃げました。前に入ったときここに岩穴があったのを覚えていてともかくそこに逃げ込みました。道々、握り飯を撒いたのは道標《みちしるべ》のつもりでした。狸や鳥が食ってしまう前にお二人が来てくれると信じて……」

「泣くなって」

「すみません。でも、涙が止まらないんです。どうしても……止まらなくて」

栄太がむせび泣く。弘太郎がその背中を軽く叩いた。生と死のはざまで張り詰めていた栄太の心が泣くことをしゃべり続けることを欲しているのだ。それで、何とか気持ちを緩めようとしている。

「でも、でも……やっぱり……宝は丸貫山にあったのです」

涙で声を詰まらせながら、栄太が呟いた。声音がいつもの栄太に戻っている。

「え？　宝が？」

「はい。丸貫山は確かに宝の山になります」

涙で濡れた顔を上げ、栄太が告げる。口元に笑みが浮かんだ。

いつもの栄太の口調と笑顔だった。

雨脚がさらに強くなる。

蠟燭が消えた。

漆黒の闇の中で、栄太はさらに呟いた。

「生きて、学んで、必ずこの山の宝を掘り出してみせます」


雨が去ると、季節は一足前に進んだようだ。

日差しは猛々《たけだけ》しさを増してはいるが、日の暮れがほんの僅か早くなった気がする。

新吾は父の前に金の袋を置いた。栄太から託されたものだ。

栄太は今朝、江戸に向かった。

「これが本当に伊忠さまの隠し金なのかどうかわかりませぬが、あの寺に幾つか隠してあったのは事実です。沖永家の紋入りの袋に入れられて、です」

兵馬之介は脇息《きょうそく》にもたれていた。肩から腕にかけて、晒《さらし》がきっちりと巻かれている。その視線は袋にでも息子にでもなく、開け放した障子の向こうにある光景に向けられていた。

落合町の屋敷の中庭には、紅葉が植えられ、少しずつ色を変えようとしていた。

「ただ、そうたいした数ではなかろうと思われます。栄太たちが探しても見つけたのは二袋でしたから。幕府転覆のための軍資金としてはあまりに少なすぎます。むしろ、何者かが城の金庫から密《ひそ》かに盗んだ金をあの廃寺に隠していたと考える方が、事実に合っているのではありませんか。その何者かが事実が白日の下にさらされるのを恐れて刺客を放ったのか、あるいは隠し金の噂に踊らされての悪行なのかどうか、わたしには謎のままです」

「ふむ」と兵馬之介は、相槌を一つ、打った。それだけだった。何も言わない。

「父上、廃寺を襲ったのは草屈でも間狩者でもないのですね」

「おまえはそう思うのか」

兵馬之介がゆるりとした口調で問い返してくる。

「思います」

「なぜ」

「役目ではないからです。石久の領内を探るのが草屈、それを見つけ出し、処するのが間狩者の役目。そこに金を奪うの手に入れるのという事柄は入ってこない。父上、あの刺客を放ったのは誰なのです。重臣の一人なのでしょうか。父上はご存じなのでしょうか」

「知らぬ」

「それを明らかにするのも、父上のお役目になるのですか」

すいっと目の前を蜻蛉《とんぼ》が過った。障子に当たり、一度乾いた音をたてたがすぐに外へと飛んでいく。もがいていた蛾とは比べ物にならない滑らかな動きだ。

刺客の正体を自分が知ることはないのだろうと、思う。廃寺に散った二人の武士の真像もわからぬままだ。新吾は幕府の意を受けて動いていたと推すけれど、推量は推量に過ぎず、何も明らかにしない。

この世には光の当たらぬ者が、闇に閉ざされたまま生き死んでいく者が、こんなにも多く蠢いているのだ。

「寺は焼け落ちました」

事実をあえて告げる。焼けてしまえば金は金でなくなるのか。それとも、変わらず黄金色に輝いて、人を惑わすのだろうか。

わからない。わからないことだらけだ。

「父上、お伝えしたいことがございます。栄太が言うておりました。丸貫山は宝の山になると」

「うむ？」

「栄太は一度だけ無理やり山に入らされたそうです。そのとき、たまたま、中腹あたりに水源を見つけたとか。山の沢は涸沢ですが、かつて流れていた水が何かをきっかけに地下にもぐってしまったらしいのです。その水をもう一度、地上に出すことができれば、島崖一帯の荒蕪地《こうぶち》は豊かな田畑としてよみがえります。新田開発も夢でなくなるのです」

鳥羽さん、必ず丸貫山を宝の山にしてみせます。あの山の力を借りて、豊かな実りを生み出してみせます。

栄太の志をこめた一言だった。摑んだ夢を幻に終わらせない強い志だ。それを残し、朝まだき、栄太は旅立っていった。

「父上、このことを上の方々にお伝えくださいませ。あらぬ噂に振り回されるよりも、現の実りを見ていただきたいのです」

頭を下げる。

「それを言いたくて、ここに来たのか、新吾」

「もう一つございます」

顔を上げ、息を整える。

「薫風館をお守りください」

僅かに父ににじり寄る。

「郷校としてあるように、守っていただきたいのです」

兵馬之介が眉を寄せた。その顔のまま、横を向く。

「薫風館を政に巻き込まないでください。公儀がどうあろうと、城がどうあろうと薫風館は学びの場そのものでなければならないのです」

丹田に力を込め続ける。

「父上、繰り返します。薫風館は学びの場です。政の闇とは関わりございません。いや、関わらぬようにせねばならぬのです。わたしが、そのように働きます」

「なに？」

「学び、薫風館の教授方となり、あの郷校から政の闇を一掃いたします。草屈も間狩者も一人として許さない。薫風館を汚させませぬ」

　ふっと、兵馬之介が息を吐いた。

「それが、おまえの選んだ道か」

「そうです」

　定めを己の手で拓《ひら》く。

　誰も裏切らず、殺さず、民のためとなる学問に励む。それこそが、薫風館の生み出す宝だ。

　おれは薫風館の宝になる。

「新吾」

「はい」

「ここにはもう来るな」

「え？」

「わしと巴は間もなく屋敷を移る。もう、おまえたち、おまえにも依子にも二度と逢わぬ」

「え……え、父上、それは」

「おまえは鳥羽の家を継げ。継いだ上で将来《さき》を考えろ。おまえは光の下で生きればいい。わしの役目は巴の子が継ぐ」

　一瞬、声が出なかった。口の中に苦い唾が広がる。

「巴どののお子は、男子なのですか。そんなことがわかるのですか」

「女子だろうが男子だろうが、役目は果たせる。現に巴は、そうして生きてきた」

眦《まなじり》が吊《つ》り上がったのがわかった。苦みが強くなる。

「……父上、まさか、まさか巴どののご実家も鳥羽家と同じ……」

それなら、巴が薫風館に出入りするのも頷ける。しかし、頷いていいのか。そういう繋がりがあるのか。

「六佐衛門は何も知らぬ。あれは、根っからの石久の武士だ。しかし、木崎家には裏の顔があった。それを巴が担ってきたのだ。それだけのことだ」

それだけのこと？　それだけのことで済ませられるのか。

「去《い》ね」

兵馬之介が命じる。

「おまえはおまえの道を行くがよい。父はそれを許す」

「父上……」

「行くがいい。もう、ここには来るな。来ても無駄だ」

兵馬之介は立ち上がると、隣の室《へや》に消えた。

新吾は一人、残される。

廊下に出る。巴が座っていた。

「巴どの」

「新吾さま。お許しください」

巴は指をつき、深々と頭を下げた。

「いずれはこの身を始末して、兵馬之介さまをお返しするつもりでした。けれど、今はそれも叶《かな》いませぬ。どうかお許しを」

「あなたはそれでいいのですか」

自分で驚くほどの大声を発していた。

「あなたの子がどんな定めを辿《たど》るのか。お考えになったのか。あなたは役目のためにだけ、子を産むつもりか」

巴が顔を上げる。

血の気のない顔はしかし、強く張り詰め、凛々《りり》しいほどだった。今まで一度も見たことのない顔だ。右手がゆっくりと腹を撫でる。

「違います。この子は兵馬之介さまのお子。だから、産むのです」

巴が笑った。

「わたしと兵馬之介さまの定めを受け継ぐ子です。だから、産むのです。それは、わたしにしかできぬことです。新吾さま、わたしは幸せにございます」

女の笑顔に気圧される。

「わたしたちとあなたや依子さまの定めが交わらぬよう、生きてまいります。新吾さまもそう心して生きてくださいませ」

巴はもう一度、柔らかく笑んだ。

蜻蛉が飛ぶ。

白く輝く雲が流れる。

新吾は薫風館へと続く坂道を上る。

父の言葉通り、落合町の屋敷はまもなく無人となった、依子はもう何も言わない。時折、空を見上げ佇《たたず》むようにはなったが。


一度、母の背に声をかけたことがある。声をかけて何が言えるわけもない。しかし、何か言わずにはおられなかった。

「母上、あの……」

「わかっておりましたよ」

依子は振り向きもせず答えた。

「いつか、兵馬之介どののとこういう別れが来るとわかっておりました。覚悟もできていました。今はあの方の傍に巴どのがいてくださることに、慰められる心持ちすらしておるのです。独りでは、あまりにお辛いでしょうから」

息を呑み込んで新吾は立ち尽くしていた。依子は依子なりに夫であった男の正体を、薄々察していたのだろうか。

「さて、夕餉のしたくを言いつけて参りましょう。今夜は間宮どのがおいでなのでしょう。

わたしが一品、何かこしらえましょうか」

遠ざかる母の後ろ姿に新吾は、深く頭を下げた。


光が降り注ぐ。

晩秋の美しい一日が始まる。

明日は菊沙の祝言の日だ。あの聡明《そうめい》な娘は明日から町人の妻、商家のお内儀《かみ》になる。八千代の母久子は二十日《はつか》前に亡くなった。家人に看取《みと》られての安らかな最期だったと聞いた。弘太郎は間もなく薫風館を去る。久子の喪が明けるのを待って、八千代と夫婦になるのだ。

この小さな国の中に、どうしてこれだけの人の生が渦巻くのか。眩暈《めまい》がしそうになる。

「おーい、鳥羽」

校門の側で誰かが呼んでいる。

新吾は顎を上げ、石造りの校門に向かって足を踏み出した。

解説

藤《ふじ》田《た》香《か》織《をり》（書評家）

二〇二二年の現在、「あなたは何のために生きているのか」という問いに、明確な答えを持っている人は、果たしてどれくらいいるのだろう。

個人的には、これがまったく思いつかない。十代のころから漠然と考えているのに、未だ断言できずにいる。四十にして惑わず、五十にして天命を知る。と言われても、いやもう孔子の時代とは全然違うわけですし、と逃げ腰になるばかりだ。生きる意味問題を、人生における最難題だと感じている人は、意外と多いのではないだろうか。

〈何のために学ぶか。何のために剣を握るか。何のために心身を鍛えるか。何のために生きるか……〉

本書『烈風ただなか』の主人公・鳥羽新吾もその惑いの、まさしくただなかにいる。

十万石と決して大藩ではないものの、気候は穏やかで、水利に恵まれ自然の恩恵を受けた富裕な石久。その郷校である薫風館に通う新吾には、親しく付き合う、ふたりの学友がいる。

ひとりは代々普請方を務める間宮家の嫡男・弘太郎。背丈もあり肩幅も腰回りもがっしり太い大兵で、磊落《らいらく》で屈託がない明朗な性質。正力町の組屋敷に、両親と妹・菊沙の一家四人で暮らしている。鳥羽家は禄高三百石の上士、間宮家は三十石足らずの下士と違いはあるものの共に武家だが、もうひとりの栄太は領地の北外れに位置する島崖村の名主の息子=農民の子だ。栄太は薫風館始まって以来の俊才で、半年ほど前から、町見術《ちようけんじゆつ》を極めるために、国費で江戸へ遊学している。

新吾と異なり、弘太郎と栄太は、「何のために生きるか」という難問への答えを既に持っていた。家族のために薫風館を辞め進むべき道を決めた弘太郎。痩せた窮地ゆえ貧しい村を救うため、既にその道を歩き始めている栄太。対して新吾は自分の「先」がまだ見えていない。〈栄太の想いも、弘太郎の決意も人と繋がっている。故郷の地とそこに生きる人々に、家族に繋がっている。なのに、我が足元から続く道、その先はどこに通じているのか、見当がつかない〉。この新吾の心もとなさが、本書の大きな読みどころになっていくのだ。

薫風館で、机を並べ、剣を交わし、同じ道を歩いてきた時が終わり、それぞれが違う方向へと分かれていく。もう三人で同じ道は進めない。一人で己の道を歩み出す時がきていた。

しかし、そんな新吾たちの前に、足を止めざるを得ない謎が立ちはだかる。
この構成が心憎いほど巧《うま》い。

新吾の心のなかには、実父・兵馬之介への不信があり、どこか〈得体の知れぬ相手〉だと思い続けている。自分と母・依子を捨て、巴という女と暮らしているとだけの理由ではない。〈何を考えているのか、どう生きているのか、底が見通せない〉という。

最終的に、その理由は明らかになるが、兵馬之介が隠し続けてきた真実が語られるまでの不穏な空気のたちこめ方が素晴らしく嫌らしい。

初めて顔を合わせた弘太郎の許嫁・八千代が、「鳥羽新吾」という名前を聞いた途端に、悲鳴を上げて走り去る。なぜそんな無礼な振る舞いを？　弘太郎の妹・菊沙が、向かいに住む森原のご隠居が血塗れの死体を見たという。しかし死体はどこにも見つからない。本当なのか。であれば、なぜ消えたのか。半年ほど前に江戸へ上ったばかりの栄太が、急遽呼び戻される。主命だとしたら、まだ学生にすぎない栄太になぜ？　死体を見たと言っていた森原のご隠居が川で溺れ死ぬ。尋常でない死が二つ続き、新吾はどうにも気にかかる――。

そこへ、兵馬之介が薫風館帰りの新吾に、自宅屋敷近くで声をかけてくるのだ。二人で近くの店へ行き、酒を交わすことになる。兵馬之介は、弘太郎が暮らす組屋敷がある正力町で何があったか、知っていることを全て話せと迫り、こう告げる。

「このままだと、また、死人が出る」

ゾクリとするひと言だ。あぁやはり、兵馬之介は、只者《ただもの》ではないのだなと伝わってくる。何気ないようで、とんでもない凄味がある。

加えて、これほどたたみかけた謎の真相も衝撃的で、個人的には「あぁ……」と、つい目を伏せてしまった。「それ」を息子に明かす兵馬之介の気持ち。「わたしは嫌です」と言い返す新吾の気持ち。令和の世では同様のケースは想像し難い状況にもかかわらず、どちらの気持ちも「わかる」気がする、してしまう。

〈父はいつも霧の向こうにいる。そこにいるはずなのに、確《しか》とは見通せない。曖昧《あいまい》で、ぼやけていて、正体というものが摑《つか》めない。この男は何者なのだ〉と新吾が思っていた兵馬之介を包んでいた霧が薄れていき、その姿が見えたような気にもなる。

その果てに兵馬之介はこうも言うのだ。〈おまえはおまえの道を行くがよい。父はそれを許す〉。ずっと陽のあたらぬ場所で、霧をまとって生きてきた父が、おまえは光の下で生きよと進むべき道を決めかねていた息子に告げ、もう二度と逢うことはないと背を向け立ち去るのだ。残酷であり壮絶であり凄まじく、けれど震えるほどの優しさではないか。この後に続く、巴と依子の言葉にも、深い深い感慨が残る。

もちろん、御承知の上で手にとられた方も多いと思うが、本書は二〇一七年に刊行された『薫風ただなか』(KADOKAWA→角川文庫)の続編でもある。前作では、新吾が上士の子弟のみが通う藩学から薫風館へ転学してきた理由や、今も尾を引く石久の内紛が詳しく描かれていた。新吾が弘太郎やその家族をなぜこれほど大切に思うのか。栄太はなぜ、これほどまでに二人が「必ず来てくれる」と信じて、いや、わかっていたのか。

十四歳だった頃から、新吾は弘太郎と栄太を〈こいつらなら、裏切らない〉と確信できていた。〈信じられるのだ。弘太郎なら、栄太なら、新吾がもがいていれば飛んできてくれる。見殺しには絶対にしない。新吾もそうだ。弘太郎に、栄太に何かあれば駆け付ける。駆け付けて、力の限り戦う。そういう相手に出会え、耕作の苦労を知り、学問を深めていける。夢のようだと新吾は息を吐く。存分に息を吸って、吐く〉。そう描かれていた関係性が二年経っても変わらずにあることに胸が熱くなる。

あさのあつこ氏は、二〇〇六年に刊行された『弥勒の月』（光文社→光文社文庫）以来、既に四十冊を超える時代小説を世に送り出してきた。が、今、このページを開いてくださっている方のなかには『バッテリー』（教育画劇→角川文庫、角川つばさ文庫）や「白兎」シリーズ（講談社→角川文庫）から著者の読者ではあるけれど、時代小説にはまだちょっと苦手意識がある人もおられるかもしれない。

そうした方は、ぜひ『火群のごとく』（文藝春秋→文春文庫）から、『飛雲のごとく』（文藝春秋）、『舞風のごとく』（同）と連なる「小舞藩」シリーズを読んでみて欲しい。こちらは石久よりさらに小さな六万石の小藩が舞台となっていて、新吾たちと同じ年ごろの、やはり三人の少年を中心に描かれている。そこには明確な身分格差があり、最新刊の『舞風のごとく』で新里正近（林弥）と山坂半四郎は、友人関係にあった筆頭家老の息子である樫井透馬に近習《きんじゅ》として召し抱えられる。一生、越えることは不可能な主と従の関係性。にもかかわらず、正近は〈透馬といると、身分というものを、それこそ奇妙なぐらいきれいに忘れられた。武家として分限《ぶげん》を弁《わきま》える律は、骨身に染みているにも拘《かかわ》らず零れ落ちてしまうのだ〉という。

あり得ない、と思う。かつて新吾が通っていた藩学ですらあの有様だったじゃないかと思う。けれどその一方で、乞うように正近や新吾たちのような関係性を欲している自分にも気付く。

決められた枠は、今の社会にもある。人を分かち、上下に隔てる格差もある。悔しさや虚しさや、やるせなさを嚙みしめるばかりだと思う日もある。でも、だけど――。

あさのあつこの小説に共通して描かれているのは、そうした枠を踏み越えていく決意と覚悟ではないだろうか。

激しい風に吹かれる日がある。暖かな光差す日がある。より強い風に立ちすくむ日もあるなかで、少しずつ背負えるものが増えていく。広く見渡せるようになる。踏み出すことを躊躇《ためら》わず、遠くまで行けるようになる。

何のために生きているのか。今は思いつかなくても、いつかその答えが出せる日が来るまで、生きたい、生きていこうと強く思う。

本書は、二〇一九年八月に小社より刊行された
単行本を加筆修正のうえ、文庫化したものです。

烈風《れっぷう》ただなか

あさのあつこ

令和4年 1月25日　初版発行

発行者●堀内大示

発行●株式会社KADOKAWA
〒102-8177　東京都千代田区富士見2-13-3
電話　0570-002-301（ナビダイヤル）

角川文庫 22991

印刷所●株式会社暁印刷
製本所●本間製本株式会社

表紙画●和田三造

●お問い合わせ
https://www.kadokawa.co.jp/（「お問い合わせ」へお進みください）
※内容によっては、お答えできない場合があります。
※サポートは日本国内のみとさせていただきます。
※Japanese text only

ISBN 978-4-04-111894-8　C0193

角川文庫発刊に際して

角川源義

第二次世界大戦の敗北は、軍事力の敗北であった以上に、私たちの若い文化力の敗退であった。私たちの文化が戦争に対して如何に無力であり、単なるあだ花に過ぎなかったかを、私たちは身を以て体験し痛感した。西洋近代文化の摂取にとって、明治以後八十年の歳月は決して短かすぎたとは言えない。にもかかわらず、近代文化の伝統を確立し、自由な批判と柔軟な良識に富む文化層として自らを形成することに私たちは失敗して来た。そしてこれは、各層への文化の普及滲透を任務とする出版人の責任でもあった。

一九四五年以来、私たちは再び振出しに戻り、第一歩から踏み出すことを余儀なくされた。これは大きな不幸ではあるが、反面、これまでの混沌・未熟・歪曲の中にあった我が国の文化に秩序と確たる基礎を齎らすためには絶好の機会でもある。角川書店は、このような祖国の文化的危機にあたり、微力をも顧みず再建の礎石たるべき抱負と決意とをもって出発したが、ここに創立以来の念願を果すべく角川文庫を発刊する。これまで刊行されたあらゆる全集叢書文庫類の長所と短所とを検討し、古今東西の不朽の典籍を、良心的編集のもとに、廉価に、そして書架にふさわしい美本として、多くのひとびとに提供しようとする。しかし私たちは徒らに百科全書的な知識のジレッタントを作ることを目的とせず、あくまで祖国の文化に秩序と再建への道を示し、この文庫を角川書店の栄ある事業として、今後永久に継続発展せしめ、学芸と教養との殿堂として大成せんことを期したい。多くの読書子の愛情ある忠言と支持とによって、この希望と抱負とを完遂せしめられんことを願う。

一九四九年五月三日

角川文庫ベストセラー

角川文庫ベストセラー

グラウンドの空
あさのあつこ

甲子園に魅せられ地元の小さな中学校で野球を始めたキャッチャーの瑞希。ある日、ピッチャーとしてずば抜けた才能をもつ透哉が転校してくる。だが彼は心に傷を負っていて――。少年達の鮮烈な青春野球小説！

グラウンドの詩《うた》
あさのあつこ

心を閉ざしていたピッチャー・透哉とバッテリーを組む瑞希。互いを信じて練習に励み、ついに全国大会への出場が決まるが、野球部で新たな問題が起き……中学球児たちの心震える青春野球小説、第2弾！

かんかん橋を渡ったら
あさのあつこ

中国山地を流れる山川に架かる「かんかん橋」の先には、かつて温泉街として賑わった町・津雲がある。そこで暮らす女性達は現実とぶつかりながらも、精一杯生きていた。絆と想いに胸が熱くなる長編作品。

ミヤマ物語
第一部 二つの世界 二人の少年
あさのあつこ

いじめから登校拒否になった孤独な少年透流と、別次元で展開される厳しい階級社会の最下層を生きる少年ハギ。二つの世界がつながって新たな友情が奇跡を起こす！

ミヤマ物語
第二部 結界の森へ
あさのあつこ

牢から母を逃がし兵から追われたハギは、森の中で透流に救われる。怯えていたハギは介抱されるうちに少しずつ心を開き、自分たちの世界の話を始める。2人の少年がつむぐファンタジー大作、第二部。